가족표기

옮긴이 | 홍한별

연세대 영어영문학과와 같은 학교 대학원을 졸업하고 번역가로 활동하고 있다. 옮긴 책으로는 《권력과 테러》《자라지 않는 아이》《위대한 생존》《오카방고의 숲속학교》《나는 그림으로 생각한다》《두 살에서 다섯 살까지》《나무소녀》《네모난 못》《피티 이야기》 등이 있다.

가족 표류기

1판 1쇄 | 2011년 1월 10일   1판 8쇄 | 2020년 1월 22일

지은이 | M. H. 헐롱   옮긴이 | 홍한별
펴낸이 | 조재은   편집부 | 김명옥 육수정
영업관리부 | 조희정 정영주

펴낸곳 | (주)양철북출판사
등록 | 2001년 11월 21일 제25100-2002-380호
주소 | 서울시 마포구 양화로8길 17-9
전화 | 02-335-6407   팩스 | 0505-335-6408
전자우편 | tindrum@tindrum.co.kr
ISBN | 978-89-6372-030-2 03840   값 | 13,000원

편집 | 조현나   표지 디자인 | 팽현영

The Great Wide Sea
Copyright © 2008 by M. H. Herlong All rights reserved.
Korean translation copyright © 2010 by Tin Drum Publishing Co.
Korean edition is published by arrangement with James Frenkel & Associates through Imprima Korea Agency.
이 책의 한국어판 저작권은 Imprima Korea Agency를 통해 M. H. Herlong c/o James Frenkel & Associates와 독점계약한 (주)양철북출판사에 있습니다.
저작권법에 의해 한국 내에서 보호를 받는 저작물이므로
무단 전재와 무단 복제를 금합니다.

가족 표류기

M. H. 헐롱 지음 | 홍한별 옮김

양철북

| 서문 |

제리는 해와 물고기가 기억난다고 말한다. 물고기가 전부 생각난 단다. 정박한 요트 키 둘레를 맴돌던 은빛 고기들. 타는 듯 붉은 산호초 언저리에서 반짝이던 눈부신 파란 물고기들. 우리가 멕시코만류를 타고 항해할 때 뱃머리를 그림자처럼 굽어 돌던 커다란 검은 물고기.

하지만 가장 뚜렷이 생각나는 건 자기가 처음 창으로 잡은 물고기라고 한다. 어떻게 자기가 창을 도다리 머리에 냅다 꽂았는지, 아직 버둥거리는 물고기를 물 밖으로 끄집어내고 또 얼마나 웃었는지 이야기한다. 고작 여섯 살이었는데 고기를 잡았으니 말이다.

제리는 자기가 이야기하는 것들은 기억하지만 그것 말고는 아무것도 기억하지 못한다. 그 일이 있었을 때 자긴 너무 어렸다고 말한다. 그래서 나한테 이야기해달라고 한다.

그래서 나는 이야기를 한다.

옛날 옛날에 어떤 가족이 있었어. 그리고 배가 있었지. 또 섬도.

옛날 옛날에 세 아이가 바다에서 길을 잃었어. 하나는 물에 빠져 죽을 뻔 했고, 하나는 거의 미칠 뻔했고, 하나는 벼랑에서 떨어졌어.

제리는 다 내가 지어낸 이야기라고 한다. 그렇지 않다. 내가 하는 얘기는 모두 사실이다. 다만 제리에게 전부 다 이야기하지 않을 뿐.

우리가 아침에 깼는데 아빠가 사라졌던 날은 이야기하지 않는다. 폭풍에 대해서도 이야기하지 않는다. 산호초에 부딪혀 난파했을 때도 이야기하지 않는다. 또 내가 제리를 혼자 두고 떠났을 때, 무인도 텅 빈 바닷가에, 죽어가는 딜런 옆에 두고 떠났던 때도 이야기하지 않는다. 이 이야기는 절대로 하지 않을 것이다.

이런 이야기는 하지 않을 거고 할 필요도 없다. 제리가 거짓말을 하는 거니까. 제리는 전부 다 기억하면서 모른다고 한다. 이따금 우리가 배를 타고 나가서 물가가 옆으로 지나가는 것을 볼 때면 우리는 같이 기억한다. 한 마디 말도 없고 눈을 마주치지도 않지만 심장 박동으로 느낀다. 한 사람 몸에서 다른 사람 몸으로 흐르고 지나가는 전율로. 나는 아딧줄*을 당기고 키잡이에 기대어 삼각돛을 조인다. 요트가 앞으로 미끄러지듯 나간다.

그러니 나는 이야기를 할 필요가 없다. 나는 동생들 옆에 몸을 붙이고 앉고 순간 머리가 아득해진다. 마치 발을 찧었는데 너무나 아파서 기절할 것 같은 때처럼 말이다. 세상이 뒤쪽으로 빙빙 돈다. 나는 삶에서 내 자리를 잃는다. 나는 달아난다. 언젠가는 내 자리를 찾을 수 있을지 알 수 없다. 그리고 모든 게 다시 시작한다. 이건 그냥 옛날이야기가 아니다. 이건 진짜고 나는 열다섯이다.

...
*배의 돛 방향을 맞추기 위해 매어 쓰는 줄.

차례

전화벨이 울리고 —— 007
엄마의 자리 —— 016
크리설리스 —— 020
돌아갈 집이 없다 —— 027
엄마의 사진 —— 032
출항 준비 —— 038
바하마 제도 —— 044
불침번 —— 053
비미니 —— 061
배 위의 하루 —— 068
그만해요! —— 076
배를 떠나다 —— 085
혼자만의 시간 —— 090
바하마 뱅크 —— 097
형이니까 —— 105
열여섯 살이 되다 —— 114
아열대의 크리스마스 —— 124

어느 완벽한 날 —— 130
버뮤다로 가다 —— 141
아빠가 사라졌다 —— 153
편지 —— 161
세상의 끝 —— 165
폭풍 —— 171
위험한 착각 —— 175
성난 바람 —— 178
키를 잡아야 해 —— 182
파도의 벽 —— 189
크리설리스의 운명 —— 197
폭풍은 지나가고 —— 203
섬 —— 208

바다 한가운데서 길을 잃다 —— 217
섬 탐험 —— 226
굶주림 —— 241
아빠 찾으러 가자 —— 254
물고기 사냥 —— 260
옛날 옛날에 —— 267
모든 게 무너져 내리다 —— 273
꼭 돌아올게 —— 285
동생들이 기다려요 —— 298
아빠와의 재회 —— 306
아빠의 진심 —— 317
마지막 선택 —— 327

전화벨이 울리고

배가 있는 곳에 가려고 밤새 차를 타고 달렸다. 나는 계속 아빠에게 차를 세우고 눈을 좀 붙이자고 했지만 아빠는 그럴 때마다 이렇게 대꾸했다. "아니, 좀 더 가야 돼." 결국 제리는 머리를 문에 기대고 입을 벌리고 침을 흘리며 잠이 들었다. 딜런은 뒷좌석에서 목을 옆으로 꺾고 잠이 들었다. 마이애미 남쪽 어딘가, 24시간 영업하는 주유소에서 차를 세웠다.
"아빠, 제발."
기름을 넣고 차에 다시 탈 때 내가 말했다.
"너무 늦었어."
아빠는 이렇게 말하고 다시 어둑한 고속도로로 나갔다.
그래서 나는 몇 시간이고 앉아 덥고 눅눅한 6월의 밤공기 속으로 달리며 뾰족뾰족한 야자수, 모기, 길 가장자리로 후닥닥 달아나는 괴상하게 생긴 도마뱀에 대해 생각했다.

마침내 키 군도群島에 도착했을 때는 머리가 지끈거렸고 뒤쪽에서 해가 떠오르는 참이었다.

"저기 봐. 샛별이야."

딜런의 목소리였다.

나는 위쪽을 올려다보았다. 딜런은 아직 열한 살도 안 되었는데 별을 찾을 줄 안다. 별 하나가 하늘에 떠 있었다. 새벽빛 가운데에서도 보일 만큼 빛나는 별이었다.

"금성이야."

딜런이 말했다.

나는 눈을 감고 아빠가 어떤 이야기나 시를 들려주기를 기다렸다. 아빠는 아무 말이 없었다. 아빠는 겉모습조차 완전히 달라졌다. 눈가에 주름이 잡혔다. 흰 머리카락이 희미한 새벽빛에 반짝거렸다.

나는 몸을 돌려 딜런을 보았다.

"저건 별이 아니야. 행성이지."

내가 말했다.

제리가 뒷좌석에서 몸을 일으켰다.

"별 맞아."

제리가 담요 블랭키로 얼굴을 닦으며 말했다.

"다섯 살밖에 안 됐으면서, 네가 뭘 아니?"

내가 제리를 돌아보며 말했다.

"작은형아가 별이라고 했잖아. 작은형아가 큰형아보다 더 잘 알아."

제리가 힘주어 말했다.

"그만해라. 셋 다."

아빠가 말했다.

나는 차가운 자동차 창문에 이마를 대고 잿빛 대양을 내다보았다. 여전히 믿기질 않았다. 아빠는 어느 날 느닷없이 우리가 1년 동안 항해를 할 거라고 했다. 1년 동안.

"호수에서처럼 말이다, 벤. 좋을 거야."

아빠가 말했다.

"안 좋을 거예요."

"배 타는 거 좋아하잖니."

"차 갖고 싶어요. 엄마가 열여섯 살이 되면 차 사 주신다고 했어요. 다섯 달만 있으면 차를 가질 수 있다고요."

"그건 이제 중요하지 않아."

"중요해요. 엄마가……."

"됐다. 그만해."

아빠가 말했다.

나는 말을 멈추었다. 뭐라고 말하든 뭐가 달라지겠는가? 아빠는 이미 결정을 내렸는데.

키웨스트에서 아빠는 배가 정박되어 있는 항구 근처 모텔에 방을 잡았다. 제리는 침대에 몸을 동그랗게 말고 누웠다. 블랭키를 뭉쳐 얼굴에 댔다. 나는 제리 옆에 몸을 뻗고 누웠다. 딜런은 바닥에 잠자리를 폈다. 나머지 침대 하나는 아빠가 혼자 차지했다. 나는 누워서 창문 커튼 사이로 스며든 빛에 드러난 아빠 몸의 윤곽을 보았다. 갑자기 아빠는 몸을 부스스 떨며 일어나 앉아 얼굴을 손으로 가렸다.

그러더니 일어서서 셔츠 자락으로 얼굴을 닦고 바닥에 널린 쓰레기 사이를 비집고 밖으로 나가 조용히 문을 닫았다.

나는 침대에서 내려와 커튼을 살짝 들추고 밖을 내다보았다. 창밖은 주차장이었지만 창문에 뺨을 바짝 가져다 대면 옆으로 항구가 조금 보였다. 솔직히 아빠 말이 맞다. 나는 배 타는 걸 좋아한다. 열두 살이 되었을 때 아빠는 호숫가에 있는 7미터짜리 요트를 혼자 타도록 허락해 주었다. 작년부터는 아빠한테 일일이 허락을 받지 않고도 탈 수 있었다. 나는 호수에 있는 조그만 만들을 훤히 꿰고 있었다. 얕은 물과 호수 가운데를 따라 흐르는 깊은 물길도 알았다. 나는 요트 타는 걸 좋아했다. 하지만 집으로 돌아가는 것도 좋았다. 그런데 이제는 돌아갈 집이 없다.

다시 침대에 누웠지만 잠을 잘 수가 없다. 딜런이 꿈쩍도 하지 않고 너무 깊게 잠들어 그런지도 모르겠다. 아니면 제리가 작은 소리로 훌쩍거리며 울기 때문일지도 모르겠다. 제리는 블랭키를 바닥에 떨어뜨렸고 잠결에 여린 손가락으로 더듬어 블랭키를 찾았다. 내가 블랭키를 집으려고 손을 뻗자 제리가 벌떡 일어났다. 머리카락은 땀에 젖었고 눈은 휘둥그레 떴다.

"엄마? 엄마?"

제리가 부른다.

나는 제리를 마주 보지만 제리는 나를 보지 않는다.

"엄마! 엄마!"

제리가 소리를 지른다.

나는 블랭키를 제리 얼굴에 살며시 갖다 댄다.

"제리, 꿈이야."

내가 말한다.

제리는 눈을 살짝 돌려 나를 본다. 낯이 일그러졌다. 제리는 블랭키를 잡는다.

"형아."

제리가 속삭인다. 그러더니 몸을 돌려 공처럼 말고 벽을 보고 눕는다.

"괜찮아?"

내가 묻는다.

제리는 얼른 고개를 끄덕이고 블랭키로 얼굴을 덮는다.

고개를 들자 아빠가 문가에 서 있었다.

"또 울었니?"

아빠가 물었다.

나는 아무 말도 하지 않았다. 나는 그냥 제리 옆에 누워 눈을 감았다. 잠시 뒤 아빠가 나갔다. 귀도 닫을 수만 있다면, 나는 생각했다. 왜 온갖 소리를 다 들어야 하지? 청소부가 미는 수레가 끼익거린다. 옆방 텔레비전에서 만화영화 소리가 들린다. 제리는 아직도 살짝 흐느낀다. 딜런은 너무나 고요하다.

몇 달 동안 잠을 자지 못한 것 같은 기분이다. 머릿속에는 2년 전 우리 방 천장에 딜런과 엄마가 붙여 놓은 별자리 같은 것들이 떠오른다. 운이 좋다면 내가 좋아하는 이야기가 머릿속에서 펼쳐지겠지. 내가 갖고 싶은 자동차 이야기 같은 것. 운이 나쁘다면 다른 이야기가 떠오를 것이고.

모텔 방에 누운 내 머릿속에는 그 다른 이야기가 펼쳐진다. 계속 되풀이해서. 첫 장면은 언제나 똑같다. 막 울리기 직전인 전화기를 본다. 소파에 앉은 아빠 옆에 전화가 있다. 짙푸른 어둠 속에서 전화기가 하얗게 빛난다. 전화벨이 울리리라는 것을 알지만, 막을 수가 없다.

4월이었고, 오후에 아빠와 나는 텔레비전으로 야구를 보고 있었다. 우리가 좋아하는 팀이 이기고 있었지만 경기가 좀 지루했고 졸음이 왔다. 제리는 소파에 누워 잠이 들었다. 수영을 다녀와서 머리가 축축했다. 딜런은 위층에 있었다. 다음 달이 딜런 생일이라 망원경 상품 안내서를 들여다보고 있었다. 나중에 들은 말이다. 엄마는 20분쯤 전에 아이스크림을 사러 차를 타고 나갔다.

그때 전화가 울렸다.

책이나 텔레비전을 볼 때, 속으로 주인공한테 이렇게 말할 때가 있다. 그러지 마. 그 문 열지 마. 전화 받지 마. 그러면 무슨 일이 일어나리라는 걸 아니까. "멈춰!" 이렇게 말하고 싶다. "이야기를 다시 써. 테이프를 앞으로 돌려. 그렇게 되게 하지 마." 하지만 그럴 수는 없다. 주인공은 언제나 문을 열고 전화를 받는다. 결국 나쁜 일이 일어나고, 그걸 막을 수는 없다.

아빠가 전화를 받았다.

"여보세요. 네. 뭐라고요?" 잠시 침묵. "알았어요. 곧 가겠습니다."

아빠가 수화기를 내려놓았다.

모든 것이 달라졌고 우리는 아무것도 할 수 없었다.

두 블록 떨어진 곳에서 어떤 사람이 신호를 무시하고 달렸다.

엄마가 사고를 당해 죽었다. 엄마 옷은 아직도 엄마 옷장에 있다. 화장실에는 엄마 로션이 있다. 침실에 들어가면 아직도 조그만 화장품 병들에서 엄마 냄새가 난다.

하지만 엄마는 없다.

나는 머리 위 천장을 주먹으로 치고 싶다. 내 입에서 냄새가 나는 것 같다. 몸에서 악취가 나는 것 같다. 잠이 들지 않으면 초신성처럼 폭발해 버릴 것 같다. 그러면 모든 게 사라질 것이다. 플로리다, 배, 동생들, 아빠, 모든 게…… 깊디깊은 블랙홀이 되어 버린 내 안으로 빨려들 거다.

엄마의 자리

우리 엄마 이름은 크리스틴 에밀리 바이런이고 엄마에 대해 이야기하려고 한다. 마지막으로 엄마를 안았을 때 내 키가 엄마랑 똑같았다. 엄마는 언제나 크게 보이는데 그러다가 언젠가는 내가 엄마만큼 크다는 걸 깨닫고 충격을 받게 되는 날이 온다. 그러고 나면 엄마가 작게 여겨진다.

엄마는 늘 짙은 색 머리카락을 한 가닥으로 묶었다. 청바지를 주로 입었고 치마는 입지 않았다. 집을 돌보고 마당을 가꾸고 아빠를 놀렸다. 특히 아빠가 시를 읊을 때 많이 놀렸다. 예를 들면, 가을에 호수 옆 숲으로 산책을 나가면 아빠는 발걸음을 멈추고 나무를 향해 팔을 벌리고 이렇게 말했다. "마거릿, 황금빛 수풀이 잎을 떨군다고 한탄하는가?"* 그러면 엄마는 이렇게 말하곤 했다. "여보, 몇 번을

...
*제러드 맨리 홉킨스의 시 〈봄과 가을 Spring and Fall〉.

말해야 알아, 내 이름은 크리스틴이라니까."

엄마가 죽었을 때 다들 도움을 주었다. 고모가 비행기를 타고 내려왔다. 대학에서 다른 교수들이 아빠 수업을 대신 맡아 주었다. 내 친구 앤드루가 야구를 보러 가자고 했지만 난 갈 수가 없었다. 동생들과 집에 있었고 아빠는 어둑한 곳에 앉아 시를 읽었다. 한참 동안 말이 없다가 한 줄을 읽어 주기도 했다. "들어 봐라, 얘들아." 아빠가 말했다. "순순히 편안한 밤으로 들지 마라. 저물어 가는 빛에 맞서 분노, 또 분노하라."* 아빠는 그러고는 손에 얼굴을 묻었다. 한참 뒤에 아빠는 이렇게 말하곤 했다. "너희들 잘 시간 되지 않았니?" 그러면 우리는 이층 방으로 올라가서 다시 내려오지 않았다. 괜히 내려왔다가는 아빠가 우는 모습을 보게 되기 십상이었.

장례식이라 옷을 갖춰 입어야 할 때가 되었을 때, 아빠는 방에 들어가 문을 닫았다. 보통 아빠가 우리 타이를 매 주었는데, 그때는 내가 동생들 것까지 해 줘야 했다. 차를 타러 가는데 아빠가 걸음을 멈추고 우리를 돌아보았다.

"너희들이 타이 맸니?"

아빠가 물었다.

"벤 형아가 해 줬어."

제리가 말했다.

"잘 맸구나."

아빠는 이렇게 말하며 제리의 머리를 쓰다듬었다.

●●●
* 딜런 토머스의 시 〈순순히 편안한 밤으로 들지 마라 Do Not Go Gentle into that Good Night〉.

"머리가 엉망이 됐어."
내가 말했다.
"아니야."
제리가 말했다.
"별로 안 헝클어졌어."
딜런이 작은 소리로 말했다.
"난 이게 좋아."
제리는 손으로 자기 머리를 만졌다.
"그만해라. 셋 다. 차에 타."
아빠가 말했다.
우리는 차에 탔다. 나는 조수석에 앉았다. 엄마 자리인데, 생각하며 눈을 감았다. 집에 돌아왔을 때는 너무 피곤해서 그냥 자고 싶었다. 하지만 사람들이 모두 우리 집으로 와서 낮은 소리로 이야기를 하며 샌드위치를 먹었다. 부엌으로 갔더니 수 고모가 접시에 샌드위치를 담고 있었다.
"아빠는 어디 있어요?"
내가 물었다.
"이층에."
"내려와 있어야 되잖아요."
"곧 내려오실 거야."
고모는 이렇게 말하고 내 어깨에 팔을 둘렀다. 고모는 나를 살짝 안더니 한 걸음 물러났다.
"아빠에게 시간을 줘, 벤. 좀 지나면 나아지실 거야."

나는 샌드위치 하나를 집어 들었다.
"불공평해요."
나는 이렇게 말하고 샌드위치를 손 안에서 우그러뜨렸다.
"벤! 그러지 마라."
고모는 내 손을 펴고 샌드위치를 쓰레기통에 넣었다. 고모는 손을 닦으라고 행주를 건네고 샌드위치 접시를 들고 나갔다.
나는 손을 닦고 몸을 돌려 냉장고에 이마를 댔다. 차갑고 살짝 진동이 있었다. 사라져 버릴 수 있다면 얼마나 좋을까, 나는 생각했다. 이대로 분해된다면. 그때 냉장고 돌아가는 소리가 뚝 멈췄다. 나는 몸을 일으켜 세우고 주위를 둘러보았다. 제리가 부엌에 들어와서 나를 봤다. 제리는 블랭키를 뭉쳐 입에 댔다가 살짝 내렸다.
"형아 괜찮아?"
나는 고개를 끄덕였다.
"나도 괜찮아."
제리가 말했다.
나는 식탁 의자에 앉아 제리를 무릎에 앉혔다. 제리는 내 어깨에 머리를 기댔다. 가까이 있으니 블랭키 냄새를 맡을 수 있었다. 잠 냄새, 어제의 냄새, 오늘이 되기 전 우리 삶의 냄새가 났다.
나는 블랭키 끝을 잡아 코에 갖다 댔다.
"좋은 냄새 나지."
제리가 말했고 나는 고개를 끄덕였다.

크리설리스

키웨스트에서 첫날 아침 눈을 떴을 때 나는 블랭키를 반쯤 베고 누운 채였고 제리는 내 얼굴에 대고 색색 숨을 쉬었다. 딜런은 창밖을 내다보고 있었다. 내가 일어나자 딜런이 돌아봤다.

"아빠는 배를 보고 가게에서 뭐 좀 산다고 나갔어."

딜런이 말했다.

"그래. 몇 시야?"

내가 말했다.

"점심때."

딜런이 대답했다.

우리는 피자를 시켰다. 마지막 조각을 먹고 나는 냅킨을 공으로 만들어 완벽한 호를 그리며 쓰레기통에 골인시켰다.

"3점."

내가 말했다. 딜런은 다리 위에 올려놓은 냅킨을 평평하게 폈다.

나는 그 냅킨도 잡아채 던져 넣었다.

"또 3점! 역시 챔피언입니다!"

아무도 말이 없었다.

"배 이름이 뭐라고?"

내가 물었다.

"크리설리스."

딜런이 말했다.

"그게 무슨 뜻이야?"

제리가 물었다. 제리도 냅킨을 뭉쳐 던졌다. 바닥에 떨어졌다.

"생물용어야. 나비나 나방의 고치를 다르게 부르는 이름이야."

딜런이 말했다.

제리는 냅킨 공을 집어 다시 던졌다. 또 바닥에 떨어졌다.

"그럼 그냥 '고치'라고 하면 되잖아?"

제리가 물으며 다시 냅킨을 던졌다. 또 빗나갔다. 침대 위에 떨어졌다.

"여자 이름 같아. 향수나 뭐 그런 이름."

내가 말했다.

제리가 냅킨을 집어 다시 던졌는데 또 빗나갔다.

"엄마 이름처럼 들려."

제리가 말했다.

"좀! 제대로 던져 봐!"

내가 냅킨을 빼앗아 쓰레기통을 향해 던졌다. 하지만 너무 세게 던졌다. 냅킨은 쓰레기통 너머 바닥에 떨어졌다.

"실패!"

제리가 말했다.

"입 닥쳐."

나는 침대에 누웠다. 눈을 감았다.

윈드레이서. 나는 생각했다. 그런 이름이면 좋을 텐데. 시 호크. 웨이브 댄서. 프리 타임, 서머 드림. 다 좋은 이름이다. 크리설리스보다는 백 배 낫다. 차라리 이름이 없는 편이 낫겠다.

집에 있을 때 호수에서 타던 배는 이름이 없었다. 우리는 그냥 "우리 배"라고 불렀고 틈만 나면 탔다. 아빠는 그 배를 타고 세계일주를 하자고도 했다. 어릴 때는 정말 그럴 수 있다고 믿었다. 아빠는 쓰나미 속에서 항해하는 이야기, 타히티 섬에서 살아가는 이야기들을 지어내 들려주었다. 우리는 《콘티키》*나 《도브》**, 《나 홀로 세계일주》*** 같은 책을 읽었다. 그런데 엄마가 셋째를 임신한 뒤로 아빠는 다시는 그런 이야기를 꺼내지 않았다. 나는 아빠가 진심으로 한 말이 아니었나 보다 싶었지만 그래도 좋았다. 야구도 하고 여름캠프에도 가고 차도 갖고 싶었으니까.

그런데 아빠 말이 진심이었던 거다. 잊어버리지도 않았고.

엄마가 죽고 두 달 뒤, 학교 갔다 집에 와 보니 마당에 '매매'라는

---

* *Kon-Tiki*, 뗏목을 타고 태평양을 횡단한 노르웨이 탐험가 토르 헤위에르달의 모험을 기록한 책.
** *Dove*, 로빈 리 그레이엄이 열여섯 살 때 범선을 타고 세계 여행을 한 일을 기록한 책으로 1972년 출간.
*** *Alone Around the Worlds*, 최초로 범선을 타고 세계일주를 한 조슈아 슬로컴의 1899년 수기.

팻말이 붙어 있었다.

"걱정 마. 절대 안 팔릴 거야. 엄마는 늘 집이 너무 작다고 했어."
나는 딜런과 제리에게 말했다.

그날 밤 또 중국음식을 시켰는데 엉뚱한 음식이 배달 왔다. 하는 수 없이 제리한테 주려고 땅콩버터 샌드위치를 만드는데 아빠가 집에 돌아왔다.

"집 내놓은 거 봤지? 먼저 이야기하려고 했는데, 이렇게 금방 팻말을 붙일 줄 몰랐다."
아빠가 말했다.

"왜 집을 내놨는데요?"
내가 물었다.

"깜짝 놀랄 일이 있어. 저녁 먹으면서 얘기해 줄게. 앉아 봐라."
"제리 먹을 샌드위치 만들어야 돼요."
"제리도 뭐든지 있는 걸 먹어야 한다. 배에서는 먹을 수 있는 게 극히 제한되어 있으니까."
아빠가 말했다.

우리는 모두 아빠를 쳐다봤다. 하지만 아빠는 계속 먹기만 했다.
"배요?"
결국 내가 물었다.

"그게 바로 깜짝 놀랄 일이야. 먼저, 선물이 있어."
아빠가 말했다.

아빠는 가방에서 책 세 권을 꺼내 접시 옆에 놓더니 맨 위의 책을 나에게 주었다. 《배 엔진의 기초—가장 널리 쓰이는 디젤엔진 집중

분석》, 이런 제목이었다.

"벤. 넌 차를 좋아하지? 네가 할 일은 엔진에 대해 익히는 거야. 특히 디젤엔진."

아빠는 이어 딜런에게 말했다.

"딜런, 넌 별을 좋아하지? 이번 기회에 항해에 대해서도 배워 보렴."

아빠는 딜런에게도 책을 한 권 주었다. 《항해》라고만 적힌 책이었다. 딜런은 책을 받아들고 표지를 손바닥으로 쓸었다.

"제리."

아빠가 말했다.

"배에는 선원이 필요하다. 너는 선원이 되는 거야."

마지막 책은 애들이 보는 그림책이었다. 《어린이를 위한 항해》. 제리의 턱이 파르르 떨리기 시작했다.

"걱정 마라, 제리. 아빠가 이야기 하나 해 줄게. 옛날 옛날에 짐이라는 남자와 세 아들이 있었단다. 배 타는 걸 좋아하는 가족이었지."

아빠가 말했다.

"난 배 타는 거 싫어해."

제리가 들릴락 말락 한 소리로 말했다.

"어떻게 하는지 모르니까 그런 거야. 배우고 나면 좋아하게 될 거다."

아빠는 이야기를 계속했다.

"어느 날, 다 같이 배에서 살기 시작했어."

내가 끼어들었다.

"아빠. 말도 안 되는 얘기예요."

아빠가 숨을 들이마셨다.

"좋아, 벤. 이건 이야기가 아니다. 현실이야. 배를 살 생각이다. 내가 선장이 되고 너희는 선원이 되는 거야. 그리고 같이 배를 타고 바다로 나갈 거야. 1년 동안."

"아빠, 그럴 만한 여유가 없잖아요."

내가 말했다.

"그게 바로 내가 하려던 말이야. 이 집을 팔면 그럴 여유가 생긴다."

아빠가 말했다.

나는 손에 든 빈 접시를 내려다보았다. 엄마가 가장 좋아하던 꽃무늬 접시였다.

"아빠 학교는요? 1년이나 휴가를 낼 수는 없잖아요."

내가 물었다.

"가능해."

아빠가 말했다.

"학과장하고 이야기했는데 좋은 생각이라고 하더라. '그렇게 해요. 좀 쉬면서 세상 구경도 하고.' 그러더라. 너희는 학교를 1년 쉬어야겠지. 공부는 내가 가르칠 거야. 정해진 계획도 기한도 없이 열두 달을 오롯이 바다에서 보내는 거야."

"호수에 있는 배는요?"

내가 물었다.

"아, 그것도 팔아야지. 관리를 안 하면 못 쓰게 되니까. 그리고 크리설리스라는 좋은 배를 살 거야."

"크리설러스라는 좋은 배?"

딜런이 물었다.

"그래, 크리설리스. 플로리다에 있는데 우리가 살 거야. 6월에 크리스마스가 온 것 같을 거야. 크고 멋진 범선을 사서 1년 동안 바하마 제도를 도는 거다."

아빠는 말을 멈추고 숨을 크게 들이마셨다.

"사람들하고 이야기했는데 다들 좋은 생각이라고 하더라."

"모든 사람하고 다 이야기한 건 아니잖아요."

내가 말했다.

"또 누구랑 얘기해야 하는데?"

아빠가 물었다.

"우리요. 우리한테는 말 안 했잖아요."

 내가 말했다.

돌아갈 집이 없다

아빠는 바닷가 가게에서 돌아와서는 한시도 쉬지 않고 떠들었다. 크리설리스를 보고 온 것이다.

"어서 일어나라. 빨리 준비해. 지금 당장 배 타러 가는 거다."

아빠가 말했다. 배를 보러 항구에 가니 선주가 우리를 기다리고 있었다. 아빠는 배에 훌쩍 올라탔지만 딜런, 제리와 나는 바닷가에 서서 보고만 있었다.

아빠 말이랑 달랐다. 크리설리스는 크지도 멋지지도 않았다. 10미터가 조금 못 되었고 하얀 선체는 여기저기 긁혔고 붉고 긴 줄이 좌현 거의 전체를 가로질러 나 있었다. 햇살과 소금기 때문에 티크 목재는 빛이 바래고 표면이 거칠거칠했다. 이음매에는 검고 끈적한 것이 잔뜩 끼어 있었다. 그리고 뱃머리에 이름이 적혀 있었다. 멋을 부려 구불구불 쓴 필체로 크리설리스라고 쓰여 있었다. 끔찍했다.

결국 딜런과 나도 배에 올라탔지만 제리는 움직이지 않았다.

"이리 와 봐."

내가 말했지만 제리는 블랭키를 꼭 붙들고 서 있었다. 나는 제리를 들어 올려 갑판 위에 올려놓았다. 아래쪽 선실에서 아빠와 선주는 무선장치 위에 몸을 숙이고 있었다.

"해치*를 열어."

아빠는 돌아보지 않고 말했다. 딜런과 나는 문을 열러 갔고 제리는 우현 의자에 앉아 다리를 모으고 블랭키를 입가에 가져다 댔다.

나는 앞쪽에 있는 해치를 열긴 했지만 문이 워낙 작아서 이 축축한 화장실 겸용 샤워실이 제대로 환기가 될까 싶었다. 딜런이 배 앞쪽 'V'자형 침상 위쪽에 있는 커다란 해치의 녹슨 빗장을 여느라 끙끙대기에 가서 거들었다. 침상 매트 위에 커다란 주황색 돛가방 몇 개가 쌓여 있었다. 1번 제노아라고 하는 가장 큰 돛이 가방에서 반쯤 나와 있었다. 가장 작은 돛인 워킹 지브는 가방에 들어 있지도 않았고 스피니커**가방은 바닥에 굴러 떨어져 있었다. 나는 돛가방을 집어 가방더미 위에 던졌다.

주선실에서는 선주가 선실 바닥에 무릎을 꿇고 해치를 열고는 아빠에게 빌지*** 펌프를 보여 주었다. 아빠는 항해 테이블에 앉아 평행자, 나침반, 연필 몇 자루를 정돈했다.

"침상을 들여다봐."

아빠가 말했다.

...
*배 갑판 따위에 있는 위로 젖히는 뚜껑문.
**순풍이 불 때 쓰는 가볍고 큰 삼각돛.
***배 밑바닥 둥근 부분으로 여기에 더러운 물이 괸다.

침상은 선실 뒤쪽에 양옆으로 있는 좁고 긴 굴 같은 것으로 여기 들어가서 잔다. 중앙 엔진부 양쪽에 있다. 기어서 안으로 들어가는데 어떻게 자고 싶으냐에 따라 머리나 다리부터 들어간다. 한 번 들어가면 방향을 바꿀 수 없으니 말이다. 나는 우현 침상으로 머리부터 기어 들어간 다음에 하나 있는 해치를 열고 축축한 매트 위에 가만히 누워 구멍으로 조그만 네모 모양의 정박지를 내다보았다. 아빠와 선주는 배에 대해 이야기를 했다. 흘수선과 흘수*, 밧줄과 돛. 엔진과 적재. 나는 듣지 않으려고 했는데 그때 아빠가 나를 부르는 소리가 들렸다.

"네."

나는 답답한 침상에서 천천히 기어 나왔다. 선실에는 아빠 말고 아무도 없었다. 아빠는 위로 연결된 사다리계단에 한 발을 딛고 있었다.

"이제 바다로 나갈 거다."

아빠가 말했다.

"잠간만요, 아빠. 배가 낡았어요. 더럽고요."

내가 말했다. 아빠가 돌아봤다.

"청소하면 되지."

"엔진은……."

"네가 손봐라."

---

*흘수선은 배에서 물에 잠기는 부분과 잠기지 않는 부분을 가르는 선이고 흘수는 물에 잠기는 깊이를 말한다.

"돛은요."

"몇 개는 새 걸로 갈 거야. 자, 어서 가자."

아빠는 돌아서서 사다리를 올라갔고 나는 혼자 선실에 있었다. 엔진이 웅 하는 소리가 날 때 나는 마지못해 윗갑판으로 올라갔다. 우리는 크리설리스를 타고 모든 방법의 범주*를 다 시도해 보았다. 스피너커 돛까지 올렸다. 커다란 파란색과 분홍색 돛을 돛대에 달고 돛이 이끄는 대로 흔들거리며 기구 아래에 매달린 바구니처럼 뒤따라 끌려갔다. 몇 시간을 돌아다닌 뒤 돛을 내리고 엔진을 켜고 모터의 힘으로 부두로 되돌아갔다. 나는 엔진을 끈 뒤 다시 아빠에게 말했다.

"아빠. 이건 미친 짓이에요. 집으로 돌아가요."

아빠는 듣지 않았다. 아빠는 선주를 따라 부두로 올라가 버렸다. 두 사람은 서서 손짓을 섞어 가며 이야기를 나누었는데 마스트**를 가리키기도 하고 몸을 숙여 흘수선을 살피기도 했다.

딜런은 아래로 내려가 항해 테이블에 앉았다. 딜런은 아주 중요한 물건이라도 되는 것처럼 테이블 가장자리를 손으로 조심스레 쓸었다. 제리와 나는 조타석에 앉아 뜨거운 오후 햇볕에 땀을 흘렸다. 난 그냥 벌렁 누워 눈을 감아 버렸다. 볕에 눈꺼풀이 붉게 달아올랐다. 디젤 타는 냄새가 진동했다. 엔진이 부릉거렸다.

제리는 발을 흔들기 시작했다. 장단 맞추어 발로 제 의자를 찼다. "더워."

*동력을 쓰지 않고 돛에 바람을 받아 항해함.
**돛대. 배의 갑판 중심에 수직으로 세운 기둥.

제리가 징징거렸다.

"부채질해."

내가 말했다.

"모기가 물어."

"때려잡아."

"형아 나빠!"

제리는 이렇게 말하고 몸을 틀었다. 제리는 두 무릎을 턱밑으로 끌어당겨 다리를 감싸 안았다.

"형아 나빠! 나 이제 형아 싫어!"

"싫어해라. 뭔 상관이야."

내가 말했다.

나는 눈을 뜨고 위쪽을 봤다. 아빠가 손에 열쇠 꾸러미를 들고 부둣가에 서 있었다. 선주는 돌아가는 길이었다.

"형아 싫어! 이 배도 싫어! 집에 가고 싶어."

제리가 말했다.

"갈 필요 없어, 제리. 이제 여기가 집이야."

내가 말했다.

엄마의 사진

 아빠한테 집 떠나기 싫다고 수도 없이 말했다. 여름방학을 혼자 보내고 싶었다. 아무하고도 이야기하고 싶지 않았다. 그저 자고, 자전거 타고 호수에 가고, 배 타고 돌아다니고 싶었다. 하루 종일 집 밖에 나가 있다가 느지막이 들어와서 한참 동안 샤워하고 잠자리에 들고 싶었다. 하지만 아빠는 내 말을 들으려 하지 않았다. 마당에 집을 판다는 팻말을 붙이고 한 달쯤 지난 뒤에 아빠는 커다란 더플백 네 개를 사왔다.
 "우리 짐을 넣을 가방이야."
 아빠가 말했다.
 "아빠, 1년 동안 쓸 짐을 어떻게 가방 하나에 다 넣어요!"
 "가져갈 수 있는 것만 가지고 살아야지. 오늘 짐을 싸는 게 좋겠다."
 아빠가 말했다.

"오늘요?"

내가 말했다.

그러고 아빠는 제리에게 조그만 어린이용 CD 플레이어와 어린이용 CD 다섯 장을 주었다.

"재미있을 거야."

아빠가 제리에게 말했다.

"언제 떠나요?"

딜런이 물었다.

"내일모레. 하지만 내일 인부들이 올 테니까 그 사람들 오기 전에 짐을 싸놓는 게 좋겠지."

"인부요? 무슨 인부요?"

내가 물었다.

"우리 짐을 쌀 사람들이야. 새로 이사 오는 사람들은 한 달 뒤에나 올 테지만 떠나기 전에 짐을 다 치우고 싶어서."

아빠가 말했다.

"집이 팔렸어요?"

내가 물었다.

"배도 팔았다. 배도 같이 사겠다고 하더라."

아빠가 말했다.

딜런은 문가에 서 있었다. 제리는 비닐 포장이 반짝거리는 새 CD를 들고 있었다.

"배를 팔았다고요? 엄마 집도요?"

내가 말했다.

"짐을 싸야겠다."

아빠는 이렇게 말하고 가방을 들고 방으로 들어갔다.

다음 날 아침, 이삿짐 싸는 사람들이 새벽같이 와서 가구를 밖으로 들어내고 나머지 물건은 모두 상자에 넣었다. 아빠는 돌아다니며 계속 이렇게 말했다.

"이건 필요 없어요. 버리세요. 자선단체에 보내세요."

아빠는 항해 잡지 전부와 10년 동안 사 모은 시 잡지를 모두 내버렸다. 다락방에 있던 아기용품은 전부 구세군에 보낼 상자에 넣었다. 차고에 있던 세발자전거와 창고에 있던 아기그네도 넣었다. 그러고 나서는 엄마 자전거까지 자선단체에 보낼 짐이 있는 데로 끌고 갔다.

"아빠, 그거 엄마 거예요."

내가 말했다.

"안다."

아빠는 이렇게 대꾸하고 계속 자전거를 끌고 갔다. 자전거를 오래된 아기용품 위에 얹더니 뒷바퀴를 잡고 뒤에 달린 아기의자를 흔들어 보고 그대로 놓고 갔다.

자전거 핸들에 햇빛이 반사되었다. 나는 부신 눈을 감았고 엄마가 제리를 아기의자에 앉힌 채로 자전거를 잡고 있는 모습을 보았다. 엄마는 몸을 숙여 자전거 거치대를 차올렸고 우리는 함께 엄마가 오기를 기다렸다. 나는 호수를 생각했고 나무그늘 아래가 얼마나 시원했는지, 엄마가 어디 갈 준비를 하는 데에는 늘 얼마나 오래 걸렸는지를 생각했다. 마침내 엄마가 고개를 들고 웃으며 말했다. "준비됐어."

나는 눈을 떴다. 그 사이 해가 움직였다. 자전거 핸들은 이제 반짝거리지 않았다. 나는 안으로 들어갔다.

이삿짐센터 사람들이 거실 책꽂이에 있는 물건을 '거실'이라고 적힌 상자에 넣었다. 호수에 있는 우리 배를 그린 제리 그림. 내가 유치원에서 만든 치타 모형. 딜런이 4학년 때 받은 우등상장. 마치 우리 집 현관에 거대한 진공청소기를 가져다 대고 우리와 날마다 같이 있던 물건들을 모두 빨아들이는 것 같았다. 일층 물건을 다 치우고 나자 사람들이 이층 침실로 올라갔다. 복도에는 아들1, 아들2, 아들3이라고 적힌 상자들이 쌓여 있었다. 아빠는 제리에게 맨 윗서랍에 모아 놓은 쓰레기를 버리라고 말했다. 아빠는 내가 문가에 서 있는 걸 보더니 이렇게 말했다.

"자동차 잡지 버려라."

"뭐라고요?"

"오래된 잡지 버리라고. 5년 치는 되겠더라. 오래된 것들이잖아. 그냥 버려."

"제가 모으는 잡지들인데요?"

"그래. 당장 버려."

아빠는 몸을 숙여 제리가 쥐고 있는 줄을 하나 당겨 꺼냈다.

"이건 그냥 줄이잖아."

아빠 말에 제리가 울음을 터뜨렸다.

나는 밖으로 나갔다.

"벤."

아빠가 불렀지만 나는 대답하지 않았다. 나는 엄마 의자에 앉으려고 안방으로 들어갔다. 하지만 엄마 의자가 없었다. 침대와 화장대도 없었다. 램프, 사진, 책, 책꽂이…… 모두 사라졌다. 벽에는 상자들이 죽 쌓여 있었다. 상자마다 이삿짐센터 사람이 '엄마'라고 휘갈겨 써 놓았다. 텅 빈 방이 빙빙 돌았다. 나는 바닥에 주저앉아 손으로 머리를 감쌌다.

아빠 신발의 고무밑창 소리가 텅 빈 방바닥에서 탁탁 소리를 냈다. 아빠가 발끝으로 내 허벅지를 밀었다.

"자동차 잡지 버리라고 했지."

나는 고개를 들어 아빠를 보았고 아빠 얼굴이 일그러진 것을 보았다.

"이 상자 어떻게 할 거예요?"

내가 물었다. 내 목소리가 높아지는 걸 느꼈다.

"저것도 자선단체에 줘 버릴 거예요? 엄마 물건 전부 다요?"

"벤."

아빠가 입을 열었다.

나는 가장 가까이에 있는 상자의 테이프를 뜯어 버렸다.

아빠가 내 손을 잡았다.

"벤. 그만해."

아빠의 목소리가 날카로웠다.

나는 아빠의 손을 뿌리치고 상자 안을 뒤졌다. 엄마 화장대 제일 윗서랍에 들어 있던 물건들이었다. 오래된 지갑. 딜런과 내가 록스타나 된 것처럼 부른 노래를 녹음한 테이프. 화장품 케이스. 이빨 요정에게 보내는 쪽지. 바이런이라는 이름이 적힌 아주 조그만 목걸이.

막내 물건 가운데 엄마가 간직한 것은 그것 하나였다. 너무 일찍 태어났던 아기. 그리고 지난여름에 아빠가 찍은, 배에 타고 있는 엄마 사진이 있었다. 나는 사진을 꺼냈다.

아빠가 내 손목을 다시 잡았다.

"어서 가서 잡지 처리해."

"손대지 마세요."

나는 이렇게 말하고 몸을 뺐다. 나는 사진을 아빠 얼굴에 갖다 대고 흔들었다.

"이건 내 거예요."

나는 이렇게 말하고는 사진을 주머니에 넣었다.

"내 거예요. 이건 못 빼앗아가요."

출항 준비

크리설리스에는 내 방이라고 할 만한 공간이 있긴 하지만 엄마 사진을 놓을 자리는 없다. 내가 쓰는 우현 침상은 물에 젖지 않을 만한 데가 없다. 나는 새 자동차 잡지 다섯 권을 매트리스 아래에 죽 늘어놓았다. 옷장 위 칸은 디젤엔진 책 한 권으로 꽉 찬다. 고심 끝에 엄마 사진을 엔진 책 표지 안쪽에 꽂아 두었다. 아무도 이 책을 들춰 보지 않을 테니까. 나는 책에 숨겨둔 엄마의 웃음이 좋았다. 마치 엄마가 나의 일급비밀인 것만 같았다. 기어를 넣기 전 대기 상태인 엔진처럼 책 표지 아래에서 고동치는 비밀.

V형 침상은 딜런의 방이 되었다. 딜런은 옷가지, 별자리 책과 《나니아 연대기》를 가지고 왔다. 망원경은 배에 자리가 없어 두고 왔다.

장난감 블록이나 세발자전거나 인라인스케이트를 놓을 자리도 없어서, 제리는 조그만 자동차 몇 개와 사인펜만 챙겨 왔다. 제리가 자기 잠자리로 정한 주선실 우현 의자 위쪽 선반에 전부 들어갔다. 나는 제리가 가장 좋아하는 그림책 몇 권을 고르는 걸 도왔다. 책은 침대 쿠션 아래에 죽 늘어놓았다.

아빠는 좌현 침상을 쓴다. 아빠는 옷가지와 시선집 한 권 말고는 아무것도 가져오지 않았다. 아빠는 어떤 시를 백 번 읽더라도 읽을 때마다 새롭다고 말했었다. 정말 진심으로 한 말이었나 보다.

그러나 키웨스트에서 아빠는 새로운 책을 골랐다. 지금 주선실에 있는 책들은 모두 항해, 바하마 제도, 산호초, 바다 생물, 스노클링, 작살잡이 등에 관한 책이다. 서점에서 관련 분야 책을 통째로 다 산 게 분명했다. "시는 이제 됐어요. 진짜 삶에 대한 책을 주세요." 이렇게 말하지 않았을까.

물론 배를 타고 떠날 준비를 하려면 책 말고도 살게 많았다. 아빠는 GPS를 샀고 선미 난간에 안테나를 달았다. 화면은 항해 테이블 옆에 달았다. 자판을 두드리면 우리가 정확히 어디에 있는지 화면에 나왔다. 호수에서는 그런 게 필요 없었지만 이제는 이것 없이는 항해할 수 없었다. 딩기*에 달 모터도 샀고 구명조끼도 새로 구비했다. 새 조명탄과 EPIRB라는 구급장비도 구입했다. EPIRB는 위급 상황이 발생했을 때 현재 위치를 전송해 구조를 요청하는 장치다. 이런저런 물건을 사고 난 뒤 아빠는 돛은 새로 사지 않기로 했다. 그냥 오래된 돛을 호스로 수돗물을 뿌려 씻고 마른 뒤에 잘 개어서 가방에 넣었다. 무선기에 약간 문제가 있었다. 수리공이 왔을 때는 잘 되었다가 수리공이 가고 나면 멈추곤 했다. 그런데 아빠가 좀 만지작

*큰 배에서 보급선, 짐배, 구명보트 등으로 쓰는 작은 배.

거리니 다시 작동했다. 아빠는 새 무선기를 사지 않아도 되니 다행이라고 했다.

딜런은 항해를 배우느라 열심이었다. 특히 태양고도를 열심히 측정했다. 정오가 되면 육분의를 가지고 앉아 태양이 수평선과 이루는 각도를 쟀다. 그리고 나서 온갖 수학적 계산을 하더니 한참 만에 우리가 적도 북쪽 어딘가에 있다는 사실을 알아냈다. 그런 계산을 하다니, 나는 딜런이 꼬마 아인슈타인 같다고 생각했는데 딜런은 더 잘해야 한다고 생각하는 모양이다. 딜런은 계속 이 일에 매달렸다.

나는 다른 종류의 일을 힘들게 했다. 아빠가 나더러 마스트 위에 올라가 바람의 세기를 측정하는 풍속계를 새로 달라고 했다. 또 아빠와 같이 나침반 위치를 조정했다. 구명밧줄도 새것으로 갈았다. 또 엔진을 들어내고 선체를 문질러 닦았다. 빨리 출항하고 싶은 생각만 없었다면 아빠는 틀림없이 내부 목재를 사포질하고 광택제를 칠하는 일까지도 나한테 시켰을 거다.

아빠는 서둘러 출항 준비를 했다. 우리는 배에 식료품과 물을 가득 실었다. 아빠는 중고차 시장으로 차를 몰고 가더니 주머니에 현금을 가득 넣고 걸어서 돌아왔다. 우리는 하루 종일 항해해 매러선으로 가서 배를 정박했다. 그날 밤 아빠는 일찍 잠자리에 들었다. 제리는 조타실 안, 내 옆에 누워 잠들었고 딜런과 나는 밝은 안전등에 둘러싸인 별이 없는 어두운 밤하늘을 바라보았다.

"난 가기 싫어."

내가 딜런에게 말했다.

딜런은 대답이 없었다.

나는 제리를 깨우지 않으려고 조심스레 팔꿈치를 짚고 일어섰다.

딜런은 벌써 잠이 들었다. 어떻게 잘 수가 있을까?

이삿짐센터 사람들이 왔던 날 밤하고 똑같았다. 우리는 바닥에 잠자리를 깔고 누웠다. 그날 밤 딜런은 금세 깊이 잠들어 고른 숨소리를 냈다. 나는 눈을 말똥말똥 뜨고 천장에 붙은 스티커 별을 보며 집 안에서 나는 온갖 소리에 귀를 기울였다. 아래층에서 빈 방을 오가는 아빠 발소리가 들렸다. 그러더니 현관문이 열리더니 쾅 소리를 내며 닫혔다. 아빠가 밖으로 나간 것이다.

갑자기 집을 나가야겠다는 생각이 들었다.

나는 더플백과 신발을 들고 아래층으로 살금살금 내려갔다. 가로등에서 나오는 빛이 커튼이 없는 창문으로 쏟아져 들어왔다. 나는 뒷문으로 나가려고 부엌 쪽으로 갔다.

그러다가 걸음을 멈췄다.

아빠는 밖에 나간 게 아니었다. 부엌에서 싱크대에 기대어 있었다. 살짝 몸을 숙이고 큼직한 천에 얼굴을 묻고 있었다. 자세히 보니 앞치마였다.

"아빠?"

내가 불렀다.

아빠는 얼굴을 앞치마에서 떼더니 나를 돌아봤다. 그러더니 내 앞으로 들어 보였다.

"엄마 거다. 이삿짐 사람들이 빠뜨렸어. 서랍 제일 안쪽에 있더라."

아빠가 말했다.

위층에서 제리가 불렀다.

"엄마?"

아빠는 손에 든 앞치마를 내려다보았다.

"왜 이걸 못 봤을까."

제리의 목소리가 더 커졌다.

"엄마!"

"아빠, 제리가 불러요."

"뭐?"

"제리가 엄마를 불러요. 또."

"엄마!"

제리의 목소리가 찢어질 듯 울렸다.

아빠는 계단 쪽을 보더니 다시 앞치마에 얼굴을 묻었다.

제리가 비명을 질렀다.

나는 가방을 떨어뜨렸다. 한 번에 두 계단씩 올라갔다. 나는 제리 옆에 누웠다.

"형아."

제리가 흐느꼈다. 나는 블랭키의 부드러운 가장자리를 잡아 제리의 뺨을 쓸어 주었다. 제리는 몸을 동그랗게 말고 내 품 안으로 쏙 들어왔다. 제리가 달달 떠는 게 느껴졌다.

다음 날 아침, 우리는 더플백을 차에 싣고 출발했다.

지금 나는 그때처럼 제리 옆에 누워 있다. 지금은 크리설리스라는 배 조타실 안이다. 또다시 아침이 되면 우린 떠날 것이다. 나는 잠이

든 동생들을 보고, 위쪽 안전등 너머 검고 텅 빈 밤하늘을 올려다보았다. 아래쪽 선실 항해 테이블 위에 펼쳐진 해도를 생각했다. 아빠가 매러선에서부터 바하마 제도 서쪽 끝 섬인 비미니까지 긴 선을 그어 놓았다. 그 선을 보는 순간 벼랑 끝을 보는 것 같은 느낌이었다. 벼랑 끝 너머 떨어지고 떨어지고 또 떨어지는 길. 끝없는 바다 속으로 깊숙이.

바하마 제도

 매러선에서 출항하기 직전까지만 해도 나는 아빠가 마음을 바꿀 거라고 생각했다. 갑자기 우리를 돌아보며 이렇게 말할 거라고 믿었다. "얘들아! 어떻게 된 거지? 왜 우리가 여기 와 있지?" 하지만 그런 일은 일어나지 않았다. 아빠가 말한 대로, 우리는 이른 오후에 매러선에서 출항해 동쪽으로 갔다. 키스 제도 남쪽으로 육지가 보이지 않을 때까지 갔다. 플로리다는 좌현으로 북쪽 몇 킬로미터 거리에 있었다. 우현 쪽, 남쪽으로 160킬로미터 정도 가면 쿠바다. 높은 여름 해가 우리 뒤에서 천천히 호를 그리며 멕시코 쪽으로 넘어갔다.
 앞쪽으로는 수백 개의 섬, 바하마 군도가 있었다. 우리는 비미니를 향해 가는 길이었다. 비미니는 우리 집 옆에 있던 호수보다도 더 작은 섬이다. 나는 조타석에 앉아 배를 부드럽게 흔들며 밀고 지나가는 파도를 몸으로 느꼈다. 아빠가 아무리 멋진 최신 장비를 샀다고 해도 비미니를 결코 찾을 수 없을 거다. 그래도 상관없었다. 운이 좋다면 지구 가장자리로 가서 떨어질 때까지 계속 나아갈 수 있을 거라는 생각도 했다.

나는 쿠션에서 몸을 일으켰고 딜런이 배 좌현에 앉아 다리를 밖으로 내놓고 맨발가락으로 배 옆에 올라오는 거품을 건드리려 하는 것을 보았다.

"발가락 미끼구나. 상어가 아주 좋아하지."

내가 말했다.

딜런이 웃었다.

"여기서 보니까 바다가 아주 예뻐. 이리 와 봐."

"됐어. 나는 쿠션에 비참하게 앉아 있는 게 더 좋아."

제리가 아래쪽에서 조타실로 올라왔다. 블랭키를 질질 끌고서. 제리는 넘어질세라 조심조심 움직여 아빠 옆에 앉았다. 제리는 다리를 끌어안고 앉아 블랭키를 말아 턱 밑에 고였다. 블랭키가 마치 턱수염처럼 보였다.

아빠는 움직이지 않았다.

"지금 속력이 몇이냐, 벤?"

아빠가 물었다.

나는 몸을 앞으로 숙여 속도계를 봤다.

"6노트요.*"

아빠가 얼굴을 찌푸렸다.

"이 정도 바람이면 더 빨리 가야 하는데."

•••
*1노트는 시속 1해리(1,852미터).

"키 방향이 잘못됐나 보죠."

내가 말했다.

"아냐. 그런 것 같진 않아."

아빠가 고개를 젓고 한참 동안 돛을 살폈다.

"너무 많이 기울었어. 돛을 너무 많이 달았다. 워킹 지브로 바꾸는 게 어때?"

아빠가 말했다.

나는 아빠랑 호수에서 배를 많이 타 봐서 반박해 봐야 소용없다는 걸 알았다. "그냥 둬요."라거나 "아빠가 좀 하세요. 피곤해요."라고 말할 수는 없었다. 선장의 말은 절대적이고 배에서는 늘 아빠가 선장이었다. 그래서 아빠가 "워킹 지브로 바꾸는 게 어때."라고 하는 말은 사실 "벤, 워킹 지브를 올려라."라는 말하고 똑같다.

나는 돛을 가지러 아래로 내려갔다. 올라와 보니 딜런이 벌써 앞갑판에서 제노아를 내릴 준비를 해놓았다.

"내린다." 내가 소리치고 밧줄을 풀었다. 돛이 펄럭이며 떨어졌다. 딜런은 돛을 그러모으고 얼른 고리에서 줄을 뺀 다음 숙련된 동작으로 걸쇠를 하나씩 잡으며 당김줄에서 풀었다.

배에서 딜런은 정말 알 수 없는 아이였다. 늘 배를 타고 싶어 했고 배에서는 무슨 일을 해야 할지 잘 알았고 맡은 일을 잘했다. 하지만 한 번도 키를 잡겠다고 한 적은 없었다. 아빠가 잡으라고 하면 그제야 잡았고 일단 키를 잡으면 꽤 조종을 잘했다. 하지만 나서서 그러겠다고 한 적은 한 번도 없었다. 그냥 같이 배를 타는 것만으로 좋은 듯했다.

딜런은 솜씨 좋게 제노아를 접어 돛가방에 넣었고 내가 워킹 지브를 끌고 오는데 아빠 목소리가 들렸다.

"잠깐. 깜박했다. 지금은 시범운행 기간이다. 모두 뱃일을 배워야 해. 제리, 가서 돛을 걸어라. 벤, 제리가 다 하면 돛을 올려라. 딜런, 제노아를 가지고 내려가서 진행 방향을 다시 확인해라."

아빠가 말했다.

가장 몸이 가벼운 사람이 앞갑판을 맡는 건 사실이다. 특히 경주할 때는 그렇게 한다. 하지만 제리는 가벼운 정도가 아니다. 어린애다. 아직 다섯 살도 안 되었다.

아빠는 제리를 움직이게 하려고 밀었다.

"자, 친구. 어서 가. 블랭키는 두고."

"아빠. 못하겠어요. 너무 무거워요."

제리가 작은 소리로 말했다.

"내가 할게."

내가 말하고 앞으로 갔다.

"안 돼, 벤. 제리가 할 수 있는 일이야. 제리도 선원이야. 배워야 해."

"아빠……."

제리가 우는소리를 했다.

"징징대지 말고 한번 해 봐."

아빠가 말했다.

제리는 기어서 앞갑판으로 와서 일어서 돛가방을 잡았다. 무겁긴 해도 못 들 정도는 아니었다. 제리는 낑낑대며 가방에서 돛을 꺼내고 가방은 앞쪽 해치 속으로 넣었다. 조심스레 손으로 돛 아래쪽을 더듬으며 고정못을 찾았다. 제리는 갑판 위에 고정된 고리에 커다란 밧줄고리를 걸고 첫 번째 돛고리를 찾았다.

제리는 돛고리를 여느라 끙끙댔다. 잘 안 열렸다. 제리의 손은 조그마했다. 제리는 간신히 돛고리를 열어 당김줄에 걸었다. 제리는 다음 것을 찾았다. 둘. 셋. 돛에는 돛고리가 열다섯 개쯤 있었다. 돛을 올리기 전에 전부 걸어야 했다. 넷. 다섯.

"잘하는구나, 제리. 하지만 서둘러야 한다. 지브가 없으면 배가 흔들려."

아빠가 외쳤다. 아빠는 기대어 앉아 손가락 끝을 키 위에 올려놓고 주돛 앞쪽을 살폈다. 딜런은 아래쪽 항해 테이블에서 거리를 재고 있었다.

제리는 몸의 균형을 잡으며 자기 일에 몰두했다. 혀가 쏙 나와 코쪽으로 말려 있었다. 제리는 얼굴에 흘러내린 머리카락을 쓸어넘겼다. 그때 배가 너울에 부딪쳤고, 제리가 순식간에 사라졌다.

나는 뱃머리로 뛰었고 손을 뻗어 가느다란 제리의 손목을 잡았다. 제리는 뱃머리 난간 아래쪽에 절박하게 매달려 있었고 발은 물에 잠겨 있었다. 너무 겁에 질려 소리조차 지르지 못했다.

나는 제리를 끌어 올려 다리 사이에 꼭 안았고 우리는 숨도 쉬지 못하고 앉아 있었다. 나는 제리를 꼭 붙들었다. 아빠가 조타실에 서서 소리를 질렀지만 우리 둘 다 돌아보지 않았다.

"무슨 일이야? 어떻게 된 거야?"

딜런은 계단에 서서 말없이 바라봤다.

제리와 나는 꿈쩍도 하지 않았다. 나는 바다가 아닌 다른 물결이 우리를 쓸고 지나가는 것을 느꼈다. 제리의 조그만 어깨가 내 팔 사이에서 따뜻하게 느껴졌다.

"무슨 일이냐고?"

아빠가 다시 소리쳤다.

"제리, 한 손은 배를 잡는 거야. 언제나. 무슨 일이 있더라도. 한 손은 배에. 알았어? 이제 가서 앉아. 내가 마저 할게."

내가 말했다.

제리는 구명밧줄을 잡고 아주 천천히 갔다. 겁에 질려 어찌나 천천히 가던지 내가 돛을 올리기 시작했는데도 계단까지도 채 가지 못했다.

나는 윈치를 감아 돛을 활짝 폈고 몸을 앞으로 뻗어 돛 앞쪽을 살피고 앞쪽이 너무 팽팽하길래 줄을 약간 풀었다. 그러는 동안 아빠에게 아무 말도 하지 않았다. 돛이 잘 올라갔다 싶을 때 나는 몸을 돌려 아빠를 보았다.

"무슨 일이 있었냐?"

아빠가 물었다.

"제리가 배 밖으로 떨어져서 제가 끌어 올렸어요."

아빠는 눈을 깜박이며 돛을 보더니 계단 쪽으로 눈을 돌렸다. 제리는 등을 돌리고 앉아 있었다. 어깨 위에 블랭키를 숄처럼 둘렀다.

아빠는 아무 말도 하지 않았다. 제리에게도 나에게도.

"제리가 배 밖으로 떨어졌다고요."

내가 다시 말했다.

"들었어. 제리야, 가서 마른 옷으로 갈아입어. 벤, 딜런, 사람이 배 밖으로 떨어졌을 때의 행동 원칙에 대해 이야기하겠다."

아빠가 말했다.

제리는 아래쪽으로 내려갔고 딜런은 올라왔다. 나는 앉아서 아빠를 노려봤다. 손가락 끝까지 맥박이 고동치는 게 느껴졌다.

"바다에서 안전은 아주 중요하다. 아무리 장비가 있어도 머릿속에 원칙을 새겨 놓아야 한다."

아빠가 말했다.

"아빠…….."

내가 입을 열었다.

아빠는 손을 들어 내 말을 막았다.

"키웨스트에서 먼저 일러주었어야 하는데……. 배 밖으로 사람이 떨어졌을 때 대처 요령은 아주 간단하다. 대개의 경우 구명환을 먼저 던진다. 그러면 물에 빠진 사람이 구명환까지 헤엄쳐 오고 그러는 동안 배는 방향을 돌려 와서 그 사람을 구조한다."

아빠는 말을 멈추고 나침반을 보았다.

"아빠."

나는 이를 악물었다.

"잊어버리셨나 본데요, 이 여행을 계획하신 걸로 보아 아빠가 알고 있다고 생각했는데 지금 보니 모르시나 보네요."

나는 아빠를 똑바로 쳐다보았다. 아빠는 돛을 보고 있었다.

"아빠, 제리는 수영 못해요. 아세요?"

무언가 고통 같은 것이 아빠의 얼굴을 스치고 지나갔다. 어쩌면 깨달음이었을지도 모르겠다.

　우리 식구들 사이에서는 제리가 수영을 못한다는 사실이 농담거리였다. 엄마는 물에 뜨질 않았다. 식구들끼리 수영장에 가면, 엄마는 물 위에 누우면 자기가 얼마나 금세 가라앉는지 보여 주기를 좋아했다. "움직이지 없어요." 우리는 소리치며 폴짝폴짝 뛰었다. 그러고는 엄마가 물에 가라앉을 때까지 몇 초나 걸리는지 셌다. 엄마는 자기 뼈가 돌로 되어 있다고 우겼다. 물론 마음만 먹으면 물에 뜰 수 있었다. 하지만 엄마는 헤엄치다 보면 지친다고 했고 할 줄 알면서도 수영을 싫어했다. 엄마는 딜런이나 내가 도대체 어디에서 떨어진 애들인지 모르겠다고 했다. 어떻게 자기한테서 물고기가 태어났는지, 우리 둘 다 거의 갓난아기 때부터 수영을 했으니 말이다.

　그러고 나서 제리가 태어났다. 제리는 물을 보기만 해도 가라앉았다. 배를 타고 다녀도 달라지지 않았다. 그래서 엄마 아빠는 꼭 수영을 가르쳐야겠다고 다짐했다. 아빠가 수영을 가르치려 했지만 제리는 물에 가라앉아 울었고 아빠는 화를 냈다. 엄마가 가르치려 했을 때에도 제리는 가라앉았고 엄마는 슬퍼했다. 그래서 수영장에 가면 엄마와 제리는 얕은 물에서 물장구를 쳤고 우리 셋은 다이빙대에서 공중제비를 돌고 누가 숨을 오래 참나 내기를 했다. 내가 늘 이겼다.

　아빠가 그걸 잊었다니! 그 사고가 있었던 날 오전, 제리가 처음으로 정식으로 수영을 배웠고 역시나 물에 가라앉았다는 것을 잊었나? 제리는 울고 아빠는 화를 냈던 것을 잊었다니? 아빠가 화를 냈기 때문에 엄마도 화가 났고, 식구들 기분을 풀려면 뭐 맛있는 걸 해 줘야겠다고 생각했던 것을? 그래서 엄마는 바나나스플릿을 만들려고 했다.

그런데 아이스크림이 없었다. 엄마가 가게에 가려고 문을 쾅 닫고 나가자 아빠가 "그럴 필요 없어."라고 소리쳤던 것, 엄마가 "당신도 물을 무서워하는 다섯 살짜리 아이한테 소리 지를 필요 없어."라고 했던 것을 잊었나? 아이스크림이 앞좌석에서 녹고 구급차가……. 아빠가 조용히 말했다.
"잊지 않았다, 벤."
"잊으셨어요."
내가 말했다.
"내 실수다. 구명조끼를 입으라고 말했어야 했어."
"아이스크림은요? 아이스크림도 잊었어요?"
"벤, 그만……."
"전부 다요! 전부 다 잊으셨죠, 아니에요?"
내가 말했다.
나는 벌떡 일어나서 조타실을 나왔다. 앞으로 가서 뱃머리 난간에 섰다. 얼굴에 바람이 불어왔고 돛이 커다란 하나짜리 날개처럼 내 뒤에서 펄럭였다. 나는 마치 날개를 하나 잃어 파닥거리며 돌아다닐 수는 있지만 결코 다시는 날 수 없는 한 마리 나비 같았다.

불침번

뱃머리에 앉아 어둑해지는 저녁 하늘로 파도가 묻혀 사라지는 것을 보았다. 결국 우리 앞쪽 수평선은 컴컴해지고 우리 뒤쪽에서는 해가 구름 너머로 넘어갔다. 왼쪽으로, 플로리다를 지나 거대한 땅덩이를 지나, 숲과 산을 지나고 강과 호수를 건너면, 우리 집이 있었다.

"벤! 저녁 먹어라."

아빠 목소리였다. 내가 조타실로 가자 아빠가 그릇을 건넸다.

"칠리*다."

아빠가 말했다.

나는 그릇을 받아 들고 앉았다. 아무도 아무 말도 하지 않아 우리는 그냥 자동조종장치 소리를 들었다. 내가 뱃머리에 있는 동안 아

•••
*고기, 콩, 칠리고추로 만든 멕시코 요리.

빠가 자동조종장치를 켜 놓았다. 그러면 밤 동안에는 키를 잡지 않아도 된다. 침묵 속에서 자동조종장치가 우웅거리며 키를 살짝 이쪽으로 밀었다가 저쪽으로 밀었다가 하며 바뀌지 않는 바람 속에서 정확한 방향을 잡아 나갔다.

아빠가 빈 그릇을 내려놓았다.

"들어라."

아빠가 말했다.

"오늘 밤이 첫 밤 항해다. 모두 할 일이 있다. 제리, 네가 할 일은 자는 거다. 나머지 사람들은 교대로 불침번을 설 거다. 딜런, 네가 첫 순서를 맡아라. 8시에서 12시까지. 내가 12시부터 4시까지 지키겠다. 벤, 4시에 깨울 테니 4시부터는 네가 맡아라. 매시간 속도와 방향을 기록해야 한다. 벤, 아마 네가 불침번을 서는 동안 비미니가 보일 거다. 동이 트기 전에는 안 보이겠지만. 닻을 내린 뒤에는 다들 자기 임무를 해야 한다. 제대로 해야 해."

아빠는 말을 멈추고 나를 보았다.

"너 배 안 고프니?"

나는 내 그릇을 내려다보았다. 손도 대지 않았다. 집에서라면 배가 고팠을 것이다. 지금쯤이면 혼자 배를 타거나 아니면 앤드루나 다른 친구들하고 야구를 하거나 호수에서 수영을 하고 집으로 돌아왔을 거다. 동생들은 마당에서 소리를 지르며 술래잡기를 할 거고. 엄마는 집에서 저녁 준비를 할 때다. 하지만 지금은 다른 사람들이, 누군지 몰라도 우리 집에 들어와 산다. 부엌 찬장 뒤쪽에서 오래된 생일 축하 초를 발견하겠지. 냉장고 아래에서 군인 장난감 하나를 찾거나 마당에서 야구공 하나를 발견하겠지. 화장실 서랍을 열다가 엄마가 쓰던 빗을 발견할지도 모른다. 전부 다 버리겠지.

"네. 배가 안 고파요."

나는 일어서서 칠리를 바다에 쏟아 버렸다.

"그게 네 저녁이야."

아빠가 말했다.

"내일 닻 내릴 때까지는 먹을 게 아무것도 없다."

아빠는 내 손에서 그릇을 빼앗아가더니 설거지하러 들고 내려갔다.

제리는 아빠가 내려가는 걸 보더니 눈을 감고 옆으로 기대 몸을 웅크렸다. 제리는 배에 탄 뒤로 악몽을 꾸지 않았다. 하지만 몸을 숨기는 것처럼 동그랗게 오므리는 버릇이 생겼다. 쥐며느리를 건드리면 공처럼 몸을 동그랗게 마는 것하고 비슷했다.

딜런은 뒤로 몸을 젖히고 별을 바라보았다.

"형, 저기 봐. 은하수가 보여."

딜런이 말했다. 집에 있을 때 딜런은 자기 망원경으로 우리에게 목성 위성을 보여 주었고 태양계 모빌을 만들어 별 스티커를 붙인 천장에 달았다. 밤이면 밖으로 나가 축축한 잔디밭에 누워 밤하늘을 바라보았다.

딜런이 조용히 말했다.

"여긴 하늘이 정말 맑아. 별이 정말 잘 보여."

"이런 말 하고 싶진 않지만, 아인슈타인 아저씨. 난 별에 별로 관심 없어."

내가 말했다.

딜런은 잠시 말이 없었다.
"별은 변하지 않잖아. 아주 오래전부터 있었어."
나는 어깨를 으쓱했다.
"난 별 좋아해. 나한테 얘기해 줘."
제리가 갑자기 말하며 몸을 폈다.
"봐. 저게 작은곰자리야. 보여? 국자 모양 손잡이 부분에 있는 마지막 별이 북극성이야. 유일하게 움직이지 않는 별이지. 다른 별들이 북극성을 중심으로 돌아. 이제 아래쪽을 봐. 저게 큰곰자리야. 작은 국자에 담은 물을 큰 국자 안에 붓는 것처럼 보이지."
딜런이 말했다.
나는 딜런의 손가락을 따라 어둠 속을 보았다. 어쩌면 좋을지도 모르지. 나는 생각했다. 빈 공간을 보면서 날아가는 거야. 나는 한번 해 보았다. 고개를 들었다. 별을 보았다. 우주를 상상했다. 하지만 아무 일도 일어나지 않았다. 그냥 밤이었다.
"이제 큰곰자리 손잡이 마지막 별 아래쪽을 봐봐. 아주 밝은 별이 아르크투루스야. 거기까지 거리가 40광년밖에 안 돼."
딜런이 제리에게 말했다.
아빠가 조타실로 올라와서 서서 어둠 속을 바라보고 있었다.
"광년이 뭐야?"
제리가 물었다.
"9조 5천 킬로미터."
"'년'인데 어떻게 킬로미터야?"
"복잡한 얘기야, 제리. 넌 이해 못 해."

내가 말했다.

"빛이 1년에 이동하는 거리라서 그래."

딜런이 설명했다.

"아……."

제리는 잠시 동안 말이 없었다.

"그럼 하늘나라까지는 몇 광년이야?"

나는 뜨거운 열이 온몸을 쓸고 지나가는 것을 느꼈다. 아빠를 휙 돌아보았다.

아빠가 돌아보며 입을 열었다.

"벤, 제리 데리고 자러 가라."

"안 졸린데요."

"졸지 않고 불침번 서려면 자 둬야 한다. 잘 수 있을 때 자는 법을 익혀야 해. 가라."

나는 뭐라고 말을 하려다가, 그냥 일어서서 제리를 데리고 아래로 갔다. 기어서 내 침상 안으로 들어가자 위에서 아빠와 딜런이 두런두런 이야기하는 소리가 들렸고 물이 꾸르륵거리는 소리가 귓가에서 울렸다. 바다와 나 사이에는 두께가 한 치도 안 되는 유리섬유밖에 없었다. 아래쪽으로는 칠흑 같은 어둠이 끝없이 뻗어 있고 희한하게 생기고 눈이 튀어나온 물고기들이 오갈 것이다. 위쪽으로는 별과 팽창하는 우주가 있었다. 이런 데서 어떻게 잘 수가 있나?

나는 뒤척이면서 땀을 흘렸다. 아빠와 딜런의 목소리가 더는 들리지 않았다. 제리는 훌쩍이며 몸을 들썩였다. 딜런이 조용히 내려와 자기 잠자리로 갔다. 키가 끼익거리는 소리가 났다. 돛의 아딧줄*이

웅웅거렸다. 밧줄 하나가 조타실 바닥을 쳤다. 막 잠이 들려는 순간 아빠가 발을 흔들어 깨웠다.

"네 차례다. 그동안 항로를 어떻게 기록했는지 보여 주마."

아빠가 말했다.

나는 아빠의 설명을 귓등으로 들었다. 사다리를 붙들고 서서 정신을 차리려 했다. 나는 열다섯 살이다. 전에는 다섯 살이었다. 배가 고프다. 엄마가 없다. 아빠가 말한다. 붉은 빛이 지도 위에서 빛난다. 그러니까 해도 말이다. 해도. 여긴 배다. 크리설리스. 우리는 배에서 산다.

"벤! 정신 차려. 잘 들어. 네가 불침번을 설 차례야."

아빠가 소리쳤다.

나는 천천히 몸을 돌려 조타석으로 갔다.

"벤."

아빠가 성을 내며 말했다. 아빠는 피곤해 보였다.

"구명조끼하고 안전장구다. 항상 하고 있어야 돼. 밤에 혼자 갑판 위에 있다가 떨어져도 아무도 모를 거다. 그러면 뒤처질 거고 절대 찾을 수 없을 거야."

"그것도 나쁘지 않겠는데요."

나는 이렇게 말하고 아직 아빠의 체온이 남아 있는 묵직한 구명조끼를 걸쳤다. 안전장구는 두 살배기 아기를 데리고 백화점에 갈 때 엄마들이 아기한테 묶는 줄하고 비슷하게 생겼다. 엄마가 아니라 배

*배의 돛 방향을 맞추기 위해 매어 쓰는 줄.

에 연결되어 있다는 것만 빼고. 만약에 떨어지면 누군가 끌어 올려 줄 때까지 미친 듯이 끌려가야겠는걸. 나는 생각했다.

조타석에 앉아 저녁 전에 바라보던 수평선을 찾았지만 어둠에 묻혀 보이지 않았다. 새카만 어둠 속에서 별이 보석처럼 빛났지만 이름은 하나도 생각나지 않았다. 아래쪽에서 아빠가 마침내 뒤척이기를 멈추자, 선체를 때리는 파도 소리와 자동조종장치에서 나는 웅— 하는 소리 말고는 아무것도 들리지 않았다. 아무 할 일이 없었고 잠이 슬금슬금 몰려오는 걸 느꼈다.

갑자기 배 바로 옆에서 철썩하는 소리가 나고 가슴이 두근두근 뛰기 시작했다. 나는 일어나 소리가 난 쪽을 쳐다보았지만, 거기 괴물이 있다 하더라도 어두워서 보이지 않았을 것이다. 그때 비명이 들렸다. 누군가 부르는 소리였다. 어둠 속에서 부르는 소리. "도와줘"였나? "이봐!"였나? 왜 다시 들리지 않지? 나는 긴장한 채로 의자에 꼿꼿이 앉았고 귓가에는 내 피가 흐르는 소리가 가득 찼다. 소리에 귀를 기울이고 있다고 생각했는데, 꿈에 빠져들었다. 달리다가 넘어지고, 달리다가 넘어지고, 나는 몸을 흔들어 잠에서 깼다가 다시 또 잠이 들었다. 1시간쯤 뒤, 몇 킬로미터쯤 온 뒤에 그 소리가 다시 들렸다. 나도 소리를 지르고 싶었다. "누구야? 어디야?" 하지만 딱 한 번 부르는 소리가 들린 뒤에는 적막이었다.

그때 열기가 내 몸을 감쌌고 바로 앞에 어떤 섬이 나타났다. 윤곽선이 뚜렷이 보였다. 위에 나무 두 그루가 서 있는 완만한 언덕 모양이었다. 너무 가까웠다. 바다와 섬 사이에 가늘고 흰 선이 있었다. 바닷가 모래밭일까, 나는 주저앉았다. 머리를 손으로 감쌌다. 섬이 아니었다. 구름이었다. 바닷가가 아니었다. 구름 아래 수평선에서 해가 떠오르면서 희미하게 여명이 밝았다.

고개를 들자 섬이라고 생각했던 것이 천천히 모습을 바꾸었다. 가는 흰 선은 이제 조금 굵어졌고 나무들은 천천히 흩어졌다. 머리 위에서는 별이 하나둘씩 사라졌고 우리 돛의 구부러진 모양이 밝아오는 하늘에서 잿빛으로 뚜렷이 보이기 시작했다. 우리 앞쪽 멀리에서, 비미니를 향해 가는 조그만 범선이 유령선처럼 보였다.

두 뺨이 홀쭉해지고, 온몸이 더럽고, 배 속이 텅 빈 느낌이었다. 나는 쿠션에 기대 누웠고 바람은 점점 잦아들었다. 나는 수평선을 바라보았다. 결코 다다를 수 없는 곳. 눈을 감고 분홍색 공처럼 떠오르는 해를 눈앞에서 지웠다.

비미니

"일어나!"
나는 벌떡 일어났다. 아빠가 계단에 서 있었다.
"안 잤어요."
아빠는 조타실로 훌쩍 올라왔다. 나더러 비키라고 손짓했다.
"바람이 언제부터 죽었니?"
나는 바람이 없어 축 처진 돛을 보았다.
"방금요."
내가 말했다.
"속도는 몇이었는데?"
"모르겠어요."
내가 말을 멈췄다.
"좀 전부터 바람이 조금씩 잦아들었어요."
"언제부터?"

"해 뜰 때부터요."

"그게 언젠데?"

나는 대답하지 않았다.

"벤. 우리가 얼마나 빨리 가는지 모르면 어떻게 우리 위치를 계산하나? 부표에 부딪치거나 산호초 위로 올라가고 싶어?"

나는 안전장구를 거칠게 풀었다.

"얼마 안 됐어요."

"잘 때는 시간이 빨리 가지."

"안 잤다니까요."

나는 안전장구를 내려놓았다.

"그거 들어."

아빠가 말했다.

"원래 있던 자리에 갖다 두고 돛을 내려. 이제부터 모터로 가야 돼."

"바람이 자는 게 제 탓은 아니잖아요."

"시키는 대로 해라. 그리고 비미니가 보이는지 망을 봐."

나는 명령대로 하고 뱃머리로 갔다. 수평선 위에서 시커먼 줄이 조금씩 올라오기 시작했다. 몇 시간 동안 어둠 속에서 아무것도 보지 못하고 항해한 끝에 섬이 보이기 시작했다. 결국 찾은 것이다.

"비미니예요."

내가 아빠에게 소리치자 아빠가 고개를 끄덕였다.

나는 마스트 앞에 앉아 갑판이 엔진 진동으로 떨리는 것을 느끼며 다가갈수록 시커먼 줄의 모양이 조금씩 바뀌는 것을 보았다. 섬이 북섬과 남섬 둘로 나누어지자 딜런과 제리가 깨어서 올라왔다.

"배고파."

제리가 내 옆에 앉으며 말했다.

"기다려야 해."

내가 말했다.

"벤! 엔진 봐라."

아빠가 불렀다.

나는 아빠를 돌아보았고 진동이 멎어 세상이 조용해졌다는 것을 깨달았다. 엔진이 멈춘 것이다. 나는 딜런과 제리에게 망을 보라고 하고 아래로 내려갔다. 연료공급선에 공기가 들어갔다. 이건 책을 보지 않고도 고칠 수 있었다. 공기배출나사를 풀고 연료가 흘러나올 때까지 펌프질을 하면 된다. 시간은 좀 걸린다. 엔진실에서 기어 나와 보니 제리가 선실에서 조용히 시리얼바를 먹고 있었고 아빠는 딜런에게 돛을 올리게 했다.

"바람이 돌아왔다. 엔진은 꺼도 된다."

아빠가 말했다.

"방금 켰는데요."

"필요 없어. 꺼라."

나는 시키는 대로 하고 조타실에 팔짱을 끼고 앉았다. 나는 입을 앙다물었다. 머리가 지끈지끈 쑤셨다. 섬의 나무와 건물과 해변이 나타났다. 제리가 조타실로 올라오자 아빠는 부표를 찾으라고 소리쳤다. 우리는 두 사주沙柱 사이로 들어가 항구를 향해 북쪽으로 갔고 아빠는 수심을 확인 또 확인하며 항구를 내다보았다. 해도에 수심이

60센티미터라고 나오자 파도 아래에 있는 사주에서 모래바닥이 언뜻 보였다.

우리가 항구로 들어갈 때 비행정이 내려앉았다.

"딜런! 해도 살펴라. 착륙장에 정박하면 안 되니까."

아빠가 소리쳤다.

"착수장 아닌가?"

내가 말했다.

"조용히 해라."

아빠가 쏘아붙였다.

"네. 뭐 좀 먹어야겠어요."

나는 일어섰다.

"기다려."

"배고파요."

"정박할 때는 비상상태다. 끝난 뒤에 먹어."

"하지만 제리는……."

"제리는 다섯 살이야."

나는 앉았다. 섬을 바라봤다. 내가 상상했던 것과 달랐다. 조그맣고 평평한 섬이고 낡은 건물과 물속으로 축 처진 듯한 선창이 몇 군데 있었다. 나는 바람을 찾으려고 고개를 돌렸다. 제리는 몸을 살짝 움직여 블랭키를 돌돌 말아 턱 아래 괴었다. 딜런은 음향 측심기 옆에 앉아 수심이 바뀔 때마다 수치를 불렀다. 햇볕이 뜨거워졌다. 배는 더 고팠다. 크리설리스가 천천히 항구 안으로 들어갔다. 그때 아빠가 말했다.

"여기다."

우리는 닻을 내리는 법을 알았다. 각자 맡은 일이 있었다. 제리는 아래로 내려갔다. 딜런은 측심기를 봤다. 나는 닻을 내렸다. 아빠는 엔진을 다루며 이래라 저래라 소리를 질렀다. 그날 아침 우리는 모두 맡은 일을 잘했다. 특히 아빠가 그랬다. 바하마 제도에서의 첫날, 아빠는 엄청나게 소리를 질러 댔다.

마침내 아빠 마음에 들게 닻을 내리고서야 나는 바로 주방으로 가서 먹을 것을 찾았다. 크래커 봉지를 뜯는데 손이 덜덜 떨렸다. 그때 아빠가 다시 불렀다.

나는 마지못해 사다리를 반쯤 올라갔다. 다시 머리가 욱신거리기 시작했다. 아빠와 딜런은 딩기를 내렸고 아빠는 딩기에서 무릎을 꿇고 앉아 시동을 걸었다.

"왜요?"

"내려와서 닻 내리는 거 도와라."

"닻 내렸잖아요."

내가 말했다.

"방금 내린 것하고 180도로 하나를 더 내려야 해. 물살이 항구를 따라 흘러서 하나만으로는 불안하다."

나는 느릿느릿 딩기로 올라갔다. 크래커 봉지를 손에 든 채였다. 아빠는 시동을 걸고 첫 번째 닻을 내린 데서 50미터쯤 떨어진 곳으로 갔다. 두 번째 닻을 우윳빛 바닷물 속으로 내렸다. 밧줄이 쉭쉭거리고 공기방울이 올라오면서 닻이 가라앉았다.

"자. 밑으로 내려가서 잘 걸렸는지 확인해라."

비미니 65

아빠가 말했다.

"저더러 여기 항구 한가운데에서 물에 뛰어들어 바닥으로 내려가라고요?"

"그래. 시킨 대로 해."

아빠는 손을 뻗어 크래커를 가져갔다.

"가."

머리로 피가 쏠려 머리가 띵하고 열이 올랐다. 나는 아빠를 쳐다볼 수가 없었다. 오래된 항구가 있는 곳까지 수영장 두 개 정도 거리만큼 떨어진 자리였다. 나무배가 잔교* 옆에 진흙색 밧줄로 묶여 둥둥 떠 있었다. 선창 사무실이 분명한, 페인트가 벗겨진 콘크리트 건물 뒤에 카수아리나** 나무숲이 있고 그 몇몇 가지 말고는 섬에 아무것도 없는 듯 보였다.

나는 잠시 앉아 있다가 뒤로 다이빙해 물에 들어갔다. 닻줄을 잡고 아래로 내려갔다. 물속이 환했다. 닻은 3미터 정도 깊이에 있었고 찾기 쉬웠다. 금세 모래에 파묻힌 닻혀를 찾았고 바로 위로 올라갔다.

물위로 올라가자 아빠가 나를 보고 있었다.

"됐어?"

아빠가 물었다.

"네."

"손으로 확인했어?"

...

＊棧橋, 선창에 길게 튀어나오게 만든 구조물로 그 옆에 배를 묶는다.
＊＊카수아리나속의 상록관목으로 솔방울 비슷한 모양의 열매가 열린다.

"확인했어요."

아빠는 닻줄을 잡아당겼다. 닻줄이 팽팽해졌다. 아빠는 나를 배위로 올려 주려고 손을 내밀었다. 나는 잠시 아빠 손을 보다가 배 반대편으로 헤엄쳐 가서 혼자 올라왔다.

나는 아빠가 손을 허벅지 위로 내리는 소리를 들었다. 그리고 내 등을 바라보는 아빠의 침묵을 느꼈다. 시동이 켜지고 딩기 뱃머리에 물살이 부딪치는 소리를 들었다. 하지만 나는 돌아보지 않았다. 아빠를 보고 싶지 않았다. 도저히 아빠를 볼 수가 없었다.

배 위의 하루

견딜 수 없는 사람과 같이 사는 건 힘든 일이다. 아빠가 하는 행동 하나하나에 화가 난다. 커피를 마시는 모습이나 이따금 숨을 깊이 들이마셨다가 내뱉는 모습이나. 하품을 하거나 기지개를 켜거나 몸을 긁는 모습도 봐 줄 수가 없다. 몸이 닿을 만큼 가까이 서 있을 수도 없다.

그런데 배에서는 가까이 있을 수밖에 없다. 크리설리스는 길이가 고작해야 9미터밖에 되지 않는다. 우리가 모두 아래 선실에 있을 때는 한 번에 한 사람만 돌아다녀야 안 그러면 서로 부딪치게 된다. 저마다 자기 주차 공간을 찜해야 한다. 아빠는 자기 침상에 누워 시를 읽거나 아니면 항해 테이블에 앉아 해도를 들여다보았다. 딜런은 좌현 의자를 좋아했다. 제리와 나는 각자 침상으로 갔다. 우리는 최대한 서로 멀리 떨어져 있었다. 너무 좁았다. 너무 가까웠다. 갈 데가 아무 데도 없었다.

우리를 조이는 것은 공간만이 아니었다. 일도 그랬다. 일상적인 일도 힘들었다. 흔들리는 렌지에서 어떻게 저녁을 짓고 바가지만큼 작은 싱크대에서 어떻게 설거지를 하나? 바다 위에 살면서 빨래는 어떻게 하나? 뱃일도 많았다. 날마다 똑같은 일과가 반복되었다. 일어나면 아빠가 홑이불을 걷어 개킨 다음 베갯잇 안에 집어넣으라고 했다. 다음으로 내가 바닷물을 길어 오면 딜런과 제리가 갑판을 청소했고 아빠는 아침 준비를 했다. 아침을 먹고 나면 딜런과 제리가 주방을 치우고 나는 뱃머리를 닦았다.

아빠가 정돈 상태에 만족하면 아빠가 내준 숙제를 했고 아빠가 내준 잡일을 했다. 몇 시간이고 장비를 재정비하는 데 보냈다. 이틀에 한 번씩 아빠가 새롭고 혁신적인 정돈 방식을 생각해 냈기 때문이다. 안전장비를 날마다 점검하게 했다. 구명조끼, 안전장구, 물에 빠졌을 때 쓰는 장대까지. 또 구급장비를 모두 꺼내 검사하게 했다. 아빠가 EPIRB를 테스트하는 동안 우리는 숨을 죽이고 지켜봤다. 스위치를 켜면 1분 동안 요란한 소리를 낸다. 아무 문제가 없으면 저절로 꺼진다. 그러지 않으면 정확한 GPS 위치를 발신해 해안경비대나 바하마 군대에 크리설리스라는 배를 탄 바보들이 위험에 처해 구조가 필요하다는 신호를 보낸다. 헬리콥터가 득달같이 날아올 것 같았지만 정말 1분 뒤면 EPIRB가 저절로 꺼졌고 우리는 구조되지 않았다.

하루하루가 똑같았다. 아빠는 잠시도 긴장을 늦추지 않았다.

점심을 먹고 해가 조금 기울고 나면 아빠는 우리에게 자유 시간을 주었다. 아빠가 선창 사람들과 이야기를 하거나 해도를 연구하거나 책을 읽는 동안 우리는 항구나 섬을 탐험하고 바다에서 헤엄을 쳤다.

항구 주변을 탐험할 때는 스노클과 낚시 장비를 챙겼다. 물 바닥을 보려면 마스크가 필요할 거라고 생각했는데 그렇지 않았다. 바하마 제도는 물이 맑았다. 좀 떨어져서 보면 청록색이나 짙은 푸른색으로 보였지만 물 안에 들어가 보면 수영장 물처럼 투명했다. 바다 밑바닥이 낱낱이 다 보였다. 딩기를 타고 가다 보면 바다풀이나 모래 위에 자리 잡은 고둥이 보였다. 오래된 엔진 주변에 조그만 고기들이 모여 반짝이는 것을 보기도 했다. 아니면 까만 비닐봉지가 입을 벌리고 바다에 조금씩 쓰레기를 토해내는 모습을 보기도 했다.

커다란 물고기를 보면 잡으려고 했다. 호숫가에서처럼 낚싯대를 쓰거나 아니면 낚싯줄을 드리웠다. 나는 딜런하고 내가 어릴 때 아빠가 내 아기용 배에 조그만 모터를 달아 주고 만 안에서 돌아다니며 낚시를 하게 해 주었다는 이야기를 제리에게 들려주었다. 고기를 잡느라고 정신이 팔려서 키 조종을 하는 걸 깜박해 배가 물가로 올라가고 말았다. 아빠는 화도 내지 않았다. 우리를 보고 마구 웃더니 엄마에게 쟤들은 그냥 배만 타라고 해야겠다고 했다. 내가 이 이야기를 하자 딜런은 웃었지만 제리는 말도 안 된다고 했다.

"정말이야. 정말로 화 안 냈다고."

내가 말했다.

그러고 나는 딩기를 부두로 몰고 가 부딪치게 하려는 척했고 제리는 무섭지 않은 척했다.

몇 차례 우리는 섬을 탐험했다. 집들은 아주 작았다. 콘크리트로 지었고 하나같이 외벽 칠이 벗겨졌다. 마당에는 쓰레기와 잡초가 그득했다. 창문 안으로는 어둠과 적막밖에는 보이지 않았다. 어떤 집은 뜰에 화려한 꽃이 한가득 피어 있기도 했다. 무슨 꽃이더라……엄마는 이름을 알 텐데.

날마다 탐험을 마치고 나면 좁은 섬을 가로질러 모래해변으로 갔다. 딜런과 나는 수영을 했지만 제리는 물에 들어오려고도 하지 않았다. 딜런과 나는 스노클과 수경을 쓰고 제리를 불렀다.

"정말 안 들어올 거야?"

그러면 제리가 고개를 끄덕였다. 제리는 모래밭에 앉아 조개껍데기와 카수아리나 솔방울을 모아 죽 늘어놓고 요새나 군대나 배들을 만들었다. 딜런과 나는 물속에서 참방거리며 우리 발아래에서 피어오르는 모래를 보았다. 고기떼가 우리 앞에서 갈라졌고 파란 게가 바닥에서 종종거리며 지나갔다. 우리는 바닷물 위에 드러누웠고 따뜻한 물결이 우리를 해 쪽으로 들어 올렸다가 다시 내려놓았다. 바닷가로 돌아와서는 제리와 같이 모래성을 만들었다. 해 질 녘이 되면 제리는 솔방울과 조개껍데기를 나무뿌리 옆에 감추어 두었다.

우리는 날마다 같은 곳으로 갔다. 거기가 좋았다. 우리 바다였다.

그러던 어느 날 뱃일과 숙제와 점심식사를 마친 뒤에 아빠는 오늘 오후에는 시간이 별로 없다고 했다.

"같이 나가자. 장을 봐야 해. 오래 나가 있지는 않을 거다. 내일 준비를 해야 한다."

아빠가 말했다.

"내일 뭐하는데요?"

내가 물었다.

"다시 출발할 거야."

아빠가 말했다.

"비미니를 떠난다고요?"

아빠가 고개를 끄덕였다.

"우린 여기가 좋아요."

"갈 때가 됐어."

"그냥 그거예요?"

"그냥 그거라니?"

"아빠가 결정하면 다 같이 가야 하는 거예요?"

"글쎄, 혼자 남아 있을 수는 없잖아. 가자, 모두 딩기에 올라타라."

아빠가 말했다.

딩기가 선창에 닿았을 때 딜런, 제리와 나는 배에서 내렸고 아빠가 혼자 배를 묶었다. 우리는 아무 말 없이 섬을 가로질렀다. 잠깐 동안 우리는 바닷가에 서서 바다를 바라보았다.

"제리. 여기 물은 따뜻해. 호수 물처럼 차갑지 않아. 그리고 소금기가 있어서 물에 더 잘 떠. 한번 해 봐."

내가 말했다.

"싫어."

제리는 이렇게 말하고 숨겨 놓은 솔방울과 조개껍데기를 꺼냈다.

"가르쳐 줄게."

내가 말했다.

"난 못 해."

제리는 이렇게 말하고 어제 지은 모래성의 폐허 옆에 앉았다. 바람 때문에 성 가장자리가 깎여 있었다. 한쪽 귀퉁이는 파도에 무너졌다. 제리는 성을 수리하기 시작했고 딜런과 나는 물속으로 걸어 들어갔다.

딜런은 스노클과 수경을 쓰고 물 바닥을 들여다보며 돌아다녔다. 나는 물 위에 드러누워 눈을 감아 햇빛을 가렸다. 나는 수영을 하며 몇 차례 왔다 갔다 하고 파도 속으로 들어갔다. 그리고 일어서서 머리에서 물을 털고 물 밖으로 걸어 나왔다. 제리는 모래성 옆에 없었다. 바닷가 가장자리에 있는 나무를 보니 제리가 거기 솔방울을 숨겨 놓았던 나무 옆에 앉아 있는 게 보였다. 제리는 블랭키를 머리 위에 덮어썼다.

나는 제리에게 다가가 옆에 앉았다.

"수영을 너무 오래 했나 봐. 벌써 할로윈이 되어서 제리가 유령으로 분장했네."

내가 말했다.

제리는 움직이지 않았다. 나는 제리 옆구리를 간질였다.

"거미가 등을 타고 올라간다아."

제리가 내 손가락을 떼어 냈다.

"하지 마."

그러더니 제리는 딸꾹질을 했다.

나는 블랭키를 벗겨 냈다. 제리는 울고 있었다.

"왜 그래?"

내가 물었다.

제리는 대답하지 않았다. 그냥 나를 보더니 다시 머리 위에 블랭키를 덮어썼다.

　나는 블랭키를 벗기려고 가장자리를 잡아당겼지만 제리가 꽉 잡고 놓지 않았다.

　"하지 마."

　나는 블랭키를 놓았다.

　"왜 그래, 제리. 무슨 일인지 말해 봐."

　제리는 깊이 숨을 들이마시고는 등을 꼿꼿이 폈다. 블랭키가 더 커 보였다.

　"또 가기 싫어."

　제리가 말했다.

　고개를 돌리자 딜런이 물 밖으로 나오는 게 보였다. 딜런은 제리와 내가 있는 곳으로 걸어왔다.

　"제리가 떠나고 싶지 않대."

　내가 말했다. 딜런은 고개를 끄덕이더니 우리 옆에 앉았다. 머리카락 끝에서 물방울이 뚝뚝 떨어졌다.

　그때 아빠가 나무 사이로 성큼성큼 걸어왔다.

　"여기 있구나. 어디 갔나 했다. 갈 준비됐어?"

　아빠가 말했다.

　우리는 아무 말도 하지 않았다.

　"제리, 블랭키 안에서 뭐하니?"

　아빠가 말했다.

　제리가 어깨를 으쓱했다.

　아빠는 제리 머리를 두드렸다.

"흠, 햇빛 가리개로는 좋겠구나. 가자, 얘들아. 어서."

아빠는 블랭키를 제리 머리에서 끌어내려 무릎 위에 놓았다. 아빠는 돌아서서 걸어가려다가 걸음을 멈추고 제리를 돌아보았다.

"하나도 안 젖었네."

아빠가 말했다.

제리는 대답하지 않았다.

"넌 물에 아예 안 들어갔니?"

제리는 다시 어깨를 으쓱했다.

아빠는 제리를 잠시 보더니 한숨을 내쉬었다.

"어떻게든 해야겠다. 곧."

아빠는 그렇게 말하고 돌아서서 다시 나무 사이로 갔다.

제리는 깊은 숨을 들이쉬더니 딜런과 나를 보았다.

"블랭키를 덮어 써도 다 보이는 거 알아?"

제리가 말했다. 제리는 블랭키를 공처럼 돌돌 말아 배 앞에서 안았다.

"아빠한테는 말하지 마."

우리는 딩기가 있는 곳으로 가서 올라탔다. 배를 잔교에서 밀 때 내 팔이 아빠 어깨에 닿았다. 나는 몸을 부르르 떨었다.

그만해요!

비미니를 떠난 뒤 몇 주 동안 이곳저곳을 떠돌며 천천히 남쪽으로 갔다. 나는 항구에 정박하자고 했지만 아빠는 안 된다고 했다. 순항이 목적이지 정박이 목적이 아니라고 했다. 나는 한 달 넘게 배에서 지내니 이제 뜨거운 물로 샤워하고 싶다고 말했다. 아빠는 익숙해져야 한다고 했다. 나는 익숙해질 수 없다고 했다. 아빠는 입을 다물라고 했다. 그런 식이었다.

사실 난 어떤 것에도 익숙해질 수가 없었다. 바하마 제도를 돌아다니는 것, 배에서 사는 것, 늘 이렇게 서로 붙어 있는 것에도. 바하마는 물로 이루어진 세계였고 이따금 점처럼 섬이 나타나지만 섬들이 어찌나 평평한지 몇 킬로미터만 떨어져도 보이지 않았다. 나무들은 비틀리고 조그마했고 거기에서 자라는 건 뭐든지 따끔따끔했다. 태양이 이글거리거나 아니면 비가 내렸다. 그늘도 그림자도 없었고 배에서 사는 우리는 갈 곳이 아무 데도 없었다. 우리는 늘 같이 있었다. 혼자 있는 시간은 한시도 없었다. 집과 너무나 달랐다. 집 근처에는 산이 있고 나무가 있고 짜지 않은 물이 있었고 다른 사람들도 있고 따로 있을 방도 있었다.

집에 있을 때는, 집 밖을 나서면 세상이 어떤 모습일지 알았다. 날씨가 어떤지, 사람들이 뭐라고 말할지, 내 머릿속에 어떤 생각이 떠오를지 알았다. 자고 일어나면 몸이 무거웠다. 제리더러 내 프라모델을 부쉈다고 소리를 지르고, 딜런이 망원경 받친다고 내 자동차 잡지를 가져갔다고 화를 냈다. 어두워지기 전에 자전거를 타고 호수로 가서 귀뚜라미 소리를 듣고 반딧불을 보면 행복했다. 빤한 일들이었고 늘 그러리라는 걸 알기에 좋았다. 그렇지만 여기에서는 단 하루, 단 한 시간도 다음 순간에는 세상이 어떻게 보일지 사람들이 어떻게 행동할지 내 기분이 어떨지 알 수 없었다. 끝없이 추락하는 것 같았다. 늘 깜짝 놀랄 일이 있었다. 그런 것 때문에 지쳤다.

물론 아빠한테는 이런 이야기를 하지 않았다. 그래 봐야 무슨 소용이 있나? 지금껏 내 말에 귀 기울이지 않았는데. 지금도 마찬가지일 것이다. 우리는 계속 이곳저곳으로 배를 타고 갔고 어느 날 아빠는 다음 정박지에서는 좀 더 오래 머무를 거라고 했다. 건 섬이라는 곳이었다. 아빠는 항해 말고도 배워야 할 일이 있다고 말했다.

우리는 점심 전에 닻을 내렸고 조타실에 앉아 말없이 밥을 먹었다. 마침내 제리가 입을 열고 왜 이 섬 이름이 건(gun, 권총)이냐고 물었다. 아빠는 모른다고 했다. 딜런은 모양 때문일 거라고 했다. 나는 말도 안 된다고 했다. 사람들이 비행기를 타고 섬 모양을 보기 한참 전에 이름이 붙여졌을 테니 말이다. 아빠는 비행기를 타야만 지형을 알 수 있는 건 아니라고 했다. 지도 그리는 사람들이 지도를 그릴 때 섬 모양을 알아낸다고 했다. 아빠와 나는 서로 화를 내며 목소리를 높였다. 나는 일어서서 딩기로 갔다.

"기다려. 다 같이 갈 거야."

아빠가 말했다.

"그럼 전 배에 있을게요."

내가 말했다.

"안 돼. 다 같이 갈 거야. 작살총 사용법을 익혀야겠다. 또 섬에 난파선이 있어. 너희들이 보면 좋아할 거다."

아빠가 말했다.

우리는 딩기에 짐을 싣고 출발했다. 바닷가에 부딪치는 파도는 잔물결처럼 잔잔했다. 아빠는 모래사장으로 올라가면서 때를 정확히 맞춰 모터를 위로 올렸다. 우리는 딩기를 모래밭 위로 밀어 올리고 걸어서 난파선 쪽으로 갔다.

서글픈 광경이었다. 선체 왼편이 산호초에 부딪쳐 부서졌다. 배에 서서히 물이 들어와 지금은 앞쪽 반만 물 밖으로 나와 있었다. 파도 위에 떠 있는 곰팡이 슨 회색 덩어리 모양이었다. 마스트는 부러져서 기둥 밑동만 남았다. 나머지는 물에 가라앉았거나 파도에 쓸려간 모양이었다.

해가 내리쬐었지만 난파선을 보니 몸에 한기가 들었다.

"좋아. 난 사냥하러 간다."

아빠는 딩기를 끌고 고기를 잡으러 갔고 우리더러 다른 데 가지 말고 바닷가에 있으라고 했다.

당연히 우리는 시킨 대로 했다. 갈 데도 없고 여기는 어디와도 연결되지 않으니 말이다. 처음에는 앉아서 아빠가 작살총을 들고 물속에 다이빙하는 모습을 구경했다. 얼마 지나지 않아 제리가 모래에 손가락을 넣고 조그만 구멍을 파기 시작했다. 딜런은 수풀 가장자리로 가서 낙엽과 나뭇가지를 주웠다.

잠시 뒤, 아빠가 실제로 물고기를 쏘기 시작했다. 고기를 놓친 뒤 줄을 감는 모습이 보였다. 수도 없이 놓쳤다. 아직도 작살이 날아오길 기다리며 얼쩡거리는 고기가 남아 있을까 싶었다.

딜런은 코코넛 껍질과 바다포도* 잎으로 배를 만들어 제리가 만든 웅덩이에 띄웠다. 구름이 머리 위로 지나가며 바닷가에 잠시 그늘을 만들고 바다 위에 그림자를 던졌다. 시원해졌지만 잠시뿐이었다.

그때 아빠가 딩기에 올라타 우리 쪽으로 돌아왔다.

"안 되네. 처음부터 잡힐 거라고는 생각 안 했지만."

아빠가 말했다.

"제가 해 봐도 돼요?"

내가 물었다.

"나중에."

아빠는 이렇게 말하고 작살총을 가까이 있는 통나무 위에 놓았다.

"해 볼게요."

내가 말했다.

"오늘은 말고, 벤. 나중에."

...
*아메리카 대륙 열대지방에 서식하는 메밀과 식물로 포도처럼 생긴 열매가 달린다.

아빠는 돌아서 바닷가를 따라 내려갔다. 나는 작살총을 집어 들고 조개껍데기를 겨냥했다.

"탕."

나는 입으로 소리를 내고 통나무 위에 내려놓은 다음 제리와 딜런에게 돌아갔다.

제리와 딜런은 모래를 잔뜩 헤집어 가며 꽤 그럴듯해 보이는 소함대를 만들어 놓았다. 하지만 물 위에 똑바로 떠 있는 배는 하나도 없었다. 배의 균형을 잡느라 끙끙대기에 도와주려고 배를 하나 집어 들었다. 그때 아빠가 다가왔다.

"수영 시간이다. 다 물에 들어가자!"

아빠는 제리를 봤다.

"다 같이."

아빠가 말했다.

"아빠, 싫어."

제리가 말했다. 제리는 구멍을 더 깊게 팠고 아빠를 쳐다보지 않으려 했다.

"제리. 수영을 배워야 해. 1년 내내 혼자 그렇게 앉아 있을 수는 없어."

아빠는 끈질겼다.

"싫다잖아요. 자, 이 배들 한 번 띄워 보자."

내가 말했다.

딜런은 나에게 배를 하나 건넸고 제리는 구멍 옆에 나뭇가지를 옆으로 쑤셔 넣었다.

"이게 부두야."

제리가 말했다.

아빠는 다가와서 제리의 팔을 잡아 일으켜 세웠다. 제리는 걷지 않으려고 했다. 아빠는 제리를 안아 들고 물로 갔다. 딜런과 나는 코코넛 배를 든 채로 꿈쩍 안 했다.

그때 아빠가 제리를 물에 넣었다. 발부터 똑바로.

발이 땅에 닿자 제리는 주저앉았고 물 아래 잠시 들어갔다 다시 나와 소리를 지르며 아빠에게 매달렸다. 아빠를 타고 올라가기라도 할 것 같았다.

"뭐 밟았어!"

아빠는 제리의 턱을 잡고 얼굴을 돌려 자기를 마주 보게 했다. 하지만 제리는 눈을 꼭 감고 이 발 저 발을 번갈아 들며 비명을 지르고 울부짖었다. 얼굴 위에서 물이 흘렀다.

"바보같이 굴지 마라. 헤엄쳐."

아빠가 말했다.

"움직였단 말이야, 아빠. 살아 있었어."

"물고기겠지. 개헤엄부터 해 봐."

"무슨 물고기? 상어?"

제리는 물속을 들여다보았다. 아빠 말은 못 들은 척했다.

"넙치 같은 걸 거야. 개헤엄 시작!"

"넙치 무슨 종류?"

"못 봤어. 점넙치겠지. 헤엄쳐, 제리. 머리 넣고 헤엄쳐."

"점넙치 물어? 먹을 수 있어?"

"제리. 입 다물고 물속으로 들어가."

"못 해."

"할 수 있어."

딜런과 나는 바닷가에 서 있었다. 딜런이 바로 옆에 있어 딜런의 조용한 숨소리를 들을 수 있었다. 아빠는 정말로 제리를 물속에 넣을 생각이었다.

"머리 집어넣어."

아빠가 조용히 말했다.

"못 해."

아빠의 손이, 손가락을 쫙 펼친 채로 제리의 머리 위쪽 전부를 감쌌다. 아빠 손가락이 제리의 양쪽 귀에 거의 닿았다. 아빠는 머리를 눌렀지만 제리는 물에 들어가지 않으려고 했다. 제리는 아빠 손에서 빠져나왔다. 소리를 질렀지만 제리의 비명을 들을 사람은 아무도 없었다.

그때 나는 거기에 서서 엄마가 오기를 기다리고 있었다는 걸 깨달았다. 엄마가 끼어들어 상황을 바꾸어 놓기를. 나는 기다렸지만, 엄마가 올 리 없었다.

제리는 아빠 쪽으로 팔을 마구 휘둘렀지만 아빠가 제리의 팔을 꽉 잡았다.

"들어가라고 했잖아!"

아빠가 말했다. 그러더니 제리의 어깨를 잡고 물속으로 밀어 넣었다.

살다 보면 마치 현실을 떠나 어떤 평행우주 같은 곳으로 들어가는 것 같은 순간이 있다. 시간도 다르게 흐르고 내가 조금 전의 내 모습과는 전혀 다른 행동을 하는 순간. 물속에서 제리의 금발머리가 흔들리고 손이 뻣뻣하게 뻗은 것을 보았다. 몇 시간은 흐른 것 같았다. 나는 귀에서부터 등뼈까지 얼음처럼 차가운 기운이 흐르는 것을 느꼈다. 그때 나는 바다로 달려가 아빠에게 덤벼들었다.

내 가슴에 아빠 어깨가 부딪혔고 내 코가 아빠 머리에 부딪혔다. 나는 팔로 아빠를 감싸 안았고 아빠 반바지의 고무줄에 손이 닿았고 아빠 가슴 근육이 불거지는 것이 느껴졌다. 아빠는 제리를 놓고 대신 나를 붙들었다.

"제리 물에 밀어 넣지 마요!"

나는 소리를 질렀다.

아빠는 나를 밀쳤고 나는 물에 등부터 떨어졌다. 아빠는 내가 버둥거리며 몸을 일으키는 것을 보고 서 있었다.

"대체 왜 그러는 거야?"

아빠가 말했다.

딜런은 제리를 데리고 물가로 갔다.

"물에 밀어 넣지 말라고요."

나는 이렇게 소리치고 물가로 걸어갔다.

"밀어 넣은 게 아니라 받치고 있었어."

아빠가 내 등에 대고 말했지만 나는 들리지 않는 척했고 철벅철벅 물속을 걸어 바닷가로 올라갔다.

딜런과 제리 옆으로 갔다. 제리가 코코넛 배를 들고 있었다. 나는 제리 앞에 철퍼덕 앉아 제리의 눈을 들여다보았다. 제리 얼굴에 있는 물이 바닷물인지 눈물인지 알 수 없었다.
"어떤 게 더 무서웠니? 물고기 아니면 아빠?"
제리는 어깨를 으쓱하고는 멀리 숲 쪽을 쳐다보았다.
"다음에는 그냥 그러고 있지 마. 죽여 버려. 저녁으로 먹자."
내가 말했다.
"물고기 말이야?"
제리가 물었다.
나는 잠시 말없이 있었다.
"아니. 아빠."
나는 고개를 들었다. 아빠가 바다 가장자리에 서서 우리를 보고 있었다.
그 사람은 여전히 내 아빠였지만 나는 그를 증오했다.

배를 떠나다

사흘 뒤, 깨어 보니 비가 오고 있었다. 비가 오는 동안 우리는 문을 꼭꼭 닫고 선실에 앉아 있었다. 서로 뼈를 부딪치며 땀을 흘렸다. 배에 갇혀 있자 공기가 점점 덥고 답답해졌다. 창문에 김이 서렸다. 위쪽 해치에서 물이 새어 들어와 의자 쿠션이 축축했다. 아빠는 해도를 들여다보고 있었다. 딜런과 제리는 흐릿한 창문으로 창밖을 보려 했다. 나는 내 침상에 기어 들어가 눈을 감았다.

나는 내 차를 그려 보았다. 열여섯 살이 되면 갖게 될 차. 색깔, 내장, 페인트 장식, 여러 옵션, 어떤 것을 추가할까. 그러고 나서 차를 몰고 드라이브를 나갔다. 길고 곧은 길을 따라 달렸다. 창문을 열고 한쪽 팔을 걸쳤다. 다른 쪽 손은 핸들에 올려놓았다. 머리카락 사이로 바람이 느껴졌다. 길고 급한 커브 길이 나왔다. 나는 가속페달에서 발을 살짝 뗐다. 바퀴가 길 위에 단단하게 붙어 달렸다. 굽은 길에서 차가 기울었다. 다시 길이 곧아지자 나는 소리를 질렀고 내 고함

소리가 바람에 묻혔다. 나는 옆에 앉은 여자아이를 돌아보았고 그 아이가 살짝 웃었다. 그 아이가 누군지 왜 차에 탔는지는 궁금하지 않았다. 나는 그냥 차를 몰았고 자동차 엔진이 웅 하는 소리를 냈고 바람이 귓가에 가득 고였다. 내 피처럼.

"일어나라. 비가 그쳤어."

아빠가 말하며 내 발을 흔들었다.

나는 눈을 떴다.

"안 잤어요."

나는 이렇게 말하며 침상에서 기어 나왔다. 해치들이 열려 있었다. 산들바람이 선실에 불어왔다. 딜런과 아빠는 해도를 보고 있었다. 제리는 조종실 갑판에 누워 있었다. 옆으로 누워 몸을 말고 눈을 감았다. 제리한테 가려고 사다리를 올라가는데 아빠가 불렀다.

"이리 와서 해도 좀 봐라."

아빠가 말했다.

나는 다가가서 의자에 앉았다. 항해일지를 펼쳐 들었다. 비가 내린 시간을 아빠가 벌써 기록해 놓았다.

"이게 그레이트 바하마 뱅크야."

아빠가 손가락으로 해도 위를 가리키며 말했다.

나는 항해일지에서 날짜를 보았다. 학기가 시작하고 벌써 한 주가 지났다. 출석부에서 내 이름이 벌써 지워졌겠지.

"벤, 듣고 있니?"

내가 고개를 들었다.

"결정을 내렸다. 뱅크를 가로지를 때가 됐어. 이제 준비가 됐어."

나는 항해일지를 내려놓았다.

"뱅크를 가로지른다고요?"

"그래."

아빠가 손가락을 해도 위에 펼쳐 놓았다.

그레이트 바하마 뱅크는 폭이 넓고 평평한 바다 속 평원이다. 우리가 지나왔던 비미니 제도나 캣 섬은 뱅크 서쪽 가장자리에 있다. 베리 섬과 안드로스는 동쪽에 있다. 두 열도 사이 바다는 수심이 아주 얕다. 6미터 이하고 산호초가 곳곳에 흩어져 있다.

"너무 얕아요."

내가 말했다.

처음 배를 타면, 깊은 바다에 있다는 사실에 겁이 난다. 배에서 떨어질 것 같은 기분이 들고 물이 아주 깊다는 생각을 하면 더 위험하게 느껴진다. 그렇지만 어느 정도 시간이 지나면 생각이 바뀐다. 물에 빠지지 않게 해 주는 게 배라는 걸 알게 되고, 배가 무사하기를 바라게 된다. 그러다 보면 용골 아래 모래가 보이면 불안해진다.

아빠가 말했다.

"꽤 깊어. 크리설리스는 물에 1.6미터밖에 잠기지 않아. 그러니까 2미터 깊이에서도 움직일 수 있어. 6미터면 충분하고도 남는다."

"그래도 안 내키는데요."

"너더러 내키라고 한 적 없어. 다들 뱅크를 건너다닌다."

"그런다고 해서 왜 우리가 뱅크를 건너야 하는데요?"

"바하마 제도를 계속 여행하려면 건너야지."

"여기 며칠 있을 거라고 했잖아요. 우린 여기가 좋아요."

"마음을 바꿨다. 건너가기에 좋은 날씨야. 다음 정박지에서 좀 더 오래 머물자. 오늘 밤에 출항한다."
"밤에요! 또 밤에 항해해야 해요?"
"어차피 하루 안에 횡단할 수가 없고 오늘 밤 조수가 적당해."
"밤에 항해하는 거 싫어요."
"딱 하룻밤이다."
"싫어요."
아빠는 두 손으로 해도를 딱 하고 닫았다.
"내가 선장이다. 내가 결정했어. 오늘 밤에 떠난다."
"난 안 가요."
나는 얼른 대꾸하고는 돌아서서 사다리로 올라갔다.
아빠의 손이 획 날아와 내 팔을 잡았다.
"아니, 가는 거야."
아빠가 말했다.
"싫어요, 안 가요."
"벤!"
아빠가 내 팔을 흔들었다.
"너 때문에 여행이 견디기 힘들어진다."
"견디기 힘들어진다고요?"
나는 팔을 빼려고 했다.
"처음부터 견디기 힘들었어요. 우리는 여행하고 싶지……."
"입 다물어."
"다물게 할 수 있으면 해 보세요."

아빠는 내 팔을 놓고 내 얼굴을 노려봤다.
"가라."
아빠가 조용히 말하며 돌아섰다.
"가 버려. 나가."
나는 조종실로 올라갔고 제리가 일어나 앉아 있었다. 눈이 휘둥그레졌고 블랭키를 입에 댔다. 나는 배 가장자리로 갔다.
"형아, 어디 가?"
제리가 물었다.
"떠나."
나는 이렇게 말하고 물로 뛰어들었다.
나는 숨이 닿는 데까지 잠수한 채로 헤엄쳐 가다가 물 위로 올라와 몸을 돌려 배를 봤다. 모두 뱃전에 한 줄로 서서 나를 보고 있었다.
"벤, 돌아와!"
아빠가 소리쳤다.
나는 몸을 돌려 섬을 향해 헤엄쳤다. 팔에 힘이 없고 흔들렸다.
"제임스 벤저민 바이런! 당장 돌아와!"
아빠가 소리쳤다.
나는 멈춰서 몸을 돌려서 아빠를 보았다.
"지옥에나 가 버려. 지옥에나 가— 전부 다!"
내가 소리쳤다.
나는 몸을 돌려 바닷가로 헤엄쳤다. 이번에는 힘차게 몸이 나아갔고 숨쉬기가 훨씬 쉬웠다.

혼자만의 시간

 발이 땅에 닿자 나는 몸을 세워 철벅철벅 걸어 물가로 갔다. 뒤돌아보지 않았다. 물 밖으로 나와서는 바로 왼쪽으로 몸을 돌려 남쪽을 향해 걸었다. 나를 보고 있다면 내가 돌아보지 않는다는 것, 내가 어디로 갈지 안다는 것, 목표가 확실하다는 것을 알 것이다.
 계획은 간단했다. 아빠가 내가 여행을 망친다고 했다. 나와 같이 있기 싫은 거다. 나에게 떠나라고 했다. 그렇다면, 건 섬에 머무르면 된다. 다른 배가 올 것이다. 그러면 다음 마을까지 태워 달라고 하면 된다. 나이를 속이고, 하루 이틀이면 일자리를 구해 먹고살 수 있다. 아빠는 다시는 나를 볼 일이 없을 거다.
 비가 내린 뒤라 바람이 가볍고 파도가 고요했다. 내가 다가가자 갈매기들이 끼룩거리며 흩어졌다. 그것 말고는 아무 소리도 들리지 않았다. 크리설리스도 조용했다. 나를 부르지 않았다. 나를 데리러 오려고 딩기를 내리지도 않았다.

정오 무렵이었다. 햇볕은 뜨겁고, 모자가 없었다. 그래도 나는 계속 걸었다. 해변이 구부러질 때까지 걸었다. 마침내 걸음을 멈추고 돌아보자 크리설리스가 보이지 않았다. 그 자리에 섰다. 바람에 카수아리나 나무의 짙푸른 바늘잎이 쓸리는 소리가 들렸다. 파도가 조용히 밀려와 철썩이고 다시 밀려가는 소리를 들었다. 집을 떠난 뒤로 이렇게 혼자 있기는 처음이었다.

나는 바다를 바라보았다. 옥색 바다. 하얀 모래. 공허함. 어떻게 이런 것에 익숙해질 수 있을까 하는 생각이 들었다.

나는 투명한 물속으로 들어갔다. 바다로 헤엄쳐 들어가서 혼자서 물 아래쪽을 보고 떠다녔다.

물속을 내려다보니 초점을 맞춘 렌즈를 통해 보는 것 같았다. 바닷가에서 걸어 다니면서 발밑 모래를 볼 때보다도 바닥이 더 또렷이 보였다. 나는 흔들리는 물풀과 더러운 회색 조개껍데기 사이로 떠다녔다. 물고기 하나가 내 그림자 아래로 들어왔다가 순간 몸을 돌려 사라졌다.

나는 뒤로 누워 팔을 양옆으로 뻗고 파도를 탔다. 햇볕에 가슴과 얼굴이 따뜻해졌다. 귓가에 물소리가 가득했다. 나는 눈을 뜨고 하늘을 보았고 바다 위에 편안히 누워 떠다녔다. 깨끗하고 텅 빈 느낌, 물 위에 홀로 떠다니는 배 같은 기분을 느끼고 싶었다. 아무것도 없고 보이지 않는 존재가 되고 싶었다.

그런데 그렇게 되지 않았다. 나는 햇볕에 타고 굶주린 채로 바다 위에 떠 있는 아이였다.

아빠가 나를 두고 떠날지 궁금했다. 딜런과 제리가 그러도록 내버려

둘까.

 갑자기 바닷물이 차갑게 느껴졌다. 햇볕이 뜨거운데도. 나는 바닷가로 헤엄쳐 돌아가 모래 위에 엎어졌다. 두 팔을 포갠 다음 이마를 대고 누웠다. 코 바로 앞에 모래가 있었다. 내 두 팔로 만든 동굴 안은 어두웠다.

 피곤했다. 배가 고팠다. 아빠에게 마지막 한 마디를 내던진 뒤로 한 마디도 하지 않았다.

 그렇게 소리 지를 때 내 입 모양을 아직도 느낄 수 있었다. 내가 그 말을 할 때 세 사람이 갑판에 서 있던 모습이 아직도 눈에 보였다.

 나는 몸을 돌려 해를 보고 누웠다. 엄마라면 이렇게 말했을 것이다.

 "너답지 않다, 벤. 넌 그런 사람이 아니잖니."

 엄마 말이 틀렸다. 난 그런 인간이다. 멍청한 데다가 오만하다. 더럽고 뻔뻔하다. 아빠도. 아빠도 엄마가 생각한 그런 사람이 아니었다.

 바닷가에 한참 있다가 숲으로 가서 그늘에 앉았다. 목이 타고 점점 배가 고팠다. 나무 열매가 있는지 둘러봤다. 샘을 찾아봐야겠다는 생각도 들었지만 맨발에 웃옷도 안 입고 숲에 들어갈 수는 없었다. 빈 코코넛 껍질이 바닥에 널려 있었지만 야자나무에 달린 것은 하나도 없었다. 코코넛이 달려 있다고 하더라도 나무를 기어오르면 살갗이 다 까질 게 분명했다. 다른 배가 오려면 얼마나 오래 기다려야 할까. 이런 섬에서 어떻게 사람이 살 수 있을까.

 저녁이 되자 공기가 선선해졌고 솜털구름이 별 위로 지나갔다. 별이 보이지 않으면 딜런은 오늘 밤에 뭘 할까? 딜런은 별 사이에 혼자 있을 때 외로울까? 별이 없는 텅 빈 하늘을 좋아할까? 텅 비었다는 게 죽어서 좋은 점일까? 더는 화가 나지도, 겁이 나지도 않는 것?

어둠 속에서, 나는 천천히 바닷가를 따라 크리설리스가 보일 때까지 걸었다. 배에서 내 모습을 볼 수 없도록 수풀 옆에 있는 통나무에 걸터앉았다. 웅얼거리는 소리가 들렸다. 선실 창밖으로 새어 나오는 빛이 물에 반사되었다. 누군가가 갑판으로 나와서 뱃머리로 갔다. 아빠가 닻을 점검하는 것이었다. 누군가가 따라 나왔다. 딜런일 것이다. 둘은 뱃머리에 잠시 동안 같이 서 있었다. 그때 하얀 것이 조타실에서 반짝였다. 블랭키가 분명했다.

"아빠, 아빠 어딨어?"

제리가 불렀다.

뱃머리에 서 있던 두 사람은 조타실로 갔다. 잠시 뒤 불이 모두 꺼졌다. 배는 파도 위에 떠 있는 검은 그림자였고 나는 혼자 바닷가에 있었다.

작년 내 생일에, 엄마는 파티를 해 줄까 하고 물었다. 나는 됐다고 했다. 엄마한테 앤드루랑 둘이서 배를 타고 나가 호숫가에서 캠핑을 하고 싶다고 했다. 엄마는 도시락을 싸 주겠다고 했다. 아빠는 내가 무선기를 조작할 줄 아는지 확인했다. 결국, 나는 앤드루를 부르지 않았다. 혼자 가고 싶었다. 엄마는 걱정했지만 아빠는 이제 내가 혼자 가도 될 만큼 컸다고 했다.

나는 오후 늦게 출발해 해가 지기 전까지 최대한 멀리 갔다. 언덕에서 시냇물이 흘러내려 한쪽에 습지가 있는 만에 닻을 내렸다. 습지 반대쪽에는 나뭇가지와 조그만 통나무가 흩어져 있는 꽤 넓은 자갈밭이 있다. 안쪽에는 이르게 떨어진 낙엽이 숲 아래 폭신히 쌓여 있었다.

나는 공기매트리스를 부풀리고 침낭, 도시락, 마른 옷을 그 위에 얹고 물가로 갔다. 날이 맑아서 텐트를 칠 필요가 없었다. 옷을 갈아입고 어두워질 때까지 숲 주변을 돌아다니다가 물가에 모닥불을 피우고 핫도그와 마시멜로를 구워 먹었다. "생일 축하합니다"를 혼자 부른 다음 침낭 위에 누워 하늘을 바라보았다.

나중에 기억한 일이지만, 그때는 하늘이나 만을 둘러싼 숲의 검은 끝이 눈에 들어오지 않았다. 부엉이 소리나 낙엽 위를 돌아다니는 짐승 소리도 들리지 않았다. 내 몸 아래 자갈이나 머리카락에 내리는 축축한 이슬도 느껴지지 않았다.

그날 밤 내가 홀로 하늘을 보고 누워 느낀 것은, 열리고 깨끗해지고 강해지는 느낌이었다. 나는 보이지 않는 완전한 존재가 된 것 같았다.

움직이고 싶지도 않았고 자고 싶지도 않았다.

아침에 일어나서 배를 타고 천천히 부두로 돌아와 자전거를 타고 집으로 갔다. 내 삶이 좋았다. 지금 이대로 계속 유지하고 싶었다. 학교와 친구들, 부모님, 동생들, 자전거, 딩기, 가끔은 나 혼자만, 나홀로 드넓은 하늘과 끝없는 시간 속에 있는 것. 그런 게 언제나 누릴 수 있는 것처럼 여겨졌다. 언제까지나 확실한 것, 영원히 변하지 않는 것.

착각이었다.

나는 크리설리스의 검은 형체를 한참 동안 바라보았다. 그러고는 검은 바닷물 속으로 들어가 천천히 어둠 속에서 헤엄쳤다. 배에 닿자, 배 뒤에 매달린 빈 딩기로 올라갔다. 배로 올라가 딩기를 끌어 올리고 조타실로 들어갔다. 갑판 위에 올라서자 바닷가 솔방울과 조개껍데기 사이에 있다 와서 그런지 유리섬유가 매끈하고 서늘하게 느껴졌다.

그때 제리를 보았다. 제리는 조타실 의자에 기대어 앉아 있었다. 나를 보고 있었던 것이다.

나는 천천히 걸어가서 제리 옆에 조용히 앉았다. 제리의 눈이 밤하늘의 별처럼 반짝거렸다.

"형아 나빠. 형아가 한 말."

제리가 말했다.

"알아."

"형아가 그렇게 나쁜 말하면 무서워."

나는 대답하지 않았다.

"이제 가 버리지 마."

"안 갈게."

"약속해?"

"약속해."

제리는 일어서서 조용히 아래 선실로 내려가 자기 침대에 누웠다. 블랭키 한 귀퉁이를 코에 대고.

나는 바닷가를 바라보았고 어두운 하늘에 시커멓게 솟아 있는 마스트를 올려다보았다. 아빠가 정박등을 켜는 것을 잊었다니 뜻밖이었다. 나는 스위치를 켜고 사다리에 서서 불빛을 확인했다. 불이 켜졌다. 조그맣고 하얀 불빛이 마스트 끝에서 어둠 속에서 부드럽게 흔들렸다. 구름 낀 하늘에 유일한 빛이었다.

  불을 켜길 잘했다고 생각했다.

바하마 뱅크

 아빠와 휴전을 하기로 했다. 물론 아빠한테 그러자고 말하지는 않았다. 최대한 아빠와 말을 적게 했다. 이튿날 아침 우리는 서로 웅얼거리며 잘 잤냐는 인사를 했지만 아빠는 나한테 왜 돌아왔냐고 묻지 않았다. 나도 아무 말 하지 않았다. 아침을 먹고 아빠가 그날 오후 뱅크를 가로지르자고 말할 때에도 나는 아무 말 하지 않았다. 아빠는 나를 보며 내가 뭐라 말하기를 기다렸지만 말이다. 아빠가 구름을 살피러 윗갑판으로 갔을 때 나는 책을 꺼냈다. 결국 갈 거라면 대체 어디로 가는지 알아보기로 했다.
 아빠 말이 옳았다. 건 섬에서 어디로 가든 간에 뱅크를 가로질러야 했다. 수심이 얕았지만 정말 겁이 난 건 아니었다. 밤이 길 테지만 버틸 수 있었다. 24시간이 지난 뒤에 생각해 보니 왜 내가 배에서 뛰어내려 혼자 바닷가에서 하루를 보냈는지 기억도 나지 않았다.
 그래서 군말 없이 닻을 올리고 뱃머리를 동쪽으로 틀었다. 집에서 점점 멀어지고 있었다. 바람이 가벼워서 돛이 거의 부풀지 않았다. 우리는 유령처럼 천천히 물 위에서 미끄러졌다. 그래도 앞으로 가긴 갔다. 제리와 나는 저녁 먹고 내려가서 잠자리에 들었다. 잠시 뒤에 엔진이 내 머리에서 한두 뼘 떨어진 곳에서 웅 하고 울렸다. 그 소리에 놀라 잠이 깼지만 몸이 곤했다. 베개를 머리 위에 덮고 계속 잤다.

새벽 4시, 키를 잡았을 때에도 엔진이 켜져 있었다. 나는 뜨겁고 달콤한 커피를 한 잔 따르고 안전장구를 몸에 걸쳤다. 아빠는 약한 바람이라도 받으라고 주돛을 올려놓고 갔다. 나는 항로를 재확인하고 자동조종장치와 엔진 회전수와 속도를 점검했다. 내가 조타석에 자리 잡고 앉기도 전에 아빠가 잠에 곯아떨어져 코 고는 소리가 들렸다.

밤이 자라나기 시작했다. 온 바다와 나를 뒤덮었다. 알 수 없는 불빛이 보였다. 외침이 들렸다. 나는 벌떡 일어나 눈에 보이지 않는 바다를 둘러보았다. 전부 머릿속에서 나온 환상임을 아는데도 이렇게 생생한 무언가가 머릿속에서 만들어 낸 것이라니 도무지 믿기지 않았다.

나는 딜런이 하는 대로 하늘을 처다보았다. 딜런 말은 틀렸다. 별들은 전부 변해 있었다. 은하수도 내가 잠자리에 들었을 때하고 다른 위치에 있었다. 아르크투루스는 사라졌고 오리온자리가 동쪽에서 올라왔다. 오리온의 방패는 서쪽을 향하고 허리띠의 빛나는 별 세 개가 또렷이 보였다. 그러다가 갑자기 전부 사라졌다.

하늘이 천천히 바다와 분리되었고 바다괴물이 형체를 바꾸어 구름이 되었다. 내가 발견해야 하는 불빛은 아직 보이지 않았다. 엔진 회전수에 비해 배의 속력이 잘 나지 않는 것 같았다. 바람이 없어 엔진을 켜야 하고 그 때문에 배가 진동하고 메스꺼운 배기가스 냄새에 뒤덮인 상태로 또 하루를 가는 건 달갑지 않은 일이었다.

6시에 아빠가 위로 올라왔는데 어쩐지 나이 들어 보였다. 키웨스트를 떠난 뒤로 면도를 하지 않아 가는 턱수염이 지저분하게 자라 있었다. 젊었을 때는 머리가 금발이었을 테지만 지금은 짙은 색이었고 머리카락이 자라면서 흰머리가 점점 더 많이 보였다.

"어땠어?"

아빠가 물었다. 아빠 목소리는 여느 때와 다름없었다. 지친 기색이지만 그래도 평범했다. 오늘 아침에는 화내는 것을 잊었나 하는 생각이 들었다.

"좋아요. 아무 일 없었어요."

내가 말했다.

아빠가 고개를 끄덕였다.

"커피 마실래?"

"네."

아빠는 아래로 내려갔고 나는 두근거리는 가슴으로 기다렸다.

아빠는 올라와서 나에게 컵을 건넸다. 맛을 봤다. 아빠는 내가 좋아하는 대로 설탕을 넣었다. 도저히 커피를 마실 수가 없었다. 예전의 아빠가 돌아온 것 같았다. 사다리를 올라와 새로운 아침으로 돌아온 아빠.

아빠는 앉아서 커피를 홀짝이며 마셨다. 집에서 본 모습이 생각났다. 아빠는 두 손으로 컵을 잡고 국을 마시듯 컵을 얼굴로 가져간다. 홀짝 마시고, 멈추고, 또 홀짝 마시고. 세 차례. 그런 다음 컵을 무릎에 내려놓고 깊이 숨을 들이마신 다음 등을 뒤로 젖히며 천천히 기지개를 켠다.

"불빛 안 보였어?"

아빠가 물었다.

"네. 안 보였어요."

"아직도?"

아빠 목소리가 날카로워졌고 무언가가 나에게서 떠나가는 것을 느꼈다. 다시 떠올려서 좋았던 무언가. 이미 사라졌고 등허리가 뻐근하고 쑤셨다.

"네, 아무것도요."

"항로 잘 잡았어?"

아빠 이마에 다시 주름살이 패었다.

"네. 죽 항로 따라왔어요."

"확실해? 졸지 않았어? 항로를 벗어난 게 틀림없다. 가서 딜런 깨워라. 뱃머리에서 망보라고 해."

아빠는 산호초가 있는지 살피려고 몸을 돌리다가 커피를 쏟았다.

"아빠. 항로 따라왔어요. 졸지 않았어요. 엔진에 뭔가 문제가 있어요."

나는 목소리를 차분하게 유지하려고 애쓰며 말했다.

"계속 돌았는데. 소리를 들었다."

"네. 하지만 동력이 충분히 안 나와요. 조류 때문에 물살이 있기는 하지만 그래도…… 제 생각에는 프로펠러에 뭐가 걸린 것 같아요."
아빠가 고개를 끄덕였다.
"그래. 물에 들어가서 봐야겠다. 가서 수영복 가져와라."
그럼 그렇지. 비미니에서 닻 내릴 때하고 똑같아. 아빠가 엔진을 끄는 동안 나는 아래로 가서 수영복으로 갈아입었다. 제리는 아직도 몸을 웅크리고 자고 있었다. 딜런은 팔 하나를 머리 위로 올리고 누워 있었다. 나는 동생들을 두고 나왔고 아빠가 배꼬리 쪽 밧줄걸이에 밧줄을 묶는 모습을 보았다.
"구명조끼를 입으면 배 밑으로 들어갈 수 없을 테니 구명조끼는 못 입는다. 하지만 혹시 뭔가 잡을 게 필요할지 모르니까 선미에 구명환을 던져 놓을게."
나는 배꼬리 쪽에 서서 아래를 내려다보았다. 이미 해가 높이 떠 있었다. 공기가 벌써 후덥지근했다. 아래쪽을 내려다보니 바다 밑바닥이 뚜렷이 보였다. 모래 위에 생긴 주름도 보였다. 갈색 바닷말 한 무리가 보였다. 물고기 한 마리가 키 근처에서 반짝하며 지나갔다. 나는 잠시 기다렸다. 육지가 눈에 보이지 않는 곳에서 바다에 들어가기는 두려운 일이었지만 잠을 못 자 피곤한 탓에 두려움조차 멍해졌다. 나는 뛰어내렸다.
물은 차갑고 맑았다. 나는 바로 물 위로 올라왔는데 배가 벌써 4미터는 앞에 나가 있었다. 나는 힘차게 헤엄을 쳐서 배를 따라잡았지만 배는 또 앞으로 나아갔다. 1미터도 못 따라잡았다. 나는 지쳤다. 밧줄을 잡고 손에서 미끄러지게 해서 구명환을 손에 붙들었다. 눈에서 물기를 닦아내는데 아빠가 불렀다.

"왜 그래?"

"따라잡을 수가 없어요. 배가 너무 빨라요."

딜런이 아빠 뒤에서 나타났다. 주돛이 힘없이 마스트에 달려 있었지만 그래도 돛을 내렸다. 밧줄이 슝 올라가고 돛이 퍼덕거렸다. 나는 구명환에 매달린 채로 차고 맑은 물을 느끼며 바다 밑바닥을 내려다보았다. 커다란 바닷말 덩어리가 둥둥 떠갔다. 모자반*이었다. 황갈색에 옹이가 져 있었다. 나를 향해 떠내려왔다. 나는 팔을 뻗어 밀어냈다. 모자반 덩어리는 둥실둥실 수평선을 향해 떠갔다. 나는 손을 바꿔가며 밧줄을 잡고 배 뒤쪽까지 따라붙었다.

딜런이 몸을 숙이고 배 옆으로 흐르는 물을 보았다.

"이제 멈춘 것 같아, 형."

딜런이 말했다.

나는 다시 물속으로 들어갔다. 물속에서는 수면에서 흔들리는 밧줄 소리와 크리설리스 옆으로 지나가는 물살의 쏴아 하는 소리 말고 아무 소리도 들리지 않았다. 시야가 아주 뚜렷했다. 키는 아빠가 새로 사서 단 것이지만 지금은 진흙에 뒤덮여 있었다. 프로펠러에는 커다란 모자반 덩어리가 빙빙 감겨 키까지 죽 뻗어 있었다. 그때 숨이 다했다. 나는 수면으로 올라갔다.

"해초야."

나는 숨을 흡, 들이마시고 다시 아래로 내려갔다. 이번에는 바로 프로펠러로 헤엄쳐 갔다. 바닷말을 잡아당겼다. 몇 가닥이 프로펠러

...
＊모자반과의 바다풀로 말려서 나물을 해먹는다.

에서 빠져나왔다. 숨이 찼다. 물 위로 올라갔다. 공기를 마시고 다시 들어갔다. 또 바닷말을 당겼다. 이렇게 다섯 차례를 반복했다. 배 밑으로 들어가, 당기고, 올라가 숨을 들이마셨다. 마침내 실마리를 잡아 해초가 뭉텅이로 빠져나왔다. 이제 프로펠러가 깨끗해졌다.

물 위로 올라오는데 심장박동이 귀에서도 느껴졌다. 거북이가 머리를 내밀듯이 물 밖으로 쏙 나왔다. 잠시 동안 물에 떠 있다가 아빠와 딜런이 있는 쪽으로 돌아갔다. 배가 6미터는 더 나가 있었다. 뱃전에 부는 바람만으로도, 돛은 거의 부풀리지 못하는 바람인데도 배가 그만큼 움직였다. 한순간 나는 배가 나를 두고 멀리 떠나가는 상상을 했다. 그레이트 바하마 뱅크에 나만 남겨 두고. 물 바닥이 보이긴 했지만 발이 땅에 닿지는 않았다. 어딘가 산호초가 있긴 할 테지만 보이지 않았다. 배가 지나가더라도 나를 보지 못할 것이다. 밤이면 내가 부르는 소리를 지나가는 누군가가 밤바다의 신비로운 울음소리라고 생각하겠지. 내가 물 위에 뜬 채로 계속 떠다녀도 아무도 나를 찾지 못하겠지.

나는 몸을 부르르 떨고 내 옆으로 막 미끄러져 가려고 하는 밧줄을 잡았다. 아빠는 나를 배로 끌어 올리려고 손을 내밀었고 나는 손을 잡고 올라갔다. 아빠가 수건을 주었다. "수고했다." 그러고는 내 어깨를 잡았다. 아빠가 다시 우리에게 이런 저런 명령을 내리기 시작하자 나는 뱃전 너머 물을 보았다. 아빠의 지시, 불평, 비난…… 모든 걸 다 흘려버렸다. 물을 보고 있자니 어쩐지 아빠가 짠하다는 생각이 들었다.

우리들도 마찬가지로 좀 짠하고.

산들바람에 몸에서 물이 말라 소금기 때문에 몸이 끈적끈적했다. 딜런이 커피 한 잔을 더 주었다. 20분 뒤, 제리가 불빛을 발견했다. 불빛에 우리 위치를 맞추었다. 불빛이 정북 방향에 있을 때 남쪽으로 돌아 줄터스 섬을 향했다. 줄터스 섬을 거쳐 안드로스로 갈 것이다.

바람이 강해졌다. 우리는 엔진을 끄고 돛을 올렸다. 나는 뱃머리에 서서 파도에 흔들리는 배에서 균형을 잡으며 우리를 둘러싼 평평한 원반 같은 바다를 보았다. 배 앞쪽에서 바닷물이 흰 포말을 일으켰고 돛을 잔뜩 부풀리며 앞으로 미는 바람에 배는 팽팽하게 나아갔다.

나는 기분이 좋았다. 긴 밤새 뱅크를 가로지르고 줄터스 섬으로 가는 길을 찾았다는 사실이. 산호초가 눈에 보이고 해도에 얕은 물이 어딘지 분명히 나와 있다는 게 좋았다. 줄터스 섬 남쪽 끝을 돌아 새로운 세상을 둘러싼 맑고 눈부신 물속에 닻을 내린 게 좋았다.

형이니까

아침에 줄터스 섬에 닻을 내리고 난 뒤, 새벽 4시에 일어났다는 사실을 떠올리고 낮잠을 자러 침상으로 들어갔다. 아빠는 프로펠러를 확인하러 배 아래로 내려갔다. 딜런은 난간에서 아빠가 달라고 하는 연장을 건네주었다. 제리는 조타실 천막 그늘 아래에 있었다. 장난감 자동차와 솔방울과 코코넛 껍질을 가지고 놀았다. 코코넛 껍질은 건물이었다. 솔방울은 폭탄이었다. 솔방울이 내 머리 바로 위에 있는 조타석을 맞추고 바닥으로 떨어지는 소리가 들렸다. 제리는 중얼중얼 이야기를 하며 놀았다. 그때 아빠가 뭐라고 소리를 질렀고 딜런이 다다다 뛰어가는 소리가 머리 위에서 울렸다.

도저히 잠을 잘 수가 없었다.

나는 몸을 돌려 내 침상 옆에 있는 조그만 창문을 내다보았다. 보이는 거라고는 수면 밖에 없었다. 그때 불쑥 아빠 머리가 보였다. 아빠는 스노클을 뺄며 딜런을 다시 불렀다.

"칼이 필요해."

아빠가 소리를 쳤다.

딜런의 발소리가 들렸고 딜런의 그림자가 아빠 위에 드리웠다.

"그냥 던지지 말고, 끈에 묶어서 내려."

아빠가 말했다.

딜런은 바삐 움직였고 아빠는 배 옆으로 헤엄쳐 가서 보이지 않았다.

"풀이 또 끼었어. 나오질 않아."

아빠가 숨을 헐떡였다.

사방이 조용해졌다. 제리는 폭탄 투하를 멈췄다. 딜런은 아빠가 올라오기를 기다리고 있었다. 바로 그 순간 나는 잠에 빠져들었다.

단잠이었다. 봄날 오후 새가 나무에서 놀고 누군가가 잔디를 깎을 때 소파에 누워 깜박 빠져드는 그런 잠이었다. 그때 잔디깎이가 멈췄다. 나는 눈을 떴다. 소파 위가 아니었다. 소리 지르고 쿵쾅거리는 소리가 들렸다. 창밖에서 물이 반짝였고 딜런이 나를 부르는 소리를 들었다.

"형! 올라와 봐! 빨리!"

딜런이 소리쳤다.

나는 멍하니 고개를 들었다. 제리가 발치에 와 있었다.

"형아, 빨리 와."

제리가 말하고 달려갔다.

나는 기어 나와 갑판으로 비틀비틀 올라갔다.

딜런은 난간에 쭈그리고 앉아 한 손으로는 구명밧줄을 잡고 다른 손으로는 배 옆 한참 아래쪽에 있는 무언가를 잡고 있었다. 그 무언가가 아빠였다. 아빠는 딜런의 팔을 왼손으로 잡고 오른손은 주먹을 쥐어 가슴에 댔다. 손에서 피가 줄줄 흘러 가슴을 타고 바닷물을 붉게 물들였다.

"손을 베었어."

하얗게 질린 입술로 아빠가 말했다.

"배로 올라갈 수가 없다."

나는 손을 뻗어 딜런과 같이 아빠의 팔을 잡았다. 함께 끌어당겼지만 소용이 없었다. 우리 힘으로는 아빠의 무게를 감당할 수 없었다.

"다른 팔을 올려 봐요."

내가 말했다. 아빠는 오른팔을 들었고 손에서 피가 솟구쳐 팔을 타고 흘렀다. 나는 아빠의 팔을 잡았다. 미끄러웠다. 딜런과 내가 다시 당겼지만 여전히 우리에게는 벅찼다.

"딩기 가져와."

아빠가 말했다.

"구명환도."

내가 제리에게 말했다. 제리가 구명환을 배 밖으로 던지자 아빠는 구명환을 잡았고 딜런과 나는 배 앞쪽에 있는 딩기를 풀었다. 딩기를 뒤집다가 구급장비가 떨어졌다. 나는 구급장비를 제리에게 밀었고 제리는 구급장비를 꼭 붙들었다. 딜런과 나는 딩기를 물 위로 내렸다. 딜런이 밧줄을 잡고 있는 동안 나는 딩기로 내려가 아빠에게로 몰고 갔다.

아빠는 왼손으로 딩기를 잡고 오른팔을 뱃전 위로 올렸다. 딩기 안에 피가 떨어졌다. 나는 아빠의 오른쪽 겨드랑이를 잡았고 아빠는 왼손에 힘을 주고 몸을 올렸다. 몇 차례 몸을 밀어 올렸고 그럴 때마다 딩기가 흔들렸다. 마침내 아빠는 배를 뱃전 위에 걸쳤고 딩기 안으로 들어올 수 있었다.

아빠는 드러누워 손을 위로 들었다.

"압박을 해야 해."

아빠가 말했다. 나는 아빠 손을 꼭 쥐었고 네 손가락 두 번째 손마디 안쪽과 손바닥 한가운데가 두 줄로 베인 것을 보았다. 상처가 얼마나 깊은지는 알 수 없었다. 내 손으로 아빠 손을 꼭 누르자 피가 내 손가락 사이로 배어나왔다.

딜런과 제리는 크리설리스에 서서 바다를 보고 있었다. 나는 동생들의 시선을 따라갔다. 상어였다. 큰 상어는 아니었지만 그래도 상어였다. 세 마리였다.

나는 아빠를 돌아보았다. 아빠의 감은 눈에서 눈물이 흐르고 있었다.

"많이 아파요?"

내가 물었다.

아빠는 고개를 저었다. 그러더니 왼손을 가슴에 대더니 고개를 돌렸다. 아빠 입이 보일 듯 말 듯 움직였다.

"미안하다."

아빠가 속삭였다. 나는 아빠 손을 잡고 꼭 눌렀다.

그날 밤 딜런과 나는 별을 보며 앉아 있었다. 아빠가 피가 흐르는 주먹을 가슴에 대고 있던 것과 내가 아빠를 위로 끌어 올리려고 팔을 잡았을 때 팔의 미끄러운 느낌이 머릿속을 떠나지 않았다. 아빠를 배로 끌어 올린 뒤, 아빠는 천천히 손을 펴고 지시를 내리기 시작했다. 압박붕대, 끓인 물, 소독약. 제리를 포함해 우리는 모두 바쁘게 움직이며 아빠 손을 소독하고 붕대를 감고 피 묻은 옷을 갈아입고 배를 청소했다.

어떻게 된 일인지 아빠가 말해 주었다. 줄에서 칼을 풀어 들고 배 밑으로 들어갔다. 왼손으로 프로펠러 날을 잡고 오른손에 쥔 칼로 단단히 감긴 모자반을 잘라 내려고 했다. 갑자기 해초가 끊어져 칼을 놓쳤다. 칼이 프로펠러축에 살짝 얹혔다. 아빠가 잡으려고 하는 순간 칼이 미끄러졌다. 다시 잡았는데 그만 칼날을 잡고 말았다.

점심때가 되자 아빠는 우리더러 점심을 먹으라고 했다. 아빠는 조타실에 앉아 왼손으로 어설프게 샌드위치를 쥐고 먹었다. 결국 나에게 네 조각으로 잘라달라고 했다. 또 나에게 탄산수 뚜껑을 따달라고 했다.

"한 손으로도 얼마든지 할 수 있어."

아빠는 투덜거리더니 결국은 샌드위치를 밀어냈다.

"배가 안 고프다."

아빠가 말했다.

"좀 누우시지 그래요?"

내가 물었다.

"안 피곤해."

아빠가 쏘아붙였다.

"내가 발 다쳤을 때, 엄마가 침대에 누우라고 했어. 다치면 피곤해진다고 했어."

제리가 조용히 말했다.

아빠는 깊이 숨을 들이마셨다. 잠시 멈추더니 등을 펴고 숨을 내쉬었다.

"좋아. 좀 쉴게. 벤, 무슨 일이 있으면 꼭 깨워라."

아빠가 말했다.

나는 고개를 끄덕였다.

아빠는 오후 내내 잤다. 아빠가 일어났을 때 붕대가 피투성이라 갈아 줘야 했다. 저녁때도 아빠는 배가 고프지 않다고 했지만 우리가 먹는 동안 조타실에 조용히 앉아 있었다. 잠시 뒤 제리가 자러 갔고 아빠, 딜런, 내가 어둠 속에 앉아 있었다.

"병원에 가야 하지 않아요?"

내가 말했다.

"아니."

아빠가 대답했다.

"많이 다쳤잖아요. 병원에 가야 돼요."

"괜찮아."

"꿰매야 할지도 모르잖아요."

"그렇게 깊지 않아."

"감염되면요?"

"병원엔 안 간다."

아빠는 일어서서 손을 가슴에 대고 조심스레 사다리로 내려갔다. 딜런과 나는 조용히 앉아 아빠가 침상으로 들어가는 소리를 들었다.

우리는 앞갑판으로 가서 나란히 누웠다. 딜런이 별자리를 가르쳐 주지 않을까 했는데 아무 말이 없었다. 딜런이 색색 숨을 쉬는 소리가 들렸다.

"자?"

내가 속삭였다.

"아니."

딜런이 말했다.

나는 팔꿈치를 짚고 몸을 일으켜 딜런을 내려다보았다. 별빛에 딜런의 뺨이 반짝였다.

"너 우는구나."

내가 말했다.

딜런은 대답하지 않았다. 나는 다시 누웠다. 딜런의 숨소리가 조금씩 가라앉았다.

"저게 플레이아데스 성단이야? 저기 올라오는 거."

내가 물었다.

"응."

딜런이 대답했지만 더 아무 말이 없었다.

"그렇게 피가 많이 나는 건 처음 봤어."

잠시 뒤 내가 말문을 열었다.

"나도."

"상어 말야. 갑자기 나타났지. 둔하게 보였는데……."

"둔하지 않아. 피 냄새는 귀신같이 맡아."

우리는 또 말이 없었다.

"아빠가 딩기 위로 올라간 다음에, 눈물을 흘렸어. 손이 아프냐고 물었는데 아빠가 아니라고 했어. 그러고는 미안하다고 하더라."

"뭐가?"

"말 안 했어."

잠시 뒤에 내가 덧붙였다.

"항해를 시작한 뒤로 아빠 우는 건 처음 봤어."

"한 번 빼고."

딜런이 말했다.

"언제?"

"형이 섬에 있을 때."

나는 주먹을 꽉 쥐었다.

"네 생각이겠지."

내가 말했다.

"아냐. 봤어. 형이 간 뒤에 해도 책상에 앉아 있었어. 처음에는 그냥 해도를 보더니 손으로 얼굴을 감싸고 몸을 떨었어."

딜런이 말했다.

"그러고 말았겠지."

"아냐. 제리가 아빠 어깨를 쓰다듬었고 아빠가 제리를 무릎에 안아 올린 다음에 울음을 멈췄어."

나는 깊이 숨을 들이마시고 주먹 쥔 손을 편 다음 천천히 숨을 내쉬었다.

"넌 뭐했어?"

"바하마에 관한 책을 꺼내서 그레이트 바하마 뱅크에 관한 부분을 읽었어."

나는 딜런을 쳐다보았다.

"나한테 화나지 않았어?"

"돌아올 줄 알았어."

딜런이 말했다.

"어떻게 알았어?"

"우리 형이니까. 우릴 버리지 않을 거니까."

딜런이 말했다.

열여섯 살이 되다

딜런은 훌륭한 의사였다. 아빠 붕대를 솜씨 좋게 갈았다. 제리는 딜런에게 필요한 물건을 착착 건네줬다. 나는 거치적거리지 않게 비켜 줬다.

조타실에서 딜런은 천천히 아빠 손에 감긴 붕대를 풀었다. 아빠가 배 밖으로 손을 내밀면 딜런이 상처를 닦고 소독약을 부었다. 아빠는 소독약이 상처에 닿을 때마다 움찔하며 신음 소리를 냈다. 딜런은 깨끗한 붕대로 손을 다시 감고 사용한 붕대는 빨아서 삶았다.

아빠는 몸이 다 나을 때까지 좀 더 머무르자고 했다. 며칠 동안 아빠는 거의 내내 조타실에 누워 있었고 우리보고도 배를 떠나지 말라고 했다. 제리는 상어가 아직도 있는지 궁금해했다. 아빠는 아니라고 하면서도 수영은 하지 말라고 했다. 그러더니 갑자기 마음을 바꾸어 나에게 작살총 쓰는 법을 연습하라고 했다. 신선한 생선을 먹으면 영양도 보충할 수 있고 식량도 아낄 수 있다고 했다. 고물에 낚싯줄을 드리우고 제리에게 보고 있으라고 하고 딜런과 나에게는 작살총을 가지고 딩기를 타고 나가라고 했다. 몇 번 실패 끝에 결국 참바리 한 마리를 잡았다. 아빠는 내가 생선 배를 가르고 속을 비우는 동안 제대로 하는지 지켜봤다. 아빠가 생선 요리하는 법을 가르쳐 주었고 그날 저녁 생선을 맛있게 먹었다.

일주일이 지나자 아빠는 많이 좋아졌고 딜런과 나는 딩기를 타고 돌아다녔다. 가끔은 제리도 데리고 갔다. 줄터스 섬 반대편으로 가면 썰물 때 드러나는 넓은 평지가 있었다. 그 위로 올라서면 마치 바다 위를 걷는 것 같았다. 바닷말 사이에 숨은 고둥을 잡아 배로 가져왔다. 딜런은 바하마 사람처럼 고둥을 먹어 보고 싶어 했지만 껍질에서 살을 어떻게 꺼내는지 알 수가 없었다. 결국 다시 물속으로 돌려보냈다.

크리설리스로 돌아와 보면 아빠는 항상 무언가 할 일을 두고 기다리고 있었다. 한 손으로는 할 수 없는 일이었다. 한번은 예비용 밧줄을 모두 꺼내어 다시 감으라고 했다. 꼬인 줄을 풀고 다시 감는 데만 한 시간이 걸렸다. 한번은 우리가 없을 때 아빠가 구급장비를 점검하다가 배 밖으로 떨어뜨렸다. 배에 달린 고리로 걸어 배 옆에 붙들어 놓긴 했지만 손이 닿지 않아 집어 올릴 수가 없었다. 아빠가 그 자리에 얼마나 오래 서서 우리를 기다렸는지는 모르겠지만 우리가 돌아왔을 때는 잔뜩 화가 나 있었다. 나는 아빠가 시키는 대로 하고 아무 말도 하지 않았다. 이제 더 이상 싸우지 않았다.

2주가 지난 뒤, 아빠가 수영을 할 수 있겠다고 해서 다 같이 딩기를 타고 바닷가로 갔다. 딜런, 제리와 나는 모래밭에 구멍을 팠고 아빠는 수영을 했다. 예전처럼 튼튼해 보였다. 잠시 뒤에 아빠가 나를 불렀다.

"벤, 총을 쏴 봐야겠다."

나는 물속으로 들어가 아빠에게 총을 주었다. 아빠는 왼손으로 총을 잡고 조심스레 오른손으로 손잡이를 잡았다. 집게손가락을 방아쇠에 갖다 대더니 얼굴을 찡그렸다.

"안 되겠다. 아직은."

아빠가 말했다.

나는 총을 받아 동생들 쪽으로 몸을 돌렸다.

"떠날 때가 됐다. 어떻게 생각하니?"

아빠가 말했다.

나는 걸음을 멈추고 아빠를 돌아보았다.

"떠나요?"

"남쪽, 안드로스로."

"안드로스요?"

"이제 충분히 쉬었다. 물과 식량이 얼마 안 남았어. 여기 3주 동안 있었다. 이제 갈 때가 되지 않았나?"

"알았어요."

내가 말했다.

"그럼 그렇게 하자."

아빠는 이렇게 말하고 물 위에 드러누웠다.

안드로스에서, 우리는 모건 곳에 배를 묶고 먹을 것과 연료, 물을 채워 넣은 다음 바로 바다로 다시 나왔다. 닻을 내리고 산호초를 보러 갔다. 안드로스 섬의 동쪽 해안은 얕은 평지다. 평지 북쪽 끝은 폭이 몇백 미터 정도밖에 안 되지만 남쪽 끝은 몇 킬로미터에 걸쳐 뻗어 있다. 평지 가장자리에는 산호초가 죽 늘어서 있고 수심은 고작 2미터 정도였다. 산호초를 지나면 바다 밑바닥이 벼랑처럼 푹 꺼져 수심 2.5킬로미터 정도로 깊어진다. 온갖 종류의 산호초들이 벼랑에서 빽빽하게 자라며 서로 자리를 다툰다. 온갖 모양, 빛깔이 물 바로 아래에 펼쳐져 있다. 모두 살아서.

일주일 동안 날마다 우리는 딩기를 타고 산호초로 가서 수영을 했다. 아빠는 차츰 나아졌지만 아직 작살총을 쏠 만한 상태는 아니어서 사냥은 주로 내가 했다. 딜런은 흑단상어를 확실하게 봤고 우리가 본 온갖 산호의 목록을 만들기 시작했다. 제리는 마침내 혼자 종일 딩기에 있는 것에 싫증이 났다. 수영하는 법을 배우지는 못했지만 구명조끼를 입고 물에 들어가기 시작했다. 처음에는 구명조끼를 입으면 어떤지 보려고 딩기 옆을 붙들고 물속에 떠 있었다. 다음에는 짧은 줄을 붙들고 배에서 약간 떨어졌다. 수영이라고는 할 수 없었지만 그래도 많이 발전한 셈이다.

일주일 뒤 우리는 닻을 올리고 안드로스의 동쪽 기슭을 따라 내려갔다. 조그만 항구가 나올 때마다 배를 세우고 며칠 머무르다가 다시 남쪽으로 출발했다. 우리는 산호초 안에서 항해하는 법을 익혔다. 제리는 측심기를 맡아 수심이 바뀔 때마다 수치를 불러 주었다. 딜런은 해도 전문가였다. 실제로 본 것을 해도 위의 수치와 등심선과 연결시켰다. 나는 뱃머리에 서서 바다를 바라보았다. 머지않아 나는 제리가 수치를 읽기 전에 바다 빛을 보고 깊이를 짐작하게 됐다.

마지막으로 프레시 강으로 들어가기 전에 피전 섬에 정박했다. 이 무렵 우리의 오후 일과는 완전히 달라졌다. 닻을 내린 뒤 아빠와 제리는 뱃일을 하고 딜런과 나는 고기를 잡으러 갔다. 아빠와 제리는 죽이 잘 맞았다. 제리는 손은 조그마해도 꽤 야물었고 아빠는 제리한테는 화를 내지 않고 잘 참았다. 아빠는 하고 싶은 일을 제리 손을 빌어서 했고 제리는 뱃일을 배워갔다. 밧줄 묶는 법, 나사 조이는 법, 펜치 다루는 법…… 모두 아빠한테는 여전히 힘겨운 일이었다. 딜런과 나는 낚시를 잘했다. 딜런은 작살총은 잡지 않으려 했지만 물고기가 있을 만한 장소를 잘 찾았다. 나는 딜런처럼 눈이 밝지는 않았지만 물속에서 적당한 때에 쏴서 맞출 줄 알았다. 운이 좋으면 저녁에 생선을 먹었다. 아니면 통조림을 땄다.

피전 섬에서는 운이 좋지 않았다. 딜런과 나는 평소 때처럼 딩기를 타고 나갔지만 곧 서쪽에 구름이 모이기 시작했다. 그래서 딩기를 돌려 크리설리스로 돌아갔다. 돌아와 보니 아빠와 제리는 뱃일을 마치고 조타실에서 책을 읽고 있었다. 제리는 아빠 옆에 편안히 자리 잡고 앉아 아빠 팔에 기대어 있었다. 딩기가 배 뒤쪽에 닿았을 때 제리는《마이크 멀리건과 증기 삽차》의 끝부분을 읽었다.

나는 밧줄을 고리에 걸었다.

"네가 글을 읽을 줄은 몰랐는데."

"배 학교에서 배웠어."

제리가 말했다.

나는 고개를 끄덕이고, 모터를 확인하고 앞으로 접었다. 집에 있었다면 다들 학교에 다녔을 것이다. 나뭇잎이 붉게 물들고 밤이 점점 서늘해질 무렵이다. 그렇지만 우린 집에 없었다. 여기 있었다. 기하학 수업을 듣는 대신 해도 위에 항로를 계획한다. 생물학 용어를 외우는 대신 산호, 고등, 물고기에 대해 배운다. 이상한 학교이긴 해도 좋은 점도 없진 않았다.

딜런은 노와 연료통을 의자 아래에 집어넣었다.

"뭐 잡았어?"

아빠가 말했다.

"아뇨. 구름이 와요."

내가 서쪽을 가리키며 대답했다.

"이런."

아빠가 말하고는 책 쪽으로 고개를 돌렸다.

"좋아. 내 차례다."

아빠는 제리의 책 밑에 묻힌 시집을 꺼내 시를 읽을 때 하는 목소리로 읽기 시작했다. 웅장하기도 하고 꿈꾸는 것 같기도 한 목소리다.

"고통—에는 공백이라는 요소가 있다—"* 아빠가 시를 읽어 나갔다. "언제 시작되었는지 떠올릴 수가 없다—고통이 없었던 때가 있었는지도—"

나는 딜런에게 작살총을 건넸다.

"고통은 미래가 없다—그 자신이 있을 뿐—" 아빠 목소리가 이어졌다. "고통의—새로운 시기를 알아차릴 수 있도록 눈을 뜬."

...
＊에밀리 디킨슨의 시 "고통에는 공백이라는 요소가 있다"

열여섯 살이 되다 119

아빠가 조용해지자 나는 고개를 들었다. 아빠는 소리 없이 눈으로 다시 시를 읽었다.

"정말 유쾌한 시네요."

내가 말했다.

"하지만 진실성이 있지."

아빠가 대답했다.

제리는 조용히 앉아 담요의 부드러운 귀퉁이를 다리에 대고 천천히 문질렀다.

"그 시 싫어. 이거 읽어 줘."

제리는 아빠에게 《괴물들이 사는 나라》를 주었다.

딜런과 내가 조타실로 들어가자 아빠는 나를 쳐다보았다.

"너한테 이 책을 아마 백 번은 읽어 줬을 거다. 벤."

딜런은 제리 옆에 앉았다. 아빠는 맥스가 늑대 옷을 입고 장난을 치는 이야기를 읽어 나갔다.

나는 쿠션에 기대 누워 눈을 감았다.

아빠가 책장을 넘겼다.

"이 괴물 봐라."

아빠가 말했다.

아빠가 손바닥으로 책장을 매만지는 소리와 아빠와 제리가 자세를 바꾸는 소리가 들렸다.

피전 섬은 좋은 정박지가 아니었다. 바람이 새로 불어오면 배가 흔들렸고 밧줄이 마스트에 부딪쳐 소리를 냈고 바하마 어선이 지나가면서 생긴 물살에도 배가 움직였다. 지금은 이런 게 모두 당연하게 여겨졌다. 배에서 살다 보면 바다가 움직일 때마다 무의식중에 몸을 계속 그것에 맞추게 된다. 배가 흔들리고 소리를 내는 것뿐 아니라, 침상에 누워 있을 때 선체가 퉁 하고 울리는 소리, 선실에 있을 때 파도가 두드리고 휘갈기고 꾸륵거리는 소리에도 익숙해진다. 나는 의자 위로 올라갔는데 모래와 끈끈한 소금기가 느껴졌다. 그런 것도 이제 당연했다. 느끼지도 못할 때가 많았다.

아빠 목소리가 이어졌다. 부스럭거리며 책장이 넘어갔고 아빠와 제리가 조용히 그림을 들여다보았다. 나는 이야기들을 생각했다. 저녁을 먹고 나면 아빠가 간이 목욕을 시켜 주었다. 젖은 수건으로 몸을 닦아 주며 물 없는 사막의 삶에 대한 말도 안 되는 이야기를 해 주었다. 아빠는 나에게 배트맨 파자마를 입혀 주고 같이 침대에 누웠다. 나는 아빠 팔뚝에 기댔다. 아빠 팔에서는 땀 냄새 같기도 하고 딜런의 베이비파우더 냄새 같기도 한 냄새가 풍겼다. 아빠는 책을 읽어 줄 때는, 그림을 보라고 가리켰다. 아빠가 만든 이야기를 들려줄 때는, 마무리를 짓지 않았다.

"옛날에, 벤이라는 아이가 배를 타고 멀리 떠났단다."

"어디로?"

"모르겠다. 그건 네가 만들어야지."

크리설리스의 천막 그늘에 앉아, 아빠는 책장을 넘기기 전에 잠깐 말을 멈추었다.

"괴물들 나빠."

제리가 말했다.

"그런 것 같니?"

아빠가 물었다.

그때 맥스가 괴물들에게 잘 있으라고 인사를 했고 괴물들이 맥스를 잡아먹겠다고 했다.

"우린 네가 너무 좋아."

괴물들이 말했고 나는 웃었다.

맥스는 배에 올라탔고 우리는 맥스와 함께 다 같이 집으로 떠났다. 한 해를 거슬러 한 주 한 주를 거슬러. 눈을 떴을 때, 여전히 더웠다. 무덥고 비가 쏟아질 것 같았다. 제리는 책을 들고 아래로 내려갔다. 딜런과 나는 쿠션을 천막 아래에 쌓았다. 비는 딱 10분 내리고 그쳤지만 아빠는 우리에게 비가 온 뒤에 하는 임무를 하라고 했다. 우리는 해치를 모두 열고 조타실 의자를 말리고 쿠션을 제자리에 놓고 수건을 빨랫줄에 걸었다. 밧줄에서 한동안 물방울이 떨어졌다. 굵고 통통한 물방울이 머리 위에 통 하고 떨어지곤 했다.

"형아."

몸을 돌려 보니 제리가 내 뒤에 서 있었다. 어깨에 담요를 두르고 두 손은 등 뒤에 감추었다. 제리는 종이를 꾸깃꾸깃 뭉친 것을 내밀었다.

"이게 뭐야?"

"열어 봐."

종이는 축축했고 열다 보니 찢어졌다. 종이 안에는 제리의 장난감 자동차가 있었다.

"생일 축하해."

제리가 말했다.

"놀랐지."
딜런이 말했다.
"아, 깜빡했구나."
아빠가 말했다.
"나도 잊고 있었어."
내가 말했다. 나는 열여섯 살이 되었다.
"고마워, 제리."
나는 찢어진 종이 안에 들어 있는 녹슨 차를 보았고 조그만 장난감을 손에 꼭 쥐었다.

아열대의 크리스마스

우리는 12월에 안드로스를 떠나 나소*로 갔다. 서쪽에서부터 항구로 들어가 온갖 종류의 해양교통수단 사이를 뚫고 나아갔다. 화물선, 고기잡이배, 준설선, 요트, 붕붕거리는 제트스키 등등. 프린스조지 부두를 지나갔는데 여기에는 여객선이 빈틈없이 들어차 있었다. 우리는 다리 밑을 통과해 포터스 섬 너머에 있는 선창에 배를 묶었다. 선창에 배를 묶은 것은 굉장히 오랜만이었는데 우리 모두 항구에 있는 게 별로 유쾌하게 여겨지지 않았다.

밧줄을 채 묶기도 전에 조그만 아이 둘이 바구니를 들고 달려와 물건을 사라고 했다. 우리가 필요 없다고 하고 돌아서도 끈덕지게 따라왔다. 우리가 배 아래로 들어간 다음에야 아이들은 돌아갔. 아빠는 식료품 목록을 적었다. 지갑에서 돈을 꺼내더니 나에게 주

...
*바하마 연방의 수도.

었다.

"목록을 가지고 가서 장을 봐라. 셋이 같이 가. 어서."

우리는 나소가 싫었다. 사람이 너무 많았다. 밀짚 수공품 파는 시장은 가짜 물건투성이였다. 여객선들은 엄청 컸다. 카지노는 너무 현란했다. 야자수는 그림같이 완벽했다. 일꾼들은 꾸민 듯한 웃음을 지었다. 수도 없이 많은 사람들이 우리 머리를 땋거나 택시를 잡아주겠다고 했다. 물론 심부름 값을 받고. 어떤 사람은 나에게 마리화나를 팔려고 했다. 제리는 내 손을 꽉 잡고 놓지 않았다. 딜런은 얼른 장을 보러 가는 게 좋겠다고 했다.

정오 무렵 커다란 봉지를 들고 돌아가는 길에 태양이 이글거렸다. 항구에서 불어오는 바람도 느껴지지 않다가 어시장 옆을 지나갈 때는 썩은 생선 냄새가 갑자기 코를 찔렀다. 어부들이 뱃고물에 서서 소리를 지르며 발아래 쌓인 생선을 팔았고 여자들은 생선을 나누거나 봉지에 넣거나 다듬는 일을 했다.

어떤 사람은 배 갑판에서 고등을 집어 올리더니 장도리의 뾰족한 끝으로 쳐서 나선 모양 끝부분에 구멍을 뚫었다. 순식간에 구멍에 칼을 집어넣더니 고둥의 발 부분을 잡았다. 미끌거리는 회색 덩어리 같은 살이 쏙 빠져나왔다. 단 5초 만에 일어난 일이었다. 어부는 손바닥만 한 크기의 외계인 같은 살을 옆에서 기다리던 손님에게 건네고 다음 고둥을 집어 또 5초 만에 살을 끄집어냈다. 어부는 손님에게 돈을 받고 맥주를 한 모금 마셨고 다른 손님이 또 왔다.

"이렇게 징그러운 건 처음 본다."

내가 말했다.

"나도 한 번 해 보고 싶어."

딜런이 말했다.

"껍데기에서 꺼낼 때 죽어 있는 거야? 나중에 죽이는 거야?"

제리가 물었다.

"이상한 녀석들."

내가 말하고 우리는 가던 길을 계속 갔다.

돌아와서 선창 바다에 기름이 둥둥 떠 있는 것을 보았다. 우리 배도 더럽고 끈끈하게 느껴졌다. 온 지 6시간도 안 되었는데 떠나고 싶었다.

그러나 다른 것들에도 그랬듯이 나소에도 익숙해지기 시작했다. 아빠는 배를 수리하느라 바빴다. 키에서 나는 소리가 영 찜찜하다고 했고 물탱크에서 물이 새는 것 같아 걱정했다. 무선기에도 이상이 있었고 주돛도 갈기로 했다. 항구에서 배 바닥을 벗기고 새로 칠하는 잡일을 할 사람이 필요하다고 해서 아빠와 같이 일하러 갔다. 그 돈으로 정박요금과 식료품 값을 치를 수 있었다. 딜런과 제리는 공부를 좀 더 많이 했고 수 고모와 친구들에게 편지를 썼다. 아빠는 나에게도 편지를 쓰라고 했다. 앤드루한테는 써야 하지 않겠냐고 했다. 하지만 종이를 앞에 두고 앉으니 뭐라 써야 할지 떠오르지 않았다. 무슨 얘기를 쓰든 마치 외국어처럼 느껴질 것 같았다.

정박해 있는 동안 아빠는 배 부속과 통조림을 샀고 우리는 우리끼리 거리를 돌아다녔다. 항구 주변 사람들은 별로 친절하지 않았지만 뒷골목으로 가면 더 나았다. 아줌마들은 제리 머리카락이 희다며 쓰다듬어 주었지만 딜런이나 나를 낯설게 여기는 사람은 아무도 없었다.

우리는 사람들 사이에서 눈에 뜨이지 않았다. 피부는 까맣게 탔고 머리카락은 길게 자랐다. 나는 머리카락이 얼굴에 흘러내리지 않게 두건을 쓰고 다녔다. 제리는 나더러 해적 같다고 했다. 딜런은 록스타 같다고 했다. 사실 우린 그냥 뱃사람처럼 보였고 그래서 나소에서는 눈에 뜨이지 않는 존재였다.

크리스마스가 되었고 나소는 크리스마스 이튿날 축제를 한다. 준카누라는 축제인데 우리도 가고 싶었지만 아빠가 사람이 너무 많을 거라고 가지 못하게 했다. 그러다가 마음을 바꾸어 새해 첫날에 열리는 두 번째 축제에는 가자고 했다. 아침 일찍 갔는데 벌써 한창이었다. 의상, 춤, 음악, 북, 종소리, 고둥 나팔. 어떤 사람이 길에서 재주를 넘었다. 조그만 남자아이가 고둥 튀김을 팔았다. 아빠는 서로 꼭 붙어 있으라고 계속 소리를 질렀다.

나는 굼베이* 리듬에 맞춰 손으로 다리를 두드렸고 아가씨들이 소리를 지르고 웃으며 길을 따라 달려오는 것을 보았다. 비키니 웃옷에 긴 치마를 입은 여자가 춤을 추며 아빠에게 다가와 몸을 비벼 댔다. 아빠는 살짝 여자를 밀어냈다. 여자는 웃으며 다시 춤추며 다가왔다.

"웃어요. 파티잖아요."

여자가 말했다.

아빠는 몸을 돌렸고 여자는 더 웃었다.

"내가 무서워요?"

...

*드럼을 이용한 바하마의 음악.

여자가 물었다. 여자는 팔을 아빠 허리에 두르고 몸을 비비며 춤을 췄다.

"괜찮아요, 아저씨. 여기 마누라도 없는데 뭐."

여자가 말했다.

아빠는 순간 얼굴이 굳어졌고 여자의 팔을 떼어 내고 제리를 안아 올렸다. 아빠는 딜런의 팔을 잡더니 나더러 따라오라고 소리를 쳤다. 우리는 사람들과 소음을 뚫고 돌아갔다.

적막이 공허하게 여겨졌다. 아빠는 조타실 의자에 앉았다. 제리는 아빠 옆에 누워 쿠션 덮개에서 나온 실밥을 뽑았다. 딜런과 나는 밧줄을 잡고 아빠를 보았다. 아빠는 손으로 허벅지를 문질렀다.

"뭐 그런 여자가 다 있지. 사람 많은 건 싫다. 이제 떠날 때가 된 것 같다."

마침내 아빠가 말했다.

"새 돛 사셨어요?"

딜런이 물었다.

"굳이 살 필요 없지. 너무 비싸기도 하고."

"무선기는 고쳤어요?"

내가 물었다.

"수리하는 사람이 어제 왔었다."

아빠가 말했다.

우리는 고개를 끄덕였다. 모두 동의했다.

그래서 새해 첫날 오후 딜런, 제리와 나는 앞갑판에 서서 멀어져 가는 도시를 바라보았다. 제리는 블랭키를 안고 앉아 있었다. 나는 부두에 묶었던 밧줄을 감았다. 딜런은 배가 선창에 부딪치지 않게 달아 놓았던 펜더*를 거둬 앞쪽 해치 안에 넣었다.

"어디로 가는 거야?"

제리는 블랭키 한쪽 끝을 뺨에 문질렀다.

"북쪽. 베리 섬으로."

내가 말했다.

제리는 담요를 자기 손에 똘똘 말았다.

"형아, 얼마나 지났어?"

제리가 조용히 물었다.

나는 하던 일을 멈추고 제리를 봤다.

"언제부터 말야?"

제리는 나를 쳐다보았다. 제리는 울지 않으려고 인상을 쓰더니 머리 위에 블랭키를 뒤집어썼다.

딜런과 나는 서로 마주 본 뒤 제리를 돌아봤다.

"집에 가고 싶어."

제리가 말했다. 블랭키 아래에서 흘러나오는 제리 목소리는 착 가라앉아 있었다.

"절반쯤 왔어. 집까지 절반은 왔어."

내가 말했다.

...

＊뱃전을 보호하기 위하여 두른, 나무나 고무로 만든 띠.

어느 완벽한 날

바하마 제도는 수백 개의 섬으로 이루어졌는데 여섯 달 동안 우리가 본 섬은 손으로 꼽을 수 있을 정도밖에 안 되었다. 나소에서 아빠는 항해 테이블 위에 해도를 펼쳐 놓았다. 동쪽에는 엘레우테라 섬과 캣 섬이 있었다. 남쪽에는 롱 섬과 엑수마 섬이 있었다. 남쪽으로 더 내려가면 바하마 지역의 끝을 이루는 조그만 섬 몇 개가 흩어져 있었다. 크루키드 섬, 애클린스 섬, 마야구아나 섬, 대大이나구아 섬과 소小이나구아 섬 등. 더 남쪽으로 가면 터크스케이커스라는 조그만 나라가 나온다. 이 조그만 땅덩이들 사이에 사람이 거의 살지 않는 섬이 무수히 흩어져 있다. 인적도 없고 이름도 없는 조그만 무인도들도 있다. 여기는 샘도 없고 작물을 기를 수도 없다. 배를 타고 여행하는 사람이 이런 섬에 들러 보아야 식량이나 물이나 연료를 구할 수가 없다. 우리한테는 여섯 달이 남았다. 아빠는 이런 불모지에서 시간을 낭비하고 싶지 않았다. 바하마 제도 남쪽으로는 가지 않기로 했다.

대신 북쪽으로 방향을 돌려 베리 섬으로 갔다. 거기에도 별 건 없었다. 첩 섬에서부터 그레이트스터럽 섬까지 남에서 북으로 죽 완만한 곡선을 그리며 이어진 섬들이 있었다. 여기는 거의 사람이 살지 않았다. 새와 도마뱀과 고둥과 가재뿐. 베리 섬은 외롭고 아름다웠다.

가장 멋진 날을 보낸 곳도 그곳이었다. 내 기억으로는 그날이 최고였다. 햇살이 우리 눈가에 반짝이던 날. 모래가 눈부시게 빛나고 맑고 파란 물이 바닷가에서 춤을 췄다. 완벽한 날.

그 전날 그레이트 바하마 뱅크를 가로질렀다. 이렇게 길게 항해한 것은 처음이었다. 마지막 두 시간 동안은 파도가 거칠었다. 우리는 배가 흔들려도 움직이지 않기 위해 조타실에 들어앉아 있었는데 제리는 너무 작아 혼자서 몸을 지탱하지 못했다. 하는 수 없이 제리를 내 무릎에 앉혔다. 우리는 바다를 바라보며 파도가 잦아들기를 기다렸다. 마침내 조수가 바뀌는 지점에 다다랐고 조심해야 할 암초를 눈으로 볼 수 있었다. 딜런은 아래쪽에서 방위를 소리쳐 불렀고 아빠도 고함을 쳤다.

"항로를 다시 확인해, 딜런. 그럴 리가 없어."

아빠는 닻을 내릴 때가 되었을 때 엔진이 잘 돌아갈지 확인하기 위해 시동을 걸었는데 걸리지 않았다. 아빠는 나한테 소리를 지르기 시작했고 나도 소리를 질렀다. 딜런은 조용했고 제리는 조타실에서 굴러다녔다. 정말 재미있었다.

그리고 우리는 크리설리스의 뱃머리를 리틀하버로 향했다.

갑자기 파도가 가라앉았다. 우리 옆에 있는 길고 야트막한 섬에 파도가 가로막힌 것이다. 섬에 둘러싸인 차분하고 푸른 바다가 나왔다. 파도가 둥그렇게 늘어선 조그만 섬들을 부드럽게 핥았다.

우리는 말이 없었다. 아래쪽 지브만 달고 서서히 미끄러져 들어갔다. 아빠는 소리를 지르지 않았다. 나는 뱃머리로 가서 닻줄을 늘어놓았다. 딜런은 지브 밧줄 옆에서 대기했다. 조용히 아빠가 말했다.

"딜런."

그러자 딜런이 밧줄을 풀었다. 지브가 갑판 위에 굽이치며 떨어졌다. 딜런은 지브를 안쪽으로 끌어 모았다. 잠시 동안 또 아무도 말이 없었다.

"벤."

아빠가 말했고 나는 닻을 내렸다. 사슬이 덜덜거리며 내려갔고 나는 밑으로 내려가는 눈금수를 셌다. 3미터, 6미터, 9미터…….

아빠는 아무 말도 하지 않았다.

닻이 모래바닥 속으로 가라앉는 게 보였다. 나는 닻이 단단히 걸리게 했다. 크리설리스는 닻에 걸린 채로 서서히 돌아 바람 방향과 나란히 섰다. 적막이 마치 물처럼 우리 위에 흘렀다. 우리는 배에 앉아 둥그렇게 늘어선 조그만 섬을 보며 부드러운 산들바람을 느꼈다. 평화로웠다. 완벽했다. 우리만의 장소였다.

이튿날 우리는 늦게까지 잤다. 아빠까지도. 밖에서 누가 부르는 소리가 들려 잠에서 깼다.

"안녕하쇼! 안녕하쇼! 어이 크리설리스!"

아빠가 일어나면서 벽에 쿵 부딪치는 소리가 들렸다. 내가 이불을 들추고 일어나기도 전에 아빠는 벌써 사다리로 올라가고 있었다. 내가 일어나 앉았을 때 아빠와 딜런은 벌써 갑판 위에 있었다. 말소리가 들렸다.

"끔찍한 일이 벌어졌수다."

바하마 사람이 말했다. 나도 갑판 위로 올라갔다.

바하마 사람은 삿대 하나로 모는 조그만 딩기 위에 서서 크리설리스의 뱃전을 붙잡고 있었다. 우리 배 옆에는 바하마 고깃배 한 척이 서 있었다. 고깃배 갑판에서 어부 몇 사람이 빈들거리며 자기 동료가 하는 양을 지켜보았다.

"끔찍한 일이 벌어졌어요."

바하마 사람이 다시 말했다.

"차에 넣을 설탕을 깜박하고 왔지 뭡니까."

아빠가 웃었다. 아빠는 고개를 뒤로 젖히고 껄껄 웃었다.

"설탕이요! 누가 죽기라도 하는 줄 알았소. 벤, 가서 설탕을 가져와라. 많이."

아빠가 말했다.

딜런과 나는 서로 마주 보았다. 아빠가 "죽는다"는 말을 입에 올렸다. 심지어 웃었다.

나는 뜯지 않은 설탕 한 봉지를 들고 올라갔다. 제리도 블랭키로 눈을 비비며 따라 올라왔다.

"고마워요."

바하마 사람이 말했다. 그러더니 우릴 보며 말했다.

"전부 당신 아들이오?"

"그래요, 셋 다."

아빠가 말했다.

"운 좋은 양반이군. 가재를 잡으면 가져다 드리리다."

어부가 말했다.

"그래요. 좋아요."

아빠가 말했다.

어부는 배에 선 채로 고물 쪽에서 삿대로 배를 오른쪽 왼쪽으로 밀었고 설탕 봉지는 소중히 품에 안았다.

아빠는 웃으며 우리를 돌아보았다. "커피 마실래?" 아빠가 말했고 이렇게 해서 완벽한 날이 시작되었다.

뭐가 그렇게 완벽했냐고? 그냥 그랬다. 딜런과 나는 딩기를 타고 섬 주위를 이리저리 돌아다녔다. 딜런은 고둥을 찾는다고 바다 밑바닥을 들여다보았다. 점심 먹고 제리를 태우고 다시 나왔고 제리도 물속을 들여다보았다.

우리는 둘러선 섬 가운데 가장 끝에 있는 섬을 돌았다. 뒤쪽으로는 거대하고 드넓은 바다가 뻗어 있었다. 녹색이고 반짝거리는 고요한 바다였다. 오른쪽에는 길이가 고작 3미터나 될까 한 초승달 모양의 사주가 있었다. 우리는 딩기를 사주 위에 올렸고 셋이 사주 위에 앉아 바다를 내다보았다.

그 순간, 지구상에 우리밖에 없는 것 같았다. 썰물에 잠시 드러난 조그마한 모래밭에 앉아 있으니 그런 생각이 들었다. 딩기와 공중에 희미하게 남은 배기가스 냄새를 빼면 사람의 흔적은 어디에도 없었다. 우리 앞에는 드넓은 대양이 있었다. 우리 뒤쪽과 둘레에는 수풀로 뒤덮인 조그만 섬들이 있었다. 아빠도 없었다. 크리셜리스도 없었다. 아무것도 없었다. 우리와 파도, 꽃발게와 고둥뿐이었다. 나는 드러누워 하늘을 보았다. 가슴속에서 무언가가 아주 가볍게 두둥실 떠올라 구름 위로 올라가 미친 듯이 돌며 춤을 추는 것 같았다.

나는 벌떡 일어섰다.

"제리, 수영하자. 가르쳐 줄게."

"아주 조금만, 형아."

제리가 조심스럽게 말했다.

가슴이 부드럽게 녹아내리는 것 같았다.

"좋아. 모두 엉덩이 까."

그래서 우리는 낄낄거리며 서로 쿡쿡 찔러 대며 옷을 훌러덩 벗었다. 동생들이 물속으로 첨벙거리며 뛰어 들어가는데 조그만 하얀 엉덩이들이 마치 토끼 궁둥이처럼 보였다.

제리는 딜런 쪽으로 손을 뻗었고 딜런이 손을 잡았다. 둘은 서로 쳐다보지도 않고 손을 맞잡았다. 뭔가 텔레파시가 통하는 것 같았다. 엄마도 그랬었다. 엄마가 정반대 쪽을 보고 있을 때, 제리가 손을 뻗으면 엄마 손이 바로 거기 와 있었다. 엄마한테는 레이더 같은 게 달려 있는 모양이었다. 그런 모습을 떠올리면 엄마를 생각하는데도 슬프지 않았다. 오히려 기뻤다. 갑자기 기쁨이 가슴에서 퐁퐁 솟는 것 같았다.

그래서 나는 물속으로 달려 들어가 딜런을 넘어뜨리고 제리한테 물을 튀겼다. 나는 소리를 질렀고 동생들도 꺅꺅거리며 물을 튀겼다. 제리는 자기도 모르는 사이에 머리를 적셨고 손으로 땅을 짚고 발차기를 하기 시작했다.

"제리가 수영한다!"

우리는 야생 하이에나처럼 소리를 질렀고 물 위에 벌렁 드러누웠다. 나는 아기를 안 듯 딜런을 안아 올려 두 팔을 휘저으며 비명을 지르는 딜런을 물속에 풍덩 던졌다. 딜런은 또 해달라고 웃으며 달려왔다.

제리는 조심스레 조금씩 깊은 물로 왔다.

"너도 던져 줄까?"

내가 물었다.

"싫어."

그래서 던지지 않았다. 그냥 그런 거다. 제리가 싫다고 했으니까.

"좋아. 내가 받쳐 줄게 수영 연습하자."

하지만 제리는 날 믿지 못하는 것 같았다.

그래서 딜런이 제리를 잡아 주었다. 나는 보면서 응원을 했다.

"팔을 이렇게 해. 이제 발차기를 해. 등으로 물에 뜨려고 해 봐. 그냥 누워 자는 것하고 똑같아. 팔을 쭉 뻗고 턱을 들어."

얼마 있다가 제리는 딜런더러 손을 놓아도 좋다고 했다.

그러나 제리는 가라앉았다. 나는 제리를 잡아 올렸고 제리의 눈은 크고 둥그렇고 겁에 질려 있었다. 제리는 손으로 얼굴을 훔쳤다. 숨을 헐떡이긴 했지만 울지는 않았다.

"제리가 엄마의 최단시간 잠수 기록을 깬 것 같은데."

딜런이 말했고 우리는 웃었다.

"다시 해 볼래?"

내가 물었다.

제리는 고개를 저었다.

그때 무언가가 떠오를 것만 같았다. 뭔가 낌새를 채고 뇌가 시동을 거느라 딸깍거리기 시작하는 순간처럼 말이다. 그런데 시동이 걸리지 않는다. 타타타타타 불이 붙을 듯하다가 꺼진다. 여름 열기 속의 서늘한 바람이나 뜨거운 태양 아래 한 자락 그늘 같은 무언가의 느낌이었다. 눈을 감고 시원한 고요 속에 떠가는 듯한 느낌. 하지만 금세 사라지고 말았다. 그게 흩어지는 순간 무언가 엄마에 관한 기억일 거라는 생각이 들었다.

나는 물 밖으로 걸어 나와 모래톱에 앉았다. 무릎 위에 팔을 올려놓고 딜런과 제리가 노는 것을 지켜보았다. 그러다가 내 무릎 사이 모래를 내려다보며 앉아 있었고 딜런이 손가락으로 내 머리를 건드렸다.

딜런과 제리가 내 양옆에 앉았다. 더 고요해졌다. 갈매기가 끼룩거렸다. 아기 발 같은 물결이 물가를 건드렸다. 도마뱀이 우리 뒤에서 소리 없이 지나갔다.

"가자. 밀물 들어온다."

딜런이 말했다.

고개를 들어 보니 바다가 우리가 있는 조그만 모래밭 위로 몰려오고 있었다. 초승달 모양이 거의 사라졌다. 우리는 조용히 딩기를 출발시켰다. 말없이 딩기를 타고 갔다. 말없이 저무는 해를 바라보았다.

밤이 왔고 우리는 아빠와 어부가 가져다 준 가재를 먹었다. 한 사람에 한 마리씩 돌아갔다. 정말 사치였다. 턱에서 버터가 흘렀고 아빠는 우리를 보며 웃었다. 아빠는 제리더러 턱을 닦으라고 잔소리하고 자기 손으로 닦아 주기도 했다.

재미있었다. 어둠 속에 앉아, 버터를 뚝뚝 흘리면서, 아빠와 제리가 웃는 소리를 들었다.

아빠는 종일 뭐했냐고 물었고 딜런이 고둥을 찾으며 돌아다니다가 사주를 보고 올라가 수영한 이야기를 했다.

"형아가 우리더러 바지를 벗으라고 했어!"

제리가 갑자기 말했다.

"벌거벗고 수영했구나!"

아빠가 짐짓 놀란 척하며 말했다.

제리가 고개를 끄덕였다.

"이상했어."

"하지만 넌 벌거벗고 수영하는 거 좋아하잖아."

아빠가 말했다.

"생각나. 호숫가에서 수영한 거."

딜런이 말했다.

아빠가 고개를 끄덕였다.

"배 그림 있는 초록색 수영복 생각나?"

생각나냐고! 제리는 두 살 때 그 수영복 아니면 안 입는다고 고집을 부렸는데 수영복이 너무 컸다.

아빠는 손가락에 묻은 버터를 닦았다. 그러더니 몸을 돌려 제리의 손을 잡고 손가락을 하나씩 부드럽게 어루만지기 시작했다.

"옛날 옛날에 제리라는 아이가 살았단다. 물에서 놀 때는 늘 초록색 배 그림 수영복을 입던 아이였지. 그런데 제리는 엉덩이가 아주 아주 작아서, 물에서 놀다 일어날 때마다 수영복이 엉덩이에서 무릎까지 흘러내렸단다. 그때 어떤 아저씨가, 그 아저씨는 제리의 아빠였는데, 아름다운 부인에게 잔소리를 했지. 그 부인은 제리의 엄마였단다."

아빠가 순간 말을 멈춘 것이었을까 아니면 그냥 내가 그렇게 상상한 것이었을까?

"'쟤 허리끈 좀 묶어 줘야겠어!' 아저씨가 말했지. 불쌍한 제리는 울면서 발목까지 내려간 수영복을 질질 끌며 아빠한테 왔어. 아빠는 바지를 조그만 허리까지 추켜올리고 허리끈을 당겼어. 그런데 당겨지질 않지. 그냥 장식으로 달린 끈이었던 거야!

'그냥 벗고 놀아.' 아저씨가 말했지. 하지만 꼬마 제리는 싫다고 했어. 울면서 바지춤을 움켜잡고 물속에서 놀려고 했어. 아름다운 부인은 웃었지. 아저씨도 웃었어. 꼬마 제리는 울고 또 울었단다."

그러더니 갑자기 아빠가 정말로 말을 멈췄다. 고개를 돌려 나를 보았다.

"그런데 갑자기, 어디에선가 제리의 큰형이 나타났단다. 눈 깜짝할 사이에 바지를 홀렁 벗더니 공처럼 뭉쳐서 아름다운 부인한테 던졌어. 큰형이 제리를 들어 올렸어. 둘째형이 물에 떨어진 제리의 수영복을 잡았고 자기 수영복도 벗더니 둘 다 엄마한테 갖다 줬어.

그리고 세 아이는 엉덩이를 다 드러내고 물속으로 들어갔단다. 엄마와 아빠는 더는 웃지 않았지. 둘은 미소를 머금었고 서로 얼굴을 마주 보지 않으려고 했어. 눈가에 눈물이 고였기 때문이었지. 그때 아름다운 부인이 손가락을 뻗어 아저씨의 손가락을 잡았고 돌아보지 않으면서 조용히 이렇게 말했지. '오늘 우리 말고 아무도 없어서 정말 다행이야!'

그 말을 하고 둘은 웃고 또 웃었고 아이들은 놀고 또 놀았지. 이게 어떻게 제리가 벌거벗고 수영하는 법을 배웠는가 하는 이야기란다. 끝."

"진짜야?"

제리가 물었다.

"그렇고말고."

아빠가 말하고는 뒤로 기대어 하늘을 올려다보았다.

"오리온이다. 딜런, 저기 봐라, 오리온이야."

아빠가 말했다.

딜런이 하늘을 보았다. 우리 모두 보았다. 오리온이 아주 밝았다. 특히 허리띠가.

나는 눈을 감았다.

그날이 최고의 날이었다. 나중에 나는 오리온과 줄줄 흐르는 버터를 기억했다. 벌거벗은 엉덩이가 물속으로 들어가는 걸 기억했다. 물을 튀기며 뒤로 물속에 풍덩 빠지던 것을 기억했다. 무언가 막 떠오를 듯하다가 사라진 것이 무엇인지 궁금했던 것을 기억했다.

버뮤다로 가다

최고의 날은 끝났다. 우리는 베리 섬 여기저기를 돌아다녔다. 다음에는 더 북쪽에 있는 아바코로 갔다. 바하마의 최북단이다. 우리는 그레이트아바코 섬 동쪽에 있는 조그만 섬들을 따라 북쪽으로 갔다. 리틀하버, 맨오워 섬, 그린터틀 섬.

아빠 손이 여전히 말썽이었다. 흉터가 남은 자리는 한결 부드러워졌지만 다친 근육이 잘 당겨지지 않아 밧줄을 꽉 잡을 수가 없었다. 다행히 내가 힘이 점점 세어져 갔다. 아빠의 도움 없이도 혼자 주돛을 끝까지 올릴 수 있었다. 제노아를 올릴 때 윈치를 돌리는 대신 그냥 줄을 잡아당기는 게 더 쉬울 때도 있었다. 딜런은 닻을 올리고 내릴 수 있을 만큼 튼튼해졌고 제리는 낚싯줄을 꽤 잘 다뤘다. 집으로 돌아가기 전 마지막 몇 섬을 돌면서 우리는 날이 갈수록 항해 실력이 좋아졌다.

어떤 섬에서는 바하마 사람들처럼 가재를 잡았다. 다른 섬에서는 상어가 고깃배를 따라가는 것을 봤다. 다른 섬에서는 코코넛을 찾아 먹었다. 어떤 섬에서는 제리가 여섯 살이 되었고 다행히 잊지 않고 생일 축하한다고 말해 주었다. 섬 하나하나가 조그맣고 완벽했다. 섬마다 며칠씩 머물렀다.

그러다가 스패니시 섬에 멈췄다. 여느 섬처럼 아름다웠다. 외롭고, 작고, 텅 빈 섬. 항구가 충분히 넓어 다른 배만 없으면 딩기 없이도 아빠와 같이 닻을 양쪽으로 놓을 수 있었다. 우리는 조타실에 앉아 점심을 먹으며 정오 햇살에 꾸벅꾸벅 졸았다. 아빠는 음료수를 다마시고 냅킨을 구겨 쓰레기통에 던져 넣더니 말했다.

"얘들아, 결정을 내렸다."

나는 좌현 쪽에 앉아 있었다. 감았던 눈을 뜨고 아빠를 보았다. 딜런은 우현 쪽에 배 밖으로 다리를 내밀고 앉아 있다가 아빠를 돌아 보았다. 제리는 다리를 모으고 블랭키를 손에 돌돌 감았다.

"뭐를요?"

아빠가 더 말이 없자 내가 이렇게 물었다.

"너희들은 훌륭한 선원이다. 벤, 넌 타고난 뱃사람이다. 딜런의 항해술은 완벽하고. 제리는 열심히 노력하고 배운다. 죽 지켜보았고 너희들이 해내리라는 걸 안다. 최고의 팀이야."

아빠가 말했다.

나는 몸을 일으켰다. 딜런도 안으로 들어왔다.

"또 크리설리스는 좋은 배다. 멋진 배도 새 배도 아니지만 튼튼하고 바다를 잘 견딘다. 이 배라면 어디든 갈 수 있어."

"무슨 얘길 하는 거예요?"

내가 물었다.

"내가 하려는 말은, 원한다면 대서양이라도 가로지를 수 있다는 말이야. 세계 일주를 할 수도 있어."

뜨거운 햇살이 조타실을 가득 메웠다. 겨드랑이에 땀이 차는 걸 느꼈다.

"그러고 싶지 않은데요."

내가 말했다.

"그래. 지금 당장은 아니지. 나중에. 지금은, 버뮤다로 갈 거다. 내일 마시하버로 돌아간다. 무선기를 수리해야 해. 나소 기술자는 아무것도 모르는 사람이었던 것 같아. 또 키에서 나는 소리도 마음에 들지 않고. 마시하버에서 며칠 지내면서 배를 수리하고 물건을 채워 넣자. 그리고 버뮤다로 갈 거다. 여기에서부터 1,500킬로미터도 안 된다. 닷새에서 이레면 도착할 거다."

아빠가 말했다.

"농담이죠."

내가 말했다.

"아니. 진지하게 말하는 거다. 우리가 지금까지 한 것, 배운 것을 생각해 봐라. 이제 더 멀리 나아가고 더 많이 배울 기회가 있다."

아빠가 말했다.

"돈은 어떡하고요?"

"일을 해야지. 다들 그렇게 한다. 나소에서 했던 것처럼. 머무는 곳에서 일을 하다가, 마음에 안 들면 떠나면 된다. 버뮤다에서 나는 선생 일을 할 수 있을 거다. 너희들은 원한다면 학교에 갈 수도 있고 아니면 지금처럼 나한테 배워도 되고, 상관없다. 우기가 끝나면 또 떠날 수 있지. 어디든지, 스페인이라도. 가서 스페인어를 배우는 거야. 아니면 포르투갈로. 위대한 뱃사람들은 다 포르투갈 출신이지."

아빠가 웃었다.

"늘 그렇게 하고 싶었다. 이제 할 수 있게 되었어."

아빠가 일어섰다.

"비구름이 몰려온다. 준비하자."

아빠는 아래로 내려갔지만 우리는 꿈쩍도 할 수 없었다.

제리는 블랭키를 입에 대고 눌렀다. 딜런은 앉은 자리에서 몸을 뒤척이며 바다를 내다봤다.

조그만 돛단배가 항구로 천천히 들어왔다. 우리는 남녀가 닻을 내리고 음료를 꺼내 와 천막 아래에 앉아 쉬는 것을 보았다.

갑자기 바람이 거세어졌다. 크리설리스가 흔들리기 시작했다. 남녀는 비를 피하러 아래로 내려갔지만 우리는 여전히 꿈쩍하지 않았다.

아빠가 사다리 아래에서 머리를 내밀었다.

"1년이라고 했잖아요."

내가 말했다.

"빨리 움직여. 뭐든 젖으면 곤란하다."

아빠가 말했다.

우리는 움직이기 시작했다. 평소보다 두 배는 빠른 동작으로 비설거지를 했다. 비구름이 멀리에서 항구 쪽으로 들어오는 것을 보았고 첫 번째 빗방울이 떨어지기 전에 문을 모두 닫고 채비를 마쳤다. 아래쪽에서, 아무도 말을 하지 않았다. 제리는 옷핀과 도토리를 꺼내 자기 자리에서 전쟁을 시작했다. 딜런은 별자리 책을 넘겨 봤다. 아빠는 책을 읽고 있었는데, 시집은 아닐 거라고 생각했다.

나는 항해 테이블에 앉아 해도를 들여다봤다. 스패니시 섬은 바하마 제도 북쪽 가장자리에 둥글게 늘어선 섬 가운데 하나였다. 우리는 서쪽으로 항해하고 있었다. 바하마 제도의 북서쪽 끝에 있는 섬인 워커스 섬에 점점 다가가고 있었다. 나는 거기에서 좀 머물다가 마지막 구간을 항해하리라고 예상했다. 멕시코만류를 건너 플로리다로 300킬로미터 정도의 구간을 돌아…… 그러고는 집으로.

당연한 일이었다. 아빠가 1년이라고 했으니, 지금쯤 돌아가면 플로리다에 도착했을 때 거의 1년이 지나 있을 것이다. 배워야 할 것들을 배웠고, 모험도 했다. 가끔은 재미도 있었다.

"아빠."

내가 입을 열고 침상 위에 있는 아빠를 돌아보았.

아빠는 옆으로 누워 작고 둥근 창으로 밖을 내다보고 있었다. 빗줄기가 머리 위 갑판을 두들겼다.

"그럴 순 없어요. 아빠가 그냥 결정할 수는 없어요."

내가 말했다.

아빠가 말을 하려고 입을 열었지만 나는 계속 말을 이었다.

"지난번하고 똑같잖아요. 아빠가 마음대로……."

그때 다른 배가 우리를 쳤다. 아빠는 벽에 쿵하고 부딪쳤고 제리는 침상에서 떨어졌다. 파도가 쳐서 두 배가 갈라섰다가 다시 부딪쳤다. 나는 의자에서 굴러 떨어져 무릎으로 바닥에 주저앉았다. 우리는 비명을 들었고 아빠와 나는 조타실로 올라갔다. 우리 배의 3분의

2쯤 되는 조그만 배가 닻을 질질 끌며 뱃전으로 우리 뱃고물을 쳤다. 아빠와 나는 얼른 펜더를 끌어당겼고 아빠는 저쪽 배 사람들에게 욕설을 퍼부었다.

"시동 걸어요!"

아빠가 소리쳤다.

남자는 허둥지둥 엔진을 만지며 여자한테 뭐라고 소리를 쳤다. 여자는 자기네 펜더를 찾고 있었고 바닥에 온통 줄을 늘어놓았다. 비가 억수같이 퍼부었다.

파도에 저쪽 배가 들썩이더니 다시 우리 배에 부딪쳤다. 약간 위쪽에서 부딪치며 우리 뱃고물을 긁어내렸다. 저쪽 배 구명밧줄이 잠시 동안 선미 갑판에 걸려 있었다. 저쪽 배가 미는 힘 때문에 나는 펜더를 밧줄에 채 묶기도 전에 놓치고 말았다. 아빠는 배의 갈고리장대를 창처럼 내밀어 저쪽 배를 밀어내려 했다.

저쪽 배가 다시 들썩이더니 또 한 번 우리를 받았다. 충격에 아빠가 중심을 잃고 대자로 쓰러졌다. 아빠가 갈고리장대를 놓쳐 장대가 조타실 쪽으로 날아가 딜런의 머리에 맞았다. 딜런과 제리는 막 사다리계단 해치로 나오는 참이었다.

"내려가 있어! 다쳐! 바닥에 엎드려라."

아빠가 소리쳤다.

동생들은 아래로 내려갔고 마침내 저쪽 배의 엔진이 부릉 하며 돌아가기 시작했다. 아빠는 저쪽 배 사람들에게 우리 닻줄을 끊지 말라고 소리쳤다. 남자와 여자는 서로 소리를 지르며 아무 짝에도 쓸모없는 닻을 질질 끌고 모터 힘으로 멀어져 갔다. 그 사람들은 항구

밖으로 나가는 수밖에 없었다. 비가 많이 수그러들긴 했지만 공간이 워낙 좁고 파도가 거칠어서 다시 닻을 내리기는 힘들었다.

아빠는 빗물웅덩이가 생긴 조타실 의자에 주저앉았다. 아빠는 팔꿈치로 몸을 받치고 비스듬히 앉아 굵은 빗방울이 그냥 얼굴에 떨어지게 내버려 두었다. 나는 빗속에 고물에 앉아 밧줄을 잡고 배 아래에서 일렁이는 파도의 움직임에 집중했다. 아빠와 나는 숨을 헐떡였고 옷은 흠뻑 젖어 있었다. 그때 딜런과 제리의 얼굴이 사다리계단 해치 아래 어둠 속에서 한 쌍의 달처럼 떠올랐다.

"가라앉는 거야?"

제리가 물었다.

"아니, 아니야."

아빠가 무뚝뚝하게 대답하고는 일어서서 배 뒤쪽으로 가 몸을 숙이고 살폈다.

우리 모두 같이 봤다.

"그냥 긁히기만 했네요, 아빠."

딜런이 말했다.

충돌 때문에 선미에 페인트로 쓴 이름이 일부 지워졌다. 이제 크리×리스라고 읽혔다.

아빠는 잠시 들여다보더니 딜런에게 대답했다.

"그래, 그냥 긁힌 거다. 펜더하고 GPS 안테나가 망가졌고."

자동조종장치에 쓰는 안테나가 원래는 선미 난간에 달려 있었다. 지금은 보이지 않았다.

제리는 빈자리를 보았다. 제리는 자리에 앉아 블랭키를 머리에 덮어쨌다.

"걱정 마. 마시하버에서 새로 사면 돼."

내가 말했다.

아빠가 코웃음을 쳤다.

"마시하버에 가 본 적도 없으면서 뭘 안다고 그러냐."

조류가 밀려들 듯이 열기가 머리끝까지 하얗게 내 몸을 뒤덮는 게 느껴졌다. 나는 몸을 돌려 아빠에게 말했다.

"맞아요. 마시하버에 가 본 적도 없고, 가고 싶어 한 적도 없어요. 지금도. 전에도."

내가 말했다.

"그럼 가지 말자."

아빠가 냉담한 소리로 말했다.

나는 아드레날린이 손가락 끝까지 쫙 퍼지는 것을 느꼈다. 발바닥까지 기운이 퍼졌다.

"집에 가는 거예요?"

내가 물었다.

"아니. 바로 버뮤다로 가서 거기에서 GPS 안테나를 수리하자. 마시하버에서 구하려면 새 걸 주문하고 받는 데만도 몇 주는 걸릴 거다. 곧 우기에 접어들 거야. 버뮤다에 가면 바로 살 수 있는데 마시하버에서 시간 낭비할 필요 없지."

아빠는 몸을 숙이고 남은 펜더를 끌어 올렸다.

"무선기는 어떡해요? 나소 기술자가 못 고쳤잖아요. 지금도 들어왔다 나갔다 해요."

딜런이 물었다.

아빠가 말했다.

"네가 한 번 보지 그러니, 벤? 네가 그런 건 잘……."

"미안하지만 무선기는 몰라요. 엔진 말고는. 마시하버에 가면 고칠 수 있을 거라고 했잖아요."

"버뮤다에서도 고칠 수 있지. 어쨌든 날씨 예보는 잘 들린다. 그게 가장 중요한 거니까."

"GPS 없이 어떻게 버뮤다를 찾아가요?"

"위치 추정으로. 딜런이나 나나 쉽게 버뮤다를 찾을 수 있다."

아빠가 말했다.

"미쳤어요. 이 정도일 줄은 몰랐는데, 아빤 제정신이 아니에요. 우리더러 무선기하고 자동조종장치가 망가진 채로 대양 한가운데를 가로지르자고요? 누군지도 모르는 멍청한 누군가 때문에 화가 났다고 해서요? 그럴 순 없어요. 전 내일 아침에 버뮤다로 떠나지 않을 거예요. 집으로 갈 거예요."

아빠는 몸을 일으켜서 나에게 펜더를 던졌다. 나는 잡았다.

"정리해라."

아빠가 말했다.

"싫어요."

내가 말하며 펜더를 갑판에 떨어뜨렸다.

아빠는 배 뒤쪽에 서서 우리를 내려다보았다. 아빠는 움직이지 않았지만 온몸을 부들부들 떠는 게 느껴졌다.

"내가 선장이다. 아침에 버뮤다로 출항한다."

아빠가 말했다.

"싫어요! 그럴 순 없어요. 이번에는 강제로 그럴 수 없어요."

내가 소리쳤다.

그때 갑자기 아빠가 손을 들어 내 뺨을 휘갈겼다.

"그만하세요! 제발."

딜런이 소리쳤다.

"계속해요!"

내가 소리쳤다. 뺨이 쓰라렸고 아빠는 다시 손을 치켜들었다.

"더 때려요. 이쪽 뺨도 때리시라고요!"

그때 블랭키 아래에서 제리의 목소리가 조그맣게 들렸다.

"여기에서도 다 보여. 그거 알아?"

제리가 말했다.

아빠는 손을 내렸고 할로윈 유령처럼 앉아 있는 제리를 보았다.

"블랭키가 아주 얇아서 덮어도 다 보여."

아빠의 얼굴이 일그러졌다. 아빠는 등을 돌리고 구명밧줄을 잡은 채로 배 바깥으로 몸을 숙였다. 그러더니 토하기 시작했다. 그냥. 우욱. 바닷물에다가.

"아빠 아파요?"

딜런이 물었다.

"아니."

아빠가 말했다. 아빠는 몸을 일으켰다. 얼굴이 좀 창백해 보였다.

"아프지 않아."

그러고는 나를 보았다.

"미치지도 않았고."

나는 무서울 때처럼 뒷목 털이 쭈뼛쭈뼛 서는 걸 느꼈다.

"나는 그냥 외로운 사람이야…… 아내가 너무 보고 싶은."

"아빠……."

내가 입을 열었다.

"입 다물어라. 제발 입 좀 다물어."

아빠의 목소리가 날카로웠다.

딜런은 아빠에게 얼굴을 닦을 수건을 건넸다.

아빠는 입과 턱을 닦더니 수건을 물속에 던졌다.

"내일 출항한다. 별일 없을 거다."

아빠가 말했다.

그래서 이튿날 우리는 버뮤다로 출항했다. 시간이 좀 더 많았다면, 그때 비가 내리지만 않았다면, 다른 배가 우리 배에 부딪치지만 않았다면, 내가 그렇게 화를 내지만 않았다면…… 어쩌면 이야기를 할 수 있었을지도 모른다. 아빠 마음을 돌릴 수 있었을지도 모른다.

그런데 모든 일이 순식간에 벌어졌다. 당연히 집에 가겠거니 생각했는데, 다음 순간에는 딩기를 앞쪽 해치 위에 묶고 돛을 올리고 크리설리스를 버뮤다 쪽으로 몰고 가고 있었다. 집에서 점점 더 먼 곳으로.

첫날 우리는 딜런이 측정한 수치에 따라 항해했다. 밤에는 교대로 불침번을 섰다. 둘째 날도 쉬웠다. 밝고 맑았다. 이튿날 밤 내가 잠자리에 들 때 딜런은 나침반을 보고 북북동 35도 방향으로 키를 잡았다. 속도는 6노트 정도였다. 며칠만 더 가면 버뮤다였다. 버뮤다에서 한동안 지낸 다음에 아빠와 이야기를 해서 마음을 돌리게 할 수도 있을 거라고 생각했다. 지금까지는 아빠 말이 옳았다. 나침반도 기계장치와 다를 바 없이 정확했다. 우리는 버뮤다에 갈 것이다. 쉽게 갈 수 있을 것 같았다.

그런데 그러지 못했다. 우리는 버뮤다에 가지 못했다. 길을 잃어버렸기 때문이 아니었다. 아빠를 잃어버렸기 때문이었다.

아빠가 사라졌다

사흘째 아침, 잠에서 깨어 배에서 나는 소리를 들었다. 배에서 오랜 시간 지내다 보면 배에서 나는 소리가 자기 심장 박동처럼 여겨지게 된다. 늘 끊이지 않고 꾸준히 들려오다가 어느 정도 지나면 아예 들리지 않게 된다. 그러다가 무언가가 달라진다. 빠르기나, 리듬이나, 음조가. 그러면 그 소리가 귀에 들린다.

내가 일어났을 때에도 소리가 다르게 들렸다. 뭔가 다른 느낌이 들었다. 돛이 이쪽저쪽으로 펄럭였고 배가 파도 위에서 이리저리 흔들렸다. 바람이 잦아들었거나 아빠가 일부러 바람 중심으로 배를 향하게 한 것이다. 어쩌면 뭔가 부서져서 그걸 고치려고 돛이 압력을 받지 않게 해놓았을지도 모르겠다. 며칠 전 스패니시 섬에서 충돌이 있었으니 그럴 만도 했다.

나는 침상에서 몸을 돌렸다. 8시였다. 내가 불침번 서는 시간이 다 지나 있었다. 아빠가 날 깨우지 않았다. 나는 머리 위에 베개를 없었다.

"고맙지 뭐."

나는 베개에 대고 말했다.

돛이 펄럭였다. 배가 파도 사이에서 옆으로 나아가고 있었다. 머리 위에서 윈치 손잡이가 조타실 바닥을 긁는 소리가 들렸다. 뭐가 망가졌는지 몰라도 고치는 데 꽤 걸리는 모양이다. 나는 뱃머리 쪽에서 아빠 발소리가 나는지 귀를 기울였다. 배가 조용했다. 윈치 손잡이가 다시 끼익거렸다.

나는 일어나 앉았다. 아빠가 내가 올라오기를 기다리는 모양이었다. 올라가 보면 아빠는 벌게진 눈으로 돛이나 뭐를 고치고 있겠지. 자신 있게 혼자서도 다 할 수 있다는 듯한 기세로 손에 선원용 손골무를 끼고 커다란 바늘로 바느질을 하고 있을 거다. 내가 감탄하지 않으면 아빠는 화를 내겠지.

나는 베개를 집어 던지고 반바지에 다리를 꿰었다. 손바닥으로 얼굴을 문질렀다.

"좋아."

내가 말했다.

"감탄할 준비됐다고요. 정말로 대단하세요."

나는 사다리로 휙 올라가 햇살 속에서 눈을 깜박였다. 집에 있을 때는 8시면 이른 시간이었다. 해가 겨우 건물 사이로 올라와 나무 아래에 있을 때다. 하지만 바다 위에서는 8시 햇살을 가릴 게 아무것도 없다. 벌써 뜨겁고 눈이 부셨다. 여기에서는 8시 햇살에도 화상을 입을 수 있다.

"일어났어요."

내가 말하고 조타실로 들어섰다.

조타실에는 아무도 없었다. 자동조종장치에서 웅웅, 끼익 하는 소리가 났다. 바람 방향이 바뀌었는데도 원래 방향으로 나아가려고 용을 쓰느라.

나는 정말 대단하다는 표정을 짓고 뱃머리 쪽으로 돌아섰다.

지브 돛이 펄럭이기 전에 아빠가 뱃머리 난간 너머로 몸을 숙인 모습을 언뜻 본 것 같았다. 물 아래에서 뭔가를 찾는 듯이. 그때 돛이 제자리로 돌아왔고 내가 헛것을 봤다는 것을 깨달았다.

"아빠."

내가 갑판 위를 둘러보며 불렀다.

자동조종장치 말고는 아무 소리도 들리지 않았다. 자동조종장치가 갈 수 없는 방향으로 배를 몰고 가려고 할 때는 저렇게 큰 소리가 나는 줄 전에는 몰랐었다.

갑판 위에는 아무도 없었다.

나는 갑자기 한기를 느꼈다. 정말 아까 아빠를 본 게 맞는데 아빠가 그 순간 배 밖으로 떨어졌을지도 모른다는 생각이 들었다. 나는 뱃머리로 달려갔다. 아빠가 보이지 않았다. 사실 풍덩 하는 소리도 들리지 않았었다. 이렇게 조용하니 아빠가 물에 빠졌다면 부르는 소리가 들렸을 것이다. 배가 움직이지도 않으니 아빠가 빠졌더라도 배 바로 옆에 있을 것이다.

그럼 아빠가 어디에 있을까? 왜 자동조종장치가 켜 있을까? 왜 날 깨우지 않았을까?

나는 조타실로 돌아가 딩기를 봤다. 앞쪽 줄과 뒤쪽 줄 하나가 풀려 있었다. 아빠가 왜 줄을 풀었을까? 아빠가 그 아래에 있다면 정말 심각한 문제가 생긴 거다.

나는 얼른 바닥에 앉아 천천히 딩기를 들어 올렸다. 아무것도 없었다. 구급장비 EPIRB도 없었다. EPIRB를 어떻게 한 거지? 배를 타고 움직일 때는 반드시 EPIRB를 제자리에 놓기로 되어 있었다. 얼른 갑판을 훑어보았다. 어디에도 EPIRB가 보이지 않았다.

왜 딩기가 풀려 있을까? EPIRB는 어디 갔을까? 아빠는 어디 있을까?

아래로 내려가 아빠 침상을 살폈다. 없었다. 이불이 평평하게 각이 잡혀 있었다. 시집은 베개 한가운데에 놓여 있었다. 주선실에도 숨을 만한 곳은 없었다. 배 앞쪽도 마찬가지였다. 딜런이 혼자 코를 골며 자고 있었다.

엔진실에 숨은 것도 아니고, 옷장 안에 파고든 것도 아니었다. 나는 딜런 옆으로 지나가 조용히 돛보관함을 열었다. 커다란 주황색 가방이 아빠가 지시한 순서대로 고스란히 쌓여 있었다. 여기에는 돛 말고 아무것도 없었다.

배가 흔들렸다. 돛이 퍼덕거렸다. 자동조종장치가 웅웅거렸다. 피가 머리끝까지 솟구치는 것을 느꼈다. 피가 흐르는 소리가 어찌나 큰지 딜런이 부르는 소리가 들리지 않을 정도였다.

"형, 왜 그래?"

나는 깜짝 놀라 천장에 머리를 부딪쳤다.

"아니야!"

나는 머리를 문질렀고 욕설을 내뱉었다.

딜런을 돌아보았다.

"무슨 일이 있는지 알고 싶어? 얘기할게. 아빠가 사라졌어. 없어졌다고! 도망갔어!"

내가 말했다.

"무슨 소리야?"

나는 갑자기 현기증을 느끼고 딜런의 침대에 주저앉았다.

"아빠가 이 배에 없다는 사실을 말하는 거야. 사라졌다고."

딜런이 일어났다. 딜런은 반바지를 입고 얼굴을 문질렀다.

"제리는 깨우지 마. 겁먹을 거야. 다시 찾아보자."

딜런이 말했다.

"겁먹겠지. 넌 안 그래?"

"쉬."

딜런이 말했다.

딜런은 살금살금 제리 침상 옆을 지나 갑판 위로 올라갔다.

8시는 더웠다. 8시 반은 더 더웠다. 바람이 거의 완전히 죽었고 공기가 묵직했다. 둥근 파도가 매끈하고 반짝거렸다.

"아빠!"

딜런이 소리쳤다. 내가 안 불러 봤을 거라고 생각하나.

"아빠 컵이야."

딜런이 말했다. 정말이었다. 커피 잔에 미지근하게 식은 커피가 반쯤 남아 있었다.

"아빠 구명밧줄."

딜런 말대로였다. 딜런은 배에 연결된 끝을 잡았다. 반대쪽 끝은 아빠의 안전장구에 달려 있어야 하는데, 아빠는 줄을 풀어 버렸다. 한밤중에 불침번을 서다가. 대체 왜?

자동조종장치가 끼익거리며 울부짖었다.

"딩기를 봐봐."

내가 말했다.

딜런은 딩기로 가서 내가 그런 것처럼 딩기를 들어 보았다.

"EPIRB는 어디 있지?"

"몰라."

우리는 조타실에 앉았다. 윈치 손잡이가 다시 갑판에 쓸리려고 하기에 손잡이를 잡았다. 돛이 파닥거렸다. 나는 자동조종장치를 끄고 연결을 해제했다. 사방이 조용해졌다. 키 손잡이가 내 허벅지에 부딪혔다. 나는 키 손잡이를 잡고 움직이지 않게 했다.

"우리가 가던 방위가 몇이야?"

내가 딜런에게 물었다.

"북북동으로 35도."

"180도 돌아가야 해."

내가 말했다. 나는 엔진이 중립인지 확인하고 시동을 걸었다. 엔진이 타닥거리다가 균일한 소리를 냈다. 배기가스 냄새가 퍼졌다.

"지브 내릴까?"

딜런이 물었다.

"아니, 방위 바뀐 뒤에 어떤지 보자."

배가 방향을 돌리는 동안 딜런은 돛을 조종하려고 밧줄을 잡았다.

나는 주돛에 손을 뻗어 세게 당겼다. 제동기가 조여지는 기계적인 떨림이 평상시와 다를 바 없이 느껴졌다. 호수에서 오후에 배를 탈 때처럼. 나는 크리설리스의 주돛을 밧줄걸이에 걸고 엔진을 전진으로 전환했다. 조금 간 뒤에 천천히 배를 돌려 215도로 맞췄다.

우리는 돛을 속살거리는 바람에 맞추었고 엔진을 껐다.

딜런은 내 뒤쪽 바다를 보았다. 매끈한 바다 위에 우리가 지나온 물길이 보였다.

"항로를 다시 확인할게."

딜런이 이렇게 말하고 아래로 내려갔다.

딜런이 배 아래쪽을 뒤지는 소리가 들렸다. 옷장, 엔진실을 열어 보고 아빠 침상에 들어가는 소리가 들렸다. 그러고는 조용했다. 나는 거대한 둥근 바다 한가운데에, 눈부신 둥근 하늘 아래에 혼자 앉아 있었다.

아무것도 없었다. 단조롭게 일렁이는 파도와 이따금 물 위에 눈부시게 반사되는 햇살 말고는 아무것도 보이지 않았다.

딜런도 나도 불가능하다는 것을 알았다. 우리가 스패니시 섬에서 출항했을 때와 정확히 같은 각도로 되돌아간다고 하더라도 다른 길을 따라 가게 될 것이다. 우리가 원래 왔던 길에서 동쪽이나 서쪽으로 얼마나 벗어났는지 알 도리가 없었다. 아빠가 물에 빠진 지 얼마나 됐는지도 모르고. 얼마나 오랫동안 물살을 따라 떠다녔을까? 바람이 죽어 배가 물 위에서 버둥거린 지는 얼마나 되었을까?

그때 딜런이 다시 올라왔다. 딜런은 종이 한 장과 아빠 시집을 들고 있었다. 딜런의 입술이 새하앴다.

"형."

딜런이 말했다. 딜런은 손에 종이를 들었는데 아빠 글씨로 쓴 편지라는 것을 알 수 있었다.

"엄마한테 보내는 편지야."

편지

딜런이 편지를 나에게 주었다. 읽고 싶지 않았지만 그래도 읽었다. 미처 예상하지 못했던 일이었다. 시였는데 아빠 시집에 나온 시는 아니었다. 엄마 이름으로 시작했다. "크리스틴." 그러고는 이렇게 적었다.

우린 어둠 속에서 춤추며 그걸 우리 노래라고 했지.
그 말들을 속삭였지만 그때는
그게 정말 무슨 뜻인지 몰랐어. 지금은 알지.

"외로움" "시간" "굶주림" "집"
나는 강이고 당신은 바다.
품을 열어, 내 사랑. 나를 기다려.

나는 그걸 두 번 읽은 다음에 구겨서 공처럼 뭉쳤다.

"이건 유서야."

내가 말했다.

"노래 가사야."

딜런이 말했다. 딜런은 종이 뭉치를 가져가 조심스레 펼쳤다.

"문구를 봐. 엄마가 바다라잖아. 품을 열라잖아."

내가 말했다.

"그 노래 나오는 CD가 있어."

딜런은 허벅지에 대고 종이를 평평하게 폈다.

"엄마 아빠가 좋아하던 노래야."

"강은 바다로 가지, 딜런. 그리고 아빠는 바다로 갔어. 한밤중에. 안전장구를 풀었어. 아빠는······."

딜런은 고개를 살짝 숙이고 허벅지 위에 작은 손으로 펼쳐 놓은 편지를 들여다보았다. 딜런의 앞머리가 앞으로 살짝 떨어질 때, 딜런 목의 부드러운 굴곡이 어깨에서 살짝 솟는 게 보였다.

"딜런."

내가 입을 열었다.

딜런이 고개를 들었다.

"조용히 해."

딜런은 이렇게 말하며 편지를 책에 다시 끼워 넣었다.

제리가 사다리로 올라왔다. 담요를 말아 턱밑에서 안고 있었다. 아무 말도 하지 않았다. 제리는 맨발로 배트맨 팬티를 입은 채 위로 올라왔다. 엉덩이 부분이 헐렁했다. 너무 컸다. 엄마는 옷을 너무 크게 사 주곤 했다. 제리는 딜런 옆에 앉아 딜런에게 몸을 기댔다. 딜런 배 근처에서 몸을 동그랗게 말고는 담요로 얼굴을 살살 문질렀다. 제리는 발을 꼬았다. 숨소리가 고르고 차분했다. 뺨이 매끈했다. 갑판 저쪽을 쳐다보는 제리의 눈은 조용한 푸른빛이었다. 갈빗대 하나하나, 척추뼈 마디마디가 다 보였다. 저렇게 몸에 지방이 하나도 없으니 물에 뜨지 않는 거다.

딜런과 제리를 보고 있자니 아빠가 어디에 있든 간에 내 목소리가 들릴 정도로 크게 소리를 지를 수 있을 것 같았다. 마스트 꼭대기까지 기어 올라가 하늘에 대고 소리를 지를 수 있을 것 같았다. 내 몸 안의 고함으로 저 깊은 공간을 다 울릴 수 있을 것 같았다.

제리가 내가 자기를 쳐다보는 것을 알아차렸다.

"형아 왜 그래?"

제리가 물었다.

나는 고개를 돌렸다. 나는 바보 같은 편지가 비죽 삐져나와 있는 책을 집어 들었다. 책으로 의자를 쾅하고 쳤다.

"증오해."

내가 말했다.

"그러지 마."

딜런이 말했다.

제리가 놀라 몸을 일으켰다. 내 손에 쥔 책을 보았다.

"아빠 어디 있어?"

제리가 나에게 물었다.

나는 입술을 깨물었다.

"작은형아. 아빠 어딨어?"

제리의 작은 목소리가 떨렸다.

나는 일어나 아래로 내려갔다. 딜런은 블랭키 귀퉁이를 잡고 제리의 다른 뺨을 쓸어 주었다. 내가 아빠 침상에 엎드리기 전에 제리는 벌써 울음을 터뜨렸다. 나는 아빠 베개를 내 머리 위에 얹었고 아빠 책이 내 가슴을 짓눌렀다.

세상의 끝

 나는 다시 잠이 들었고 머리 위의 베개에 질식하는 꿈을 꿀 때 딜런이 내 발을 흔들었다.
 "일어나. 얘기 좀 해."
 딜런이 말했다.
 나는 몸을 돌렸고 갑자기 모든 게 다시 기억났다.
 "얘기하라고."
 이렇게 말하고 딜런을 따라 주선실로 갔다. 제리는 갑판에서 한 손으로는 키를 한 손으로는 담요를 잡고 있었다. 제리 옆에는 오렌지주스 한 캔이 있었다. 딜런은 해도를 테이블 위에 펼쳐 놓았다.
 "우리가 어디에 있는지, 아니면 있었는지 알아내야 돼. 그래야 어디로 갈지 아니까."
 나는 손바닥으로 얼굴을 세게 문질렀다.
 "우린 조난당했어. GPS는 망가졌고, 얼마 동안인지 알 수 없는 시간 동안 어느 방향인지 알 수 없는 방향으로 알 수 없는 속도로 흘러 갔으니."

내가 말했다.

변수가 너무 많았다. 아빠가 배 밖으로 떨어졌을 때 배는 혼자 한동안 나아갔을 것이다. 자동조종장치가 정확한 방향을 유지하면서. 그러다가 어느 시점에 바람이 바뀌었고 배가 앞으로 나아가지 않았다. 바람과 파도가 몰고 가는 대로 이쪽저쪽으로 흔들리고 나아갔을 것이다. 그러나 언제 아빠가 빠졌을까? 그때 배의 속도가 몇이나 됐을까? 바람이 언제 바뀌었을까? 그때부터는 바람이 어느 방향에서 불어왔을까? 얼마나 강하게? 그러다가 다시 바뀌었을까? 우리가 모르는 게 너무나 많았다.

"우린 조난당했어."

나는 되풀이하고 주저앉았다.

딜런은 내 말을 무시하고 항해 테이블에 앉아 해도에 연필로 점을 찍고 평행자로 선을 긋고 속도를 계산했다. 그러더니 손을 멈추고 키를 잡고 있는 제리를 흘긋 보았다.

"제리한테 아빠 찾으러 간다고 말했어."

"다시 말해 거짓말을 했다는 거지."

내가 말했다.

딜런의 입이 굳어졌다.

"형이라면 뭐라고 말했을 건데?"

나는 바닥에 떨어진 연필을 걷어찼다.

"그리고 아빠는 EPIRB를 가지고 있어. 우리가 아빠를 못 찾더라도 누군가가 찾을 거야."

딜런이 말했다.

나는 딜런을 빤히 보았다.

"자살하는 사람이 왜 EPIRB를 켜겠니?"

딜런도 나를 노려보았다.

"왜 아빠가 자살하려고 했다고 생각해?"

"그렇게 써 있었잖아, 딜런! 너도 쪽지 읽었잖아. 안 그러면 왜 그런 짓을 하겠어? 아빠는 미쳤고 이기적이고 겁쟁이야. 그리고 지금쯤 틀림없이 죽었을 거야. 자기가 바라던 대로."

"형 말은 틀렸어."

딜런이 조용히 말했다.

"누가 부르는 소리 들었어? 응?"

내가 물었다.

"아니."

"도와주길 바랐다면 소리 지르지 않았겠어?"

"우린 자고 있었잖아."

"생각을 해 봐, 딜런."

내가 말하며 몸을 숙여 내가 발로 찬 연필을 집었다.

다시 몸을 일으켜 보니 딜런이 해도를 보고 있었다.

"어젯밤에 여기에 표시를 해 뒀어. 내 교대시간 끝날 때."

딜런은 조심스레 연필 끝으로 스패니시 섬 북동쪽 바다에 있는 점을 가리켰다.

"4.5노트 정도로 35도 북북동으로 갔어. 그 상태로 2시간 정도 더

갔다면 여기쯤에 왔을 거야."

딜런은 연필로 다른 자리를 가리키며 말했다.

"아빠가 물에 빠졌을 때."

딜런은 말을 멈추었다.

"하지만 조류를 계산에 넣어야 돼. 물이 5노트 속도로 움직여. 우리는 4.5노트로 이동했고."

딜런이 연필을 계속 움직였다. 자기가 그은 선을 따라 컴퍼스를 돌렸다.

"그러니까 아빠가 빠졌을 때 우리는 여기쯤에 있었을 거야."

딜런은 새로운 점을 찍고 다른 점은 지웠다.

"2시에 뛰어내렸다면 말이지."

내가 말했다.

"떨어졌다면."

딜런이 대꾸했다.

나는 어깨를 으쓱했다.

"만약에 12시 반이었다면? 3시였으면? 6시였으면?"

딜런은 작은 손가락으로 연필을 꽉 쥐었다.

"그 위치도 다 계산할까?"

"아니."

"할 수 있어."

"할 수 있는 거 알아. 넌 아주 똑똑하니까. 하지만 소용없어. 아빠는 사라졌고 우린 우리가 어디에 있는지 몰라."

"맞아."

딜런은 해도 가장자리에 가늘고 비뚤비뚤한 선을 그렸다.
"조난당했지."
나는 의자에 털썩 주저앉았다.
"우리가 어디에 있는지 모르고, 어디로 가는지도 알 수 없어. 우리가 어디에 있느냐에 따라 72시간 안에 스패니시 섬 항구에 정확히 들어갈 수도 있고, 아니면 플로리다와 쿠바 사이로 흘러 들어가 멕시코 유카탄 반도까지 갈 수도 있지. 그것보다 훨씬 동쪽이라면 바하마를 완전히 지나쳐 터크스케이커스나 아니면 도미니카 공화국으로 가게 될 거고. 어디든지 좋겠는데. 네가 한 번 골라 봐라."
나는 연필로 쿠션을 탕, 소리가 나게 쳤다.
"시간을 적어 놓기만 했다면. 일지라도 제대로 적어 놓았더라면."
딜런은 계속 지도를 보고 계산을 했다.
"우리 생각도 했어야지."
나는 조용히 말을 이었다.
"우리 생각을 했다면……."
"일부러 그랬다면, 당연히 우리 생각을 미리 해 두셨을 거야."
딜런이 말했다.
나는 고개를 들어 키를 잡은 제리를 보았다. 머리카락 색깔이 하도 밝아 햇빛 속에 하얗게 빛났다. 그런데 제리 주변의 빛이 이상했다. 나는 일어나 수평선을 보았다. 수평선이 보이지 않았다. 바다와 하늘이 만나는 선이 드넓은 검은 띠에 뒤덮여 보이지 않았다. 검은 구름 가장자리가 우리를 향해 굽이쳐 달려왔다. 바다 끝에서 끝까지 뻗어 있었다. 바다 위에서 넘실거리며 하늘을 가득 메웠다.

딜런이 내 옆에 섰다. 우리는 나란히 서서 폭풍이 몰려오는 것을 보았다.

제리는 우리를 보고 있었다. 제리는 햇볕에 탄 손과 길게 자란 손톱으로 허벅지를 긁적였다.

지금껏 느껴 보지 못한 강하고 서늘한 느낌이 가슴속에 차올랐다. 목의 털이 쭈뼛 솟고 냉기가 등골을 타고 흘렀다.

"딜런."

나는 차마 얼굴을 돌리지 못한 채로 물었다.

"이런 일이 있으면 어떻게 하라고 책에 나와 있니?"

"저게 뭔데?"

딜런이 아주 낮은 소리로 물었다.

나는 난간을 붙잡았다.

"저건, 세상의 끝이야."

폭풍

딜런과 나는 한참을 꿈쩍 못하고 서 있다가 정신을 차렸다. 손가락 끝에 감각이 없었다. 그때 굵은 빗방울이 떨어지기 시작했고 바람이 살아났다. 정박한 상태에서 비바람에 대비한 훈련은 수도 없이 했지만 바다에 있을 때 비바람을 만난 것은 처음이었다. 어떻게 해야 할지 몰랐다.

"방위를 유지하면서 바람을 타고 나가자."

내가 말했다.

"아빠는 어떡해?"

딜런이 물었다.

나는 대답하지 않았다. 방수복으로 갈아입고 딜런에게도 방수복을 내주었다.

"폭풍에 대해 내가 아는 사실은 두 가지야."

마침내 내가 입을 열었다.

"첫째는 적당한 속도를 유지해야 한다는 거야. 너무 빠른 속도로 파곡*으로 들어가면 뱃머리가 바다에 처박히게 되지. 자전거 앞바퀴 브레이크를 잡는 것하고 같은 상황이야. 앞쪽부터 고꾸라지듯 배가 전복돼. 또 너무 느리게 가면 파도가 뱃고물을 쳐서 뒤쪽으로 배가 뒤집혀."

딜런이 고개를 끄덕였다.

"두 번째는, 방향을 정확히 유지해야 한다는 거야. 파도 방향과 직각이 되면 배가 안정될 수가 없고 파도가 뱃전을 들이받게 돼. 그러면 배가 옆으로 쓰러지지."

제리가 일어서서 고개를 돌리고 자기 뒤쪽에 있는 구름을 보았다. 바람이 제리의 머리카락을 흩날리고 웃옷을 잡아당겼다.

"형아! 형아! 저기 봐!"

"기다려, 곧 갈게."

제리 뒤에서 비구름의 벽이 점점 다가오며 은빛 수면을 얼룩덜룩 일렁이는 거친 표면으로 바꾸어 놓았다. 나는 딜런을 보고 말했다.

"세 번째가 막 생각났어. 암초에 부딪치면 안 돼."

"산호초나."

딜런이 말했다. 우리는 조타실로 갔다.

나는 제리에게 몸을 숙이고 소리쳤다.

"방향을 잘 잡아. 몇 분 동안만. 지브를 내려야 해. 그다음에 나랑 교대해."

...
*波谷, 파도의 낮은 부분.

딜런과 나는 안전장구를 구명줄에 연결하고 앞갑판으로 갔다. 빗줄기가 내리치기 시작했다. 우리는 몸을 숙이고 기어서 앞으로 갔다. 용총줄*을 밧줄고리에서 떼어 내고 딜런이 돛 아래쪽에 자리 잡을 때까지 잠시 붙들었다. 선수창**이 파도에 들썩였다가 쿵 하고 내려앉았다. 딜런은 돛대를 붙들고 나를 바라보았다. 입술을 앙다문 모습이었다. 나는 용총줄을 놓았지만 지브는 그냥 처지기만 했다. 바람이 지브를 들어 올리는 동안 나도 앞쪽으로 갔다. 그때 소금기를 먹어 빳빳한 지브가 출렁이며 쏟아져 내렸다. 딜런은 돛귀를 잡고 돛가방에 돛을 집어넣었다. 나는 돛고리에서 줄을 풀었고 마침내 돛을 전부 주황색 가방에 쑤셔 넣을 수 있었다. 우리는 앞쪽 해치로 돛가방을 밀어 넣고 딩기 쪽으로 갔다. 갑판에 딩기를 묶어 놓는 줄이 하나만 빼고 다 풀려 있어 딩기가 마구 덜컹이며 움직였다. 줄을 묶고 다시 조타실로 기어갔다.

나는 손으로 키를 쥐었다. 제리와 눈을 마주 보았다.

"아빠는 어떡해? 아빠 어떻게 찾아?"

제리가 소리를 쳤다.

나는 대답하지 않았다. 제리는 비에 흠뻑 젖었다. 머리카락이 젖어 진한 색으로 변해 머리통에 달라붙었다. 제리가 내 팔을 잡았다.

"형아, 아빠는 어떡해?"

"아래로 내려가. 몸부터 말려. 그리고 침상 안에 들어가 있어."

...
*돛을 내리거나 올리는 데 쓰는 줄.
**船首倉, 뱃머리에 있는 화물실.

내가 소리를 질렀다.

제리는 여전히 내 팔을 놓지 않았다. 몸이 덜덜 떨렸다.

제리는 다시 내 얼굴을 마주 보려고 했다. 제리는 울고 있었다. 입이 커다랗게 벌어졌고 얼굴이 일그러졌다.

나는 제리의 손을 뿌리치고 밀었다. 제리는 비틀거리다가 사다리 앞에 주저앉았다.

"내려가!"

내가 소리를 질렀다.

"아빠는 어떡하고!"

제리가 울부짖었다.

"아빠는 잊어!"

바람 속에서 내 목소리가 날카롭게 쨍하고 울렸다. 딜런이 손을 뻗어 제리를 안으로 데리고 들어갔다. 딜런은 사다리계단 덮개문을 닫았다.

어둠 속에서 나 혼자였다. 배는 파도에 들렸다가 골로 떨어졌다.

나는 아딧줄을 당겨 느슨하게 풀고 아딧줄을 잡고 키를 조종했다. 아딧줄과 키를 함께 움직여 배의 균형을 잡으며 남동쪽으로 지그재그를 그리며 나아갔다. 우린 해낼 것이다. 배를 조종하고 있다. 힘들긴 하지만 해낼 수 있다.

"아빠는 잊어."

나는 다시 말했다. 그리고 더 크게 소리를 질렀다. 최대한 크게. 폭풍, 바람, 비를 향해서. 우리, 딜런과 제리와 나를 이끌고, 안전하게 배에서, 소리를 지르며 집을 향해 나아갔다.

위험한 착각

훌륭한 범주였다. 바람이 북서풍에서 북풍으로 바뀌었고 나는 바람이 우현 난간으로 넘어 들어오게 해 옆바람을 받으며 범주를 했다. 대각선으로 파도 뒤쪽부터 위에 올라탔다가 앞쪽으로 내려오며 바다 위에 깊은 자국을 남겼다. 나는 우현에 미끄러지지 않게 자리 잡고 앉았다. 좌현 난간 너머로 올라오는 물거품과 뱃머리에서 뿌려대는 물보라가 갑판과 내 얼굴을 뒤덮었다.

급커브 길을 빠른 속도로 차를 몰고 가는 것하고 비슷했다. 키의 떨림, 나침반 바늘의 흔들림, 주돛 귀퉁이의 떨림에 정신을 집중했다. 키가 이제 내 몸의 일부 같았다. 배가 받는 힘, 몸을 돌려 바람 속으로 들어가고 싶은 배의 충동을 키에 연결된 내 몸으로 느꼈다. 마치 차가 가야 할 방향으로 당기는 듯한 느낌을 받는 것하고 마찬가지다. 자기도 모르는 사이에 몸이 느낀다. 머리가 아니라 몸이 아는 것이다. 몸으로 느끼지 못하면 할 수가 없다.

나는 할 수 있었다. 아주 잘했다. 바람이 나를 때리고 지나가고, 파도가 내 아래에서 일렁이고, 비가 내 위에 쏟아졌지만 나는 신경 쓰지 않았다. 당기는 힘, 흔들림, 떨림뿐이었다. 나는 키, 나침반, 돛의 균형을 완벽하게 잡았다. 정신을 집중하고 배를 몰았다. 웃으면서.

하지만 통제하고 있다는 생각은 착각이었다. 비바람 속에서 그건 아주 위험한 착각이다. 계속 확인을 해야 한다는 사실을 잊게 된다. 변화를 알아차리지 못할 수도 있는데 폭풍은 변하기 마련이다. 폭풍의 양상이 바뀌었는데 나는 알아차리지 못했다. 아주 잘 나간다는 생각, 더 빨리 집에 갈 수 있겠다는 생각에 다른 것은 까맣게 잊었던 것이다. 그때 바람이 더 거세졌다. 나는 더 열심히 파도와 싸웠다. 계속 난간이 물에 잠겼다. 나는 좌현의자 구석에 발을 고정하고 서서 오른팔에 우현 구명줄을 감고 왼손으로 키 손잡이를 잡았다. 배는 파도 꼭대기를 타고 올라가 파도 너머에 내려앉았다.

두려움이 자라나 집중력이 흩어지는 게 느껴졌다. '생각을 해야 해.' '지금 너무 빨리 가고 있어. 어떻게 해야 하지? 생각을 해.' 하지만 행동에 옮기지 않고 방법을 찾아야 한다고 스스로를 다그쳤던 것은 내가 할 수 있는 일이 없었기 때문이다. 너무 늦었다. 돛을 너무 많이 올렸다. 가속페달이 눌린 채로 올라오지 않는데 앞에 산길이 뻗어 있는 것하고 같은 상황이었다. 축범을 하거나 아니면 돛을 내렸어야 했다. 그 생각을 미처 하지 못했다.

축범은 돛의 크기를 줄이는 것을 말한다. 이 낡은 배에서 돛을 줄이려면 먼저 활대를 올려 돛 아랫부분이 늘어지게 만들어야 한다.

그런 다음 누군가가 아래쪽에 늘어진 돛을 감아 올려 활대에 단단히 묶어야 한다. 그러는 동안에 다른 사람이 배를 조종해야 하고. 비바람 속에서 힘든 일이기도 하지만 더 큰 문제가 있었다. 축범을 하려면 일단 활대를 선실 위쪽으로 오게 돌리거나 아니면 적어도 갑판에서 손이 닿을 정도까지는 당겨야 한다. 그렇게 하면 돛이 배의 중앙에 오게 되고 바람을 정면으로 받게 된다. 배가 옆바람을 정면으로 받으니 돛을 묶기도 전에 배가 뒤집힐 것이다.

그러니 축범은 불가능했다. 그렇다고 돛을 내릴 수도 없었다. 돛이 밑으로 내려올 수 있게 돛이 받는 압력을 줄이려면 배를 바람 방향으로 향하게 해야 한다. 그렇게 하려다 보면 배가 바람과 파도 방향과 수직이 되는 순간이 생긴다. 그러면 역시 돛을 내리기 전에 배가 바람을 받아 전복될 거다. 우리 셋 다 익사하는 거다.

속도계가 12노트까지 올라갔다. 속도를 줄이지 않으면 앞쪽에 있는 파도에 들어가 앞쪽으로 고꾸라질 것이다. 커다란 하얀 삼각형 돛이 컴컴한 낮의 희미한 미광 속에서 우뚝 솟아 있었다. 바람이 우리 뒤에서 미친 듯이 몰아쳤지만 숨을 곳이 없었다. 밖으로 나갈 구멍도 없었다. 꿈에서 깨어날 수도 없었다. 나는 실수를 했고 이제 빠져나갈 길이 없었다. 우리 모두…… 다 같이.

성난 바람

나는 생각할 능력을 잃었다. 딜런을 불러서 말하고 싶었지만 자리를 뜰 수가 없었고 소리를 질러 봐야 딜런에게는 들리지 않을 것이다. 사실 딜런을 불러 봐야 무슨 소용이 있는가? 이야기해 봐야 나처럼 겁에 질린 사람이 하나 더 늘 뿐인데.

사실 동생들도 이미 겁에 질려 있을 것이다. 캄캄한 선실 침상에 들어박혀서. 폭풍을 볼 수는 없어도 소리가 들릴 거고 배가 흔들리고 좌현으로 삐딱하게 기운 것은 느끼겠지. 나는 동생들이 어디든 안전하게 자리 잡았기를 바랐다. 파도와 바람에 얻어맞고 있는 작은 배 안의 조그만 몸뚱이 둘. 동생들이 할 수 있는 일이라곤 기다리는 것뿐이었다. 나는 제리가 울고 있을까 생각했다. 어쩌면 겁에 질려 울지도 못 하는지도 모르겠다.

그래도 크리설리스는 여전히 파도를 헤치고 나아갔다. 어스름 속에서 누런 거품 말고는 모두 시커멓게 보였다. 바람이 돛줄 사이로 웅웅거리며 지나갔고 파도를 점점 더 높이 밀어 올려 마침내 파도 꼭대기가 터져 조타실로 쏟아져 들어왔다. 파도는 뱃머리를 붙들어 올렸다가 파곡 속으로 내팽개쳤다. 크리설리스는 파도를 맞을 때마다 부르르 떨었다. 선체 이음매가 조금씩 헐거워졌다. 어딘가에서 물이 스며들고 있었지만 살펴볼 수가 없었다. 키를 조종하며, 울부짖는 바람에 커다랗고 둥글고 기이한 모양으로 부풀어 오른 돛을 보는 것 말고는 아무것도 할 수 없었다.

그때 무언가가 터졌다. 갑자기. 마치 갑판 위에서 폭탄이 터진 것 같았다. 딱, 펑, 엄청난 소리가 울려 나는 뒤로 털썩 주저앉았고 그 소리가 내 머릿속에 울리는 동안에는 울부짖는 바람 소리마저 잦아든 것 같았다.

돛이었다. 우리 돛이 터졌다. 바람의 압력 때문에 너덜너덜 찢어졌다. 마스트에 묶인 앞쪽 가장자리는 그대로 있었지만 바깥쪽 귀퉁이는 찢어져서 깃발처럼 비바람에 손짓을 했다. 활대는 긴 캔버스 천을 매단 채로 미친 듯이 흔들리며 돛천을 조타실 위로 쓸고 가 물속에 담갔다.

나는 보고 있었다. 방금 전에는 팽팽하게 부풀어 오른 돛에 끌려 배가 미친 듯이 달렸는데, 바로 다음 순간 돛은 사라졌고 배가 멈추어 버렸다. 배는 천천히 파도를 옆에서 받는 방향으로 돌아갔다.

딜런을 부를 필요가 없었다. 해치가 열리더니 딜런이 올라왔다. 나는 활대를 당겨 가장 긴 천을 물에서 끄집어내는 참이었다. 아무 설명도 하지 않아도 딜런은 바로 무슨 일이 있었는지 알아차렸다. 몸을 돌려 제리더러 안으로 들어가라고 손짓을 했다. 나는 키 손잡이를 가리키며 소리쳤다.

"뒤쪽에서 바람을 받도록 해. 파도가 배꼬리 쪽에서 오게."

나는 조타실 창고에서 가장 긴 밧줄을 찾아 일어섰다. 딜런을 막 돌아보는 순간 파도가 선미를 후려쳐 엄청난 물을 우리에게 쏟아 부었다. 한순간 딜런이 보이지 않았다. 그러다가 다시 보였다. 흠뻑 젖은 채였다. 코에서 물이 흘렀다. 살짝 떨고 있었다. 나는 앞으로 갔다. 계획은 간단했다. 주돛을 내리고 찢긴 부분을 활대에 묶는 거다. 이런 상황에서, 불가능한 계획이었다.

나는 배 가장자리를 따라 기어갔다. 손을 배 밖으로 뻗기만 하면 몰려드는 바닷물이 손에 닿을 정도였다.

마스트가 있는 곳까지 오자 천천히 배 가운데로 기어갔다. 밧줄을 무릎과 마스트 사이에 끼우고 주돛을 내리는 용총줄을 잡았다. 손가락이 차갑게 얼어 있었다. 나는 축축하고 빳빳한 용총줄을 흔들어 보았다. 꿈쩍도 하지 않았다. 그러다 갑자기 줄이 움직이기 시작했고 무거운 돛이 쏟아지며 밧줄을 당기는 힘에 나까지 딸려 올라갈 뻔했다. 나는 밧줄걸이를 도르래 삼아 천천히 돛을 내렸다.

돛이 내려가면서 바람에 굽이쳤다. 딜런은 새로 배가 받는 힘에 맞서느라 키를 꽉 끌어 당겼다. 그때 돛이 완전히 내려왔다. 널쩍한 흰 캔버스 천이 바람에 꿀럭댔고 찢어진 가장자리가 펄럭이며 갑판을 때렸다.

나는 배가 앞뒤로 흔들리자 두 손으로 마스트를 끌어안았다. 한 손을 놓아야 했다. 돛을 모아서 묶어야 했다. 한편으로는 아래쪽에 있는 제리 생각이 났다. 자리를 잘 잡고 있을까? 얼마나 무서울까?

나는 왼손으로 마스트를 잡고 다른 손으로 돛을 뭉쳤다. 밧줄 한 끝을 찢어져 너덜거리는 첫 번째 조각에 묶었다. 그다음부터 뒤로 한 뼘씩 가면서 물에 흠뻑 젖은 찢어진 돛을 눌러가며 밧줄로 꽁꽁 감았다. 너덜너덜한 가장자리를 조금씩 당기며 활대 위에 축축한 덩어리 모양으로 묶어 놓았다.

왼팔에 아무 감각이 없었다. 왼팔이 그저 나를 지탱하려고 활대에 걸어 놓은 갈고리 같았다. 오른팔은 지치다 못해 근육이 기계처럼 움직였다. 나는 너덜거리는 조각을 모두 그러모았다. 나는 돛에 대고 소리를 질러 댔다. 멍한 상태로 뒷걸음질을 치다가 발을 헛디뎌 조타실로 떨어졌다. 마침내 딜런의 얼굴을 할퀴는 마지막 돛 조각까지 잡았다. 찢긴 천을 잡아당겼다. 완전히 찢겨 나갔다. 천 조각이 내 손에서 날아가 바다로 떨어졌다.

이제 돛이 조용했다. 나는 딜런 쪽을 돌아보았다. 딜런이 사다리계단 덮개문을 깜박 잊고 닫지 않았다며 손으로 가리켰다. 나는 배를 둘러보았다.

조타실은 물에 잠겨 있었다. 배수구로 물이 소용돌이치며 빠져나갔다. 배가 다음 파도 뒤로 올라서자 조타실의 물이 넘쳐 사다리계단 입구로 흘러 들어갔다. 주선실 바닥도 흥건했다. 제리는 선실 바닥에 쿠션을 양옆에 두고 누워 있었다. 덕분에 제리는 바닥에 굴러다니지 않았다. 울지도 않았다. 눈을 꼭 감고 팔로 가슴께에 담요를 꼭 감싸 안고 있었다. 붉은색 구명조끼를 입은 채였다. 캄캄하고 축축한 배 안에서 혼자 꺼내 입은 것이다.

키를 잡아야 해

 제리를 잠깐 보다가 내려가서 무어라 말해야겠다는 생각을 했다. 그런데 무슨 말을 해야 할지 몰랐다. 게다가 쥐며느리처럼 몸을 또르르 말고 스스로를 지키려고 하는 상태라면 말을 걸어 봐야 방해만 될 것 같기도 했다. 제리가 그런 상태이기를 바랐다. 아니라면 고작 여섯 살인 데다가 물을 무서워하는 아이가 지금껏 본 최악의 바닷물에 언제 내던져질지 모르는 상태를 제정신으로 어떻게 버티겠는가.
 나는 딜런에게 키잡이를 넘겨받으러 뒤로 갔다.
 "몸부터 말리고 뭐 좀 먹어."
 내가 딜런의 귀에 대고 소리쳤다.
 나는 키 앞에 앉았다. 우리는 돛 없이 바람을 받고 달리고 있었다. 선체가 받는 바람만으로도 배가 바다 위로 달렸다.
 배를 조종하는 것은 차를 모는 것과 비슷하다. 적당한 방향을 염두에 두고 키를 이쪽저쪽으로 조금씩 움직여 항로를 유지한다. 이따금 강한 바람이나 급작스런 파도에 배가 밀린다. 도로에 과속방지턱이 있거나 다른 차가 급히 앞으로 끼어드는 상황하고 비슷하다. 하지만 바로잡는다. 다시 원래 상태로 돌아온다. 그리고 다시 조금씩 움직이며 나아간다. 쉬운 일이다. 누구나 할 수 있다.

그런데 내가 쥔 키는 미친 개 같았다. 파도가 배를 들어 올렸다 비틀어 내려놓으면서 양옆으로 기우뚱기우뚱 흔들렸다. 나는 온힘을 다해 키를 잡아당겼다. 내 몸을 뒤로 빼고 키를 최대한 우현으로 끌어당겼다. 그러다가는 파도가 배를 반대방향으로 돌려 내려놓으면 좌현으로 키를 최대한 밀어야 했다. 멀리 멀리. 더 세게. 최대한 멀리. 그러다가 다시 물마루로 올라섰다가 다시 내쳐졌다. 이번에는 또 다른 방향인 것 같았다. 아닌지도 모른다. 나침반 바늘이 파도가 칠 때마다 80도씩 돌았고 나는 바람과 파도가 뱃전 쪽으로 불어오게, 그래서 우리 배가 계속 물에 뜨도록 했다.

바람은 계속 우리를 파도 위로 밀어내며 귓가에서 윙윙 울렸다. 비는 차갑게 쏟아 부으며 내 얼굴을 두들겼다. 배 아래 파도는 점점 높아졌고 파도가 배에 부딪치면서 배를 덮쳤다. 그래도 우리는 계속 나아갔다. 계속. 계속. 낮이 밤이 되었다. 밤이 지나고 다시 낮이 되었다. 거의 24시간 동안 키를 잡았다. 먹지도 마시지도 않았다. 쉴 수도 없었다.

날이 조금 밝아지고 나자 비가 거의 그치고 바람이 좀 잦아들었다는 것을 깨달았다. 아까보다 잦아들긴 했으나 그래도 전에는 바다에서 맞아 본 적이 없는 강한 바람이었다. 내 몸을 돌아볼 여유가 생겼는데 내 몸이 내 몸이 아닌 것 같았다. 뭔가 이상한 것이 있어도 바로잡을 수가 없었다. 나는 키에 연결된 기계 같았다.
 그런데도 머릿속의 긴장이 조금 풀리면서 생각을 할 수가 있었다. 딜런이 무선연락을 시도했을까 궁금했다. 구조대가 폭풍이 가라앉기를 기다리다가 폭풍이 멎으면 바로 우리를 구하러 올 수도 있다. 하지만 우리가 어디에 있다고 말해야 하나? 우리가 애초에 어디에 있었는지도 모르는 데다가 24시간 넘게 80노트 이상의 속도로 대강 남쪽으로 내려왔다. 어딘지는 모르지만 처음 출발점에서 한참은 떨어진 곳일 것이다.
 잠시 뒤 해치가 움직였다. 딜런이 보였다. 딜런은 기어 올라와 갑판으로 나왔다. 방수복을 입어서 문으로 노란 애벌레가 빠져나와 기울어진 갑판에 매달린 채로 기어오는 것처럼 보였다.
 딜런은 내 옆에 뼈가 닿을 정도로 바짝 다가앉아 내 귀에 소리를 질렀다.
 "내가 할게."
 나는 딜런을 쳐다보았다. 딜런은 머리카락이 제리처럼 눈부시게 희지 않았다. 갈색에 가까웠다. 머리카락이 너무 길었고 젖어서 목과 이마에 찰싹 달라붙어 있었다. 딜런이 키에 손을 뻗는데 딜런 손이 생각했던 것보다 크게 느껴졌다. 내가 키를 놓지 않자 딜런은 내 손을 떼어 내려고 했다.
 "너는 힘이 약해서 안 돼."
 내가 소리쳤다. 갑자기 키를 반대편으로 밀어야 할 일이 생겼다. 딜런은 균형을 잃고 조타실 바닥에 쓰러졌다. 나는 노란 덩어리가 버둥거리다 다시 몸을 일으키는 것을 보았다.

"형도 마찬가지야. 지금은."

딜런이 소리쳤다. 딜런의 눈은 너무나 진지하고 슬퍼 보였다. 그 눈을 보니 두려움이 조금 솟았다.

"할 수 있어!"

내가 소리쳤다.

"나도 할 수 있어. 형은 지쳤어."

딜런은 손을 내 손 위에 올리고 밀어냈다. 이번에는 내 손에서 키가 빠져나갔다. 손을 떼니 손이 아팠다. 눈에 눈물이 고였다. 배가 옆에서 너무 큰 파도를 받아 우현으로 심하게 기울었다. 나는 윈치 위에 쓰러졌고 딜런은 키를 세게 자기 쪽으로 당겼다. 천천히 뱃머리가 다시 남쪽으로 돌았다. 바람이 약해져서 속도도 줄었다. 조타도 달라질 것이다.

"방위는 어디로?"

딜런이 나침반을 들여다보았다.

"그런 거 없어. 그냥 파도를 선미 쪽에 둬. 대략 남쪽을 향해 갔는데 80도 좌우로 계속 움직였어."

딜런은 나를 쳐다보지 않았다. 고개를 한 번 끄덕이고는 나침반을 뚫어져라 보면서 뱃머리가 돌아가는 것을 느끼자 키를 밀었다. 좋아. 나는 생각했다. 딜런이 감을 잡았구나. 나는 윈치에 부딪힌 갈빗대를 문질렀다. 파도가 욕조 두 통은 될 만한 물을 우리 위에 쏟아 부었다. 폭풍이 온 뒤 처음으로 나는 일어서서 배 뒤쪽 바다를 내다보았다.

바다가 보일 만큼 날이 밝았다. 바다를 보고 나는 충격에 휩싸였다.

우리는 파도의 골 안에 있었다. 눈앞에는 거대한 물의 벽이 있었다. 파도 꼭대기를 올려다보았다. 고개를 뒤로 젖혔다.

12미터? 겁을 먹어 그렇게 보이는지도 모르겠다. 줄잡아도 9미터는 되었다. 삼층 건물 높이의 물이, 꼭대기에서 물보라를 뿌리며 배를 향해 움직이는 벽처럼 다가왔다. 파곡 맨 밑바닥에 내려왔을 때는 배가 잠시 멈추는 듯했다. 파도의 벽이 바람을 가로막았기 때문이다. 하지만 괴물 같은 파도에서 미끄러져 내려오며 생긴 관성 때문에 계속 나아갈 수 있었다. 그래도 키가 여전히 말을 들었다. 배를 몰 수가 있었다. 우리는 다시 파도 꼭대기로 올라섰다.

파도가 배밑으로 들어오자 뱃머리가 들렸다. 그 다음에 선미가. 그리고 마치 기적처럼 거대한 너울이 우리 아래로 지나갔다. 우리는 드넓고 미끄러운 파도 위를 타고 있었다.

나는 딜런을 보았다. 딜런은 나처럼 키에 완전히 집중하고 있었다. 선미가 파도를 마주 보게 하는 것 말고는 주변에서 벌어지는 일 어느 것에도 신경 쓰지 않았다.

나는 다시 선미 너머를 보았다. 어둑한 하늘 아래 내 눈에 보이는 끝까지 마치 군대의 행렬처럼 파도가 죽 늘어서 다가오고 있었다. 하나 뒤에 또 하나, 똑같이 거대하고 똑같이 무자비하고 똑같이 치명적인 파도가 죽 늘어서 있었다. 내가 나침반만 보고 있는 동안 파도가 그렇게 커진 것이다. 대체 저 파도는 어디에서 오는 걸까? 얼마나 오래 계속될까?

딜런은 나를 힐끔 보았다.

"내려가. 지쳤어. 쉬어야 해."

딜런이 말했다.

딜런은 이미 파도를 보았을 것이다. 한참 전 돛이 터졌을 때 보았을 것이다. 지금 올라와서 키를 잡겠다고 했을 때도 보았을 것이다. 그런데 딜런은 산더미 같은 파도를 보고도 겁을 먹지 않았다.

나는 지금껏 살면서 거의 날마다 딜런을 봤다. 딜런이 어떻게 생겼는지 너무 잘 안다. 그런데 저렇게 조그만 노란 애벌레처럼 웅크리고 앉아서, 9미터짜리 파도가 덮치는데 키를 쥐고 눈에서 물을 닦아 내고 나침반을 들여다보고 있으니 전혀 다른 사람처럼 보였다. 나는 아래로 내려갔다.

제리는 여전히 바닥 쿠션 사이에 자리 잡고 있었다. 나는 제리의 머리맡에 무릎을 꿇고 앉았다. 제리가 눈을 떴다.

"나 오줌 쌌어. 여기 바닥에."

제리가 말했다.

"괜찮아. 우리 다 쌌어."

내가 말했다. 나는 제리를 내려다보았다. 어둠 속에서 제리의 눈은 어두운 물웅덩이 같았다. 그래도 입술 모양은 뚜렷이 보였고 입술 사이로 하얀 이가 보였다. 모두 젖니였다. 나는 제리 얼굴에 멍이 든 것을 보았다.

"다쳤구나."

제리가 고개를 끄덕였다.

"침상에서 떨어졌어. 한참 전에."

나는 고개를 끄덕이고는 제리 옆에, 제리 머리에 머리를 대고 누웠다. 온기가 느껴졌고 숨소리가 들렸다.

"딜런이 무선 쳤어?"

내가 물었다.

제리가 고개를 저었다.

"하려고 했는데 안 됐어."

나는 눈을 감았다.

"아빠는 어떡해?"

제리가 물었다.

"자자."

나는 이렇게 말했고 순간 몸과 뇌가 꺼졌다. 딜런 말이 맞았다. 나는 힘이 없었다. 더는.

파도의 벽

 깨어나서 나는 내가 또 실수를 했다는 것을 깨달았다. 아래로 내려올 때 덮개문을 닫는 것을 깜박한 것이다. 문을 닫았다면 더 오래 갔을 테지만 물이 들어와 내 머리를 덮쳤다. 마치 누가 내 머리에 물 한 양동이를 부은 것 같았다. 물이 방수복 아래의 옷까지 흠뻑 적셨다. 그때 배가 기우뚱하더니 선실 바닥의 물이 흘러와 내 얼굴을 다시 덮쳤다. 나는 고개를 들고 돌아봤다.
 선실 안이 약간 더 밝아졌다. 묶어 놓지 않은 것은 모두 바닥에 나뒹굴었다. 통조림이 바닥에 굴러다녔다. 책이 펼쳐져 젖은 책장이 펄럭거렸다. 아빠의 해도는 젖은 종이 뭉치가 되어 있었다. 파도가 우현을 높이 들었고 선실 안의 물이 모두 좌현 쪽으로 쏠려갔다. 뭔가가 그 위에 떠서 빙빙 돌았다. 제리의 장난감 차 몇 대가 우현 침상에서 미끄러져 제리의 다리에 떨어졌다. 제리는 여전히 바닥에 누워 눈을 감고 팔로 가슴을 꼭 껴안고 있었다.

나는 몸을 일으켜 세웠는데 온몸이 쑤셨다. 특히 윈치에 부딪친 갈빗대가 아팠다. 왼팔은 돛을 묶느라고 활대를 잡았을 때 이후로 아무 힘이 없었다. 가만히 있어도 팔꿈치와 손목이 아렸다.

배가 선미 아래로 밀고 들어온 파도에 들렸다. 뱃머리가 가파르게 기울었고 모든 게 앞으로 굴러갔다. 나는 손을 뻗어 제리의 머리를 향해 굴러가는 통조림을 잡았다.

나는 천천히 생각했다. 신중히 생각하면서 잠에서 완전히 깨어나지는 않으려고 했다. 나는 통조림을 세워 앞으로 굴러가지 않게 구석에 놓았다. 배가 파도 꼭대기에 올라서서 수평이 되었다. 바람이 몰아쳐 사다리계단 위 열린 문으로 쏟아져 들어왔다. 책들이 겁에 질린 새처럼 파닥거렸으나 해도는 꿈쩍도 하지 않았다. 이제 흠뻑 젖은 종이죽에 지나지 않았다.

그때 파도가 배 아래에서 빠져나갔다. 뱃머리는 들리고 배꼬리는 내려가면서 우리는 파도 뒤로 미끄러져 내려갔다. 통조림이 이번에는 배 뒤쪽으로 굴러갔다. 나는 완전히 잠에서 깼다. 이 배 안에서는 안전하게 자리 잡고 있을 수가 없었다. 배가 파곡에서 멈칫하는 게 느껴졌고 또 한 차례 물이 쏟아져 들어왔다. 나는 일어나서 문틈으로 딜런을 보았다. 검게 굽이치는 수직의 파도를 배경으로 노란 점이 하나 있었다. 지나간 파도에서 쏟아진 물이 딜런의 어깨 위를 덮쳤다. 딜런은 짠물 속에서 눈을 가늘게 떴다. 한 손으로는 키를 잡고 다른 손으로는 난간을 꼭 붙들었다. 배가 파곡에서 돌아가자 딜런은 키를 붙들고 방향을 다시 바로잡았다. 딜런은 흘긋 고개를 돌려 다가오는 다음 파도를 보았다. 뱃머리가 들리기 시작했다. 딜런은 앞을 보았고 내가 지켜보고 있는 것을 보았다.

나는 올라와 다시 폭풍 속으로 나왔다.

하늘은 좀 더 밝아졌고 비는 완전히 멈췄지만 바람은 여전히 거칠었다. 갑판 위로 올라오니 바람이 울부짖는 소리가 들렸다. 얼굴을 때리고 방수복을 짓눌렀다. 바람이 이마에 흘러내린 머리카락을 날리고 얼굴에 물을 뿌려 소금기로 눈을 따갑게 했다.

그때 배가 다시 파곡 안으로 미끄러져 들어갔고 바람이 잦아들었다. 갑자기 소리가 들리기 시작했다. 나는 딜런 옆에 앉았다. 딜런은 나를 돌아보았다. 나는 딜런이 더 이상 열한 살 소년이 아님을 알았다. 열한 살 먹은 어른이었다. 나는 키 손잡이에 손을 뻗었다.

"더 할 수 있어."

딜런이 말했다.

"무리하지 마."

내가 말했다. 나는 손을 뻗어 딜런의 이마에서 머리카락을 쓸어 주었다. 그때 파도 꼭대기가 우리 위에 쏟아졌다. 파도가 물러가고 보니 머리카락이 다시 이마에 찰싹 달라붙어 있고 코끝에서 물이 떨어졌다. 나는 딜런의 손을 떼어 내고 키를 잡았다.

"무선을 쳐 봐."

내가 말했다.

"해 봤어. 작동이 안 돼."

딜런이 말했다.

"왜?"

딜런이 어깨를 으쓱했다.

"전하고 똑같아. 상대방 소리는 들리는데, 그쪽에서 우리 소리가 안 들린대."

"뭐라고 해?"

"안전한 항구로 가래."

우리는 잠깐 동안 함께 앉아 있었다.

내가 말문을 열었다.

"내려가. 우선 뭐 좀 먹고 제리를 돌봐줘. 그리고 몇 시간 있다가 교대해 줘. 돌아가면서 하자."

파곡 안의 섬뜩한 고요 속에서 딜런이 제리에게 무어라 말하면서 해치를 닫는 소리가 들렸다.

나는 다시 파도와 바람과 홀로 남아 있었다. 해는 아직 두꺼운 구름 너머 어딘가에 높이 떠 있었다. 둘째 날 이른 오후쯤 될 것 같았다. 그러나 바다 위의 빛은 희미했고 나는 새로운 리듬을 익혀야 했다. 파도 꼭대기로 밀려 올라가면, 배가 지나간 길에 거품이 솟아오르고 물이 흩뿌려지고 키 손잡이를 잡아당긴다. 그러다가 점점 속도가 느려지고, 점점 조용해지고, 바람 없는 진공 상태인 파곡으로 미끄러져 들어간다. 바닥에서 위험스럽게 배가 돌아가다가 다시 천천히 파도 위로 올라갔다.

빛이 점점 희미해지고 날이 저물기 시작하자 다시 머리가 돌아가고 바람이 가벼워졌다는 생각이 들었다. 물보라도 많이 줄었다. 곧 파도도 약해질 것이다. 상황이 진정되면 무선기를 고칠 수 있을지도 모른다. 어딘가 선이 하나 끊어졌다거나 그런 걸지도 모른다. 그러면 도움을 요청할 수 있다. 어쩌면 섬에서 얼마 떨어지지 않은 곳에

와 있을지도 모른다. 이 고생이 머지않아 끝날지도 모른다.

 차츰 정신이 들자 기분이 좋지 않았다. 폭풍이 시작된 뒤로는 모든 것을 다 잊고 있었다. 아빠도 바하마도 엄마도. 짧은 순간 모든 게 의식 속의 빈틈으로 번뜩 되돌아왔다. 그러다가 그 빈틈이 닫히고, 바람이 잦아들었다는 것은 새로운 문제가 생겼다는 뜻임을 갑자기 깨달았다. 이제 속도가 충분하지 않은 것이다.

 우리는 지친 등산가처럼 다음 파도를 힘겹게 넘었다. 그때 바람이 선미에 부딪혀 우리를 앞으로 밀었다. 꼭대기에 잠시 머물러 있다 미끄러져 내려왔다. 파곡 안에서 거의 멈출 정도로 속도가 떨어졌다. 배가 우현으로 심하게 기울었는데 관성이 없어 배를 다시 원래 방향으로 되돌릴 수가 없었다. 다가오는 파도의 벽과 나란히 선 꼴이 되고 말았다. 나는 최대한 키를 앞뒤로 세게 움직여 앞으로 나아가려 했다. 천천히 배가 돌았고 우리는 다음 파도를 남쪽으로 향한 채 넘었다. 파도 꼭대기에서 바람을 받았고 방향을 수정했다. 힘들었지만 그래도 안전히 내려갔다가 다시 올라갈 수 있었다.

 됐다. 나는 생각했다. 이제 어떡하지? 가슴이 쿵쾅거렸다. 몇 번이나 더 파곡을 빠져나올 수 있을까? 앞으로 가서 돛을 다는 것은 자살행위가 될 것이다. 파도 꼭대기에서 맞는 바람은 여전히 크리설리스가 버티기에는 너무 강했다.

 그때 번뜩 생각이 났다. 엔진! 그렇지. 엔진을 켜면 쉽게 파곡을 벗어날 수 있고 물마루에서 감당하기 힘든 바람을 받는 일도 없을 것이다. 손가락으로 더듬어 조그만 스위치를 찾았다. 매끈하고 차가웠다. 닻을 내리려고 켤 때와 다를 바 없이. 나는 손가락 끝으로 부드럽게 살살 엔진 스위치를 건드렸다. 엔진이 부릉거렸다. 돌기 시작했다. 나는 엔진 회전수를 조종하고 귀를 기울였다. 듣기 좋은 소리였다. 규칙적이고, 깊고, 차분했다. 그 소리가 거친 바람과 파도 소리를 몰아내고 내 귀를 가득 채웠다.

계획대로 되었다. 다음 파곡을 똑바로 가로질러 다시 올라갔다. 나는 나침반을 보며 방향을 대략 남쪽 방향으로 잡았다. 딜런이 해치를 열고 나올 때 나는 웃음까지 띠었던 것 같다.

딜런이 내 옆에 앉았지만 나는 키를 바로 넘기지 않았다. 딜런은 바다를 내다보았다. 나는 하늘을 보았다. 별이 나오기 시작하는 게 보였다면 좋았을 것이다. 딜런이 저게 무슨 별이고 저건 무슨 별이라고 설명하는 소리를 들으면 좋을 것이다. 딜런은 내 손을 키에서 밀어냈다.

"바람이 좀 약해졌어."

딜런이 말했다.

나는 고개를 끄덕였다.

"남쪽으로?"

딜런이 물었다.

"파도를 선미로. 파도가 바뀌면 방향도 바꿔."

나는 잠시 더 앉아 있었다.

"내려가."

딜런이 말했다.

"뭐가 바뀌면, 혹시 무슨 일이 있으면⋯⋯."

딜런이 고개를 끄덕였다.

이번에는 내려가면서 문을 잘 닫았다. 방수복을 벗었다. 물을 마셨다. 치즈를 먹었다. 멍든 데를 살폈다. 무선기를 켜 보았다. 그러고는 바닥에 제리 옆에 누워 잤다.

이번에는 머리가 살짝 바닥에서 들렸다가 바닥에 부딪치는 바람에 깼다. 귀가 아팠다. 엔진이 웅웅거렸다. 선실 안은 칠흑같이 어두웠다. 나는 일어나 앉았다. 배의 움직임이 달라졌고 나는 바로 그 까닭을 알아차렸다.

파고가 낮고 파장이 짧아졌다. 마루에 올라섰다가는 골로 미끄러져 내려갈 시간이 없었다. 바로 아래로 떨어졌고 다시 다음 파도의 마루로 올라섰다가 다시 떨어졌다. 몇 시간 전부터 바람이 약해진 터라 파도가 낮아진 것이다. 또 물이 얕아졌기 때문에 파도 사이의 거리가 가까워졌다. 여기가 어디인지는 모르지만 그 어느 때보다 육지에 가까웠다.

나는 일어섰다. 해치를 열고 신선한 공기가 몰려드는 것을 느꼈다. 밖이 캄캄해서 딜런이 보이지 않았다.

"딜런?"

내가 불렀다.

"꽉 잡아! 온다!"

딜런이 소리쳤다.

나는 사다리에 서서 난간을 붙들었다. 배가 파도 위로 올라가는 것을 느꼈다. 나는 충격을 줄이려고 무릎을 구부렸다. 배가 다시 물 위로 떨어지기를 기다리면서. 그런데 계속 올라갔다. 날았다.

그러다가 떨어지기 시작했다.

"꽉 잡아!"

딜런이 소리쳤고 그때 파도에 맞았다. 무릎이 꺾였다. 난간을 놓쳤다. 나는 엉덩방아로 선실에 떨어졌다. 머리를 테이블에 찧고 바닥으로 떨어졌다. 온통 어둠에 뒤덮였다. 들리는 거라고는 바깥세상에서 공기가 흐르는 소리뿐이었다. 번쩍 별이 보였다가 그 뒤에는 아무것도 보이지도 들리지도 않았다.

크리설리스의 운명

    다음에 일어난 일은 너무 혼란스럽고 뒤죽박죽이라 제대로 전달할 수가 없다. 머리를 다쳐서 마치 꿈속처럼 조각조각만 기억이 나기 때문인지도 모르겠다. 아니면 실제로 일이 그런 식으로 벌어졌기 때문인지도 모르겠다. 갑작스럽고 정신없게. 빛 하나 없는 어둠 속에서 터널 속으로 지나가는 롤러코스터처럼 일이 벌어지다가 갑자기 서치라이트가 우리를 비추듯 눈부시게 얼어붙은 순간이 닥쳐왔다.
    나는 딜런의 고함 소리와 제리가 내 갈빗대 아픈 데를 찌르는 통증에 깨어났다. 나한테 소리를 지르는 것은 제리라는 걸 깨달았다. 딜런은 제리에게 소리를 쳤다.
    "무슨 일이야! 무슨 일이야?"
    엔진 소리가 멎었다는 것을 깨달았고, 딜런이 무슨 일이냐고 한 것은 나를 두고 한 말이 아니라 엔진을 두고 한 말임을 알았다. 내가 넘어진 것은 모르는 것이다. 나는 손을 뻗어 제리를 밀어냈다.

"그만해! 아파. 생각을 할 수가 없어."

내가 소리쳤다.

엔진이 꺼졌다. 엔진이 없다. 딜런이 일부러 껐을지도 모른다. 나는 현기증과 구토증을 느끼며 사다리로 올라가 조타실로 갔다.

"엔진은?"

내가 물었다.

"꺼졌어."

딜런의 목소리에 긴장이 묻어났다. 겁에 질려 있었다.

파도가 배를 두드렸다. 거의 멈춘 상태로 파도를 배 옆에 받고 있었다.

"선미를 파도 쪽으로!"

내가 소리쳤다.

"어떻게?"

딜런이 소리쳤다.

우리는 파도에 휩쓸려 바윗돌처럼 파곡 속으로 내동댕이쳐졌다. 무릎이 꺾였고 나는 조타실에 뻗었다.

"엔진을 볼게."

나는 딜런에게 소리를 지르고 어찌어찌 해서 아래로 기어 내려왔다. 엔진 있는 데로 가려면 사다리를 들어 올려야 했다. 사다리 뒤 나무판을 들추면 엔진실이 나온다. 흔들리는 배 안에서 그 첫 번째 단계만 하려 해도 정확한 계획이 필요했다. 들어낸 사다리를 어디에 둘 것인가부터. 사다리를 치우고 최대한 안으로 엔진실 깊이 기어 들어갔다. 머리와 어깨까지밖에 안 들어갔다. 문제는 명료했다. 공기나 물이 연료공급선에 들어간 것이다. 우리가 바하마 뱅크를 건널 때처럼. 나는 펌프질을 해 공기를 빼내고 기어 나왔다. 딜런에게 엄지손가락을 들어 보이자 딜런이 다시 시동을 걸었다. 엔진실 문을 닫으려고 하는데 엔진이 다시 꺼졌다.

다시 구멍으로 들어갔다. 다시 빼냈다. 구멍 밖으로 나왔다. 엄지손가락을 들었다. 딜런이 시동을 걸었다. 소리가 좋다. 다시 꺼진다. 다시 구멍으로. 빌지에 토했다. 다시 빼냈다. 나비너트에 손을 베었다. 밖으로 나왔다. 엄지손가락. 시동을 건다. 소리가 좋다. 계속 간다. 털털거리거나 빨라지지 않는다. 부르르 떤다. 다시 멈춘다.

제길. 나는 생각한다. 연료통에 물이 들어간 모양이다. 그렇게 부딪치고 떨어졌으니. 어딘가가 망가진 것도 당연했다. 탱크가 부서졌을까? 주둥이에 틈이 생겼을까? 엔진 안 어딘가 연결 부위가 벌어졌을까? 나는 다시 몸을 웅크리고 공기를 빼냈다. 달리 무슨 일을 할 수 있겠는가?

배는 파곡으로 떨어졌고 파도가 배꼬리를 앞으로 미는 바람에 뱃머리가 우현 쪽으로 돌아갔다. 파도가 옆에서 몰려왔다. 배가 기우는 게 느껴졌다. 초록색 물이 좌현 환기구로 쏟아져 들어왔다. 제리가 어디 있을까 생각했다. 나는 엔진실 네모난 입구에 낀 채로 몸을 단단히 버텼다.

그러다가 다시 배가 섰다. 전복되지 않았다. 공기를 빼내. 나는 생각했다. 나는 공기배출나사를 잡았다. 디젤연기에 속이 메스꺼워져 다시 토했다. 이번엔 내 손에다가 대고 토했다. 우리가 공중에 들렸다가 떨어지는 게 느껴졌다.

이번에는 물이 아니라 다른 데에 부딪쳤다. 단단한 것이었다. 물바다. 암초. 좌초한 것이다. 파도가 우리를 다시 쳤고 우리는 떠내려갔다.

제리는 무릎을 꿇고 앉아 항해 테이블 아래 바닥을 보고 있었다. 널판 사이로 물이 스며들었다.

다시 부딪쳤다. 우리 아래에 있는 게 뭘까? 뭐가 있을까?

캄캄했다. 파도는 거칠었다.

배가 가라앉을 거야. 나는 제리를 안아 갑판 위로 올리고 조타실로 확 밀었다.

나도 사다리계단으로 올라와 선실 지붕 위에 묶인 딩기 쪽으로 기어갔다. 나는 밧줄을 잡았다. 크리설리스가 파도에 크게 부딪쳤다. 손에 잡은 것을 놓쳤다. 딩기는 잠시 그 자리에 있는가 싶더니 마구 물 쪽으로 미끄러져 내려가기 시작했다. 갑자기 딜런이 나타나서 바다 쪽으로 뱀처럼 스르르 미끄러져 가는 밧줄을 나와 같이 잡았다. 우리는 밧줄을 잡고 조타실로 갔다. 선미에 딩기를 붙들어 맸다. 파도가 쏟아져 앞이 보이지 않았다. 숨을 멈췄다. 눈이 따끔거렸다. 제리가 키를 잡고 있었다. 블랭키를 다리 사이에 끼우고서. 몸을 던져서 키를 조종했다. 당기고 밀고. 집중해서 얼굴이 굳어 있었다.

그러나 소용이 없었다. 이제 크리설리스를 조종한다는 것은 불가능했다.

시간이 멈췄고 우리는 기다렸다.

온 감각을 곤두세워 우리 앞의 바다를 읽으려고 했다.

산호초가 어디 있을까? 암초는? 모래톱은? 귀를 바짝 세우고 바닻가에 파도가 부딪치는 소리를 찾았다. 눈으로는 등대, 부표, 혹은 움직이지 않는 어두운 덩어리를 찾았다. 젖은 모래, 바다포도나 야자수, 바위 사이에 갇혀 죽은 물고기 냄새가 나지 않는지? 저 너머에 뭐가 있을까? 우리는 어디로 가는 걸까?

그때 배가 들렸고 물에서 산이 솟아오르듯 컴컴한 어둠이 덮쳐 왔다. 파도가 우리를 들어 올려 어둠 속으로, 암초 쪽으로 밀어 올렸다. 그러더니 떨어뜨렸다. 크리설리스는 산호초 위에 떨어졌고 용골부터 마스트까지 부르르 떨었다. 우리는 조타실 바닥에 인형처럼 우르르 떨어졌다.

크리설리스는 앞으로 고꾸라지며 암초에서 내려섰지만 파도가 또 밀려왔다. 뱃머리가 물에 박히기 전에 파도가 배를 잡아서 다시 들어 올렸다. 더 높이, 육지 쪽으로. 젖은 바위와 모래 냄새가 불어왔다. 파도는 배를 점점 더 높이 들어 올리더니 뱃머리부터 바위 사이 틈에 처박았다. 유리섬유로 된 옆면이 바위에 부딪히면서 비명소리 같은 것이 났다. 배가 더 이상 앞으로 가지는 않았지만 위쪽 마스트 끝이 미친 듯이 앞으로 기울어 땅으로 향해 내려갔다.

그때 선미가 강하게 뒤로 젖혀지면서 배가 둘로 쪼개졌다. 선실 지붕에서 1미터쯤 위쪽에서 배가 무시무시한 소리를 지르며 찢겼다. 마스트는 통째로 조타실로 쓰러졌다가 쓰러진 돛으로 조타실을 쓸면서 좌현으로 굴러가 물에 빠졌다. 그 힘에 배도 살짝 양옆으로 흔들렸다.

그러더니 배는 더 이상 움직이지 않았다.

우리는 조타실에서 서로 꼭 붙들고 있었다. 정신을 차리고 보니 제리가 내 배 앞에 있었고 내가 한 팔과 한 다리로 제리를 감싸 안고 있었다. 딜런은 두 팔로 머리를 감싸고 우리 앞에 웅크린 채였다. 갑자기 사방이 고요해지자 딜런이 나를 올려다보았다.

이제는 파도가 부둣가에서 넘실거리듯 크리설리스 옆에서 넘실거렸다. 이제는 파도도 크리설리스를 움직일 수가 없었다. 파도에 높이 들렸던 크리설리스는 이제 단단히 바위 사이에 끼어 있었다. 크리설리스는 어둠 속에서 자리 잡고 있었다. 다시는 항해할 수 없을 테지만, 가라앉지도 않을 것이다. 우리는 당분간은 안전했다. 자야 할 시간이다.

폭풍은 지나가고

밤이 깊었지만 나는 잘 수가 없었다. 크리설리스의 뱃머리는 바위 사이에 박힌 채였고 가끔씩 흔들리며 바위 아래에 자라는 산호에 부딪쳤다. 용골도 살아 있는 산호에 처박혀 있었지만 선미는 깊은 바다 위에 대롱대롱 매달린 상태였다.

시간이 흐르면서 파도는 잔잔해졌다. 이제 선체를 훑고 지나가고 조그만 아기용 망치처럼 여기저기를 두드리는 게 전부였다. 딩기는 배 바로 뒤에 떠서 이따금 선미에 부딪쳤다가 다시 멀리 떠가기도 했다. 바람이 잦아들어 산들바람이 되었고 구름이 점점 걷혔다. 커다란 둥근달이 나와 부서진 배에 모여 있는 우리를 비추었다.

딜런은 우현 조타실에 누워 있었다. 조타실에는 밧줄이 잔뜩 널려 있어 뱀 소굴 같았다. 하지만 딜런은 지브줄을 모아 둥글게 말아 베개 삼아 누워 있었다. 머리카락이 젖었고 야자 잎처럼 머리에서 삐죽 튀어나왔다. 그래도 잤다.

나는 딜런을 보면서 어떻게 그럴 수 있을까 생각했다. 어떻게 저렇게 몸을 뻗고 누워서, 입을 살짝 벌리고, 집에서 망원경을 이웃집 지붕 너머 하늘을 향해 고정해 놓았을 때처럼 편안하게 숨을 쉬는지.

제리는 그 전에 자고 일어났다. 젖은 구명조끼를 베개 삼아 잤다. 지금은 조타실 구석에 구명조끼 위에 앉아 있었다. 무릎을 감싸 안고 앉아 있었다. 얼굴을 무릎 사이에 묻었다. 밧줄이 제리 주변에 발 둘레에 널려 있었다. 달빛 속에서 머리와 둥근 몸뚱이가 아주 조그마했다. 얼굴은 보이지 않았지만 그렇게 앉아 있을 때면 손이 아주 작아 보였다. 제리가 두 살이나 되었을 때처럼. 내 방 찬장 문을 열 수 있다는 것, 내 프라모델을 하나씩 꺼내서 분해할 수 있다는 사실을 발견했을 때처럼. 그 작은 손으로 지금 무릎을 감싸 안고, 살살 떨었다.

그때 나도 춥다는 것을 깨달았다. 나는 갈비뼈가 훤히 보일 정도로 마른 제리의 가슴을 생각했다.

"춥니?"

내가 물었다.

제리가 머리를 들었고 달빛 속에서 눈가가 반짝였다.

울고 있구나. 나는 생각했다. 이제 무사하니까 우는 거야.

"울지 마. 딜런 깨겠다."

내가 말했다.

그때 여느 때보다 큰 파도가 와서 배가 흔들렸다. 파도는 선미를 들어올려 바위 위에 좀 더 높이 얹어 놓았다.

제리는 바다를 내다보았다.

"가라앉는 거야?"

"몰라."

"일어서도 돼?"

"마음대로 해."

제리는 몸을 펴고 밧줄 사이에서 발을 빼냈다.

"추워. 블랭키 어딨어?"

제리가 말했다.

"네가 키를 잡고 있을 때 블랭키를 떨어뜨렸어. 젖었을 테니까 아래에 가서 다른 거 가져올게."

마스트가 계단 입구를 살짝 가로막고 있었다. 지삭*이며 돛줄이 거미줄처럼 늘어져 있었다. 나는 밧줄을 치우고 선실 안으로 들어갔다. 엄마는 우리 방을 보면 태풍이 휩쓸고 지나간 것 같다고 말하곤 했다. 이 선실을 봤으면 엄마가 뭐라고 했을까. 부서질 수 있는 것은 모두 부서졌다. 전기제품은 조각조각 나서 바닥에 흩어져 있었다. 모든 게 다 젖었다. 나는 앞쪽 찬장으로 가 반쯤 마른 담요 두 개를 찾았다. 품에 안고 갑판으로 올라갔다.

제리가 보였다. 선미에 서 있는 모습이 밤하늘에 윤곽만 보였다. 블랭키를 잡으려고 손을 뻗는 게 보였다. 춥고 무서웠던 거다. 제리는 손을 좀 더 뻗었다.

그 순간 제리가 사라졌고 풍덩 하는 소리가 났고 선미는 텅 비어 있었다.

•••
*돛대의 버팀줄.

어떻게 조타실을 가로질렀는지 제리를 불렀는지는 하나도 기억이 안 나지만, 딜런 말로는 내가 자기를 밟았고 딜런 위에 넘어지며 소리를 질렀다고 한다.

내가 생각나는 것은 선미에 서서 잉크처럼 검은 물을 보았고 그 아래 깊이를 숨기고 달빛을 반사하는 바다가 마치 오닉스*처럼 단단하게 보였다는 것이다.

뛰어들었을 때 물에 부딪히는 느낌과 딜런이 나를 불렀던 것은 기억난다. 그리고 검은 어둠 속으로 내려갔고 물이 사방에서 나를 덮쳐왔다. 아무것도 보이지 않았다. 배, 딩기, 달, 바위, 산호, 모든 게 사라졌고 내 귀에 들리는 것은 물이 딩기에 부딪치며 내는 이상한 꾸르륵거리는 소리와 딩기 밧줄이 수면에 부딪히며 나는 소리뿐이었다.

나는 검은 물속으로 손을 뻗었다. 바위에 닿거나, 산호에 찔리거나, 성게 가시에 찔릴 거라고 생각했다.

그런데 명주실 같은 게 있었다. 옥수수수염 같은 게 내 손 사이로 떠갔고 나는 손을 오므렸다. 한발 늦었다. 손에서 빠져나가 버린 다음에야 그게 제리의 머리카락이라는 것을 깨달았다.

폐가 욱신거렸다. 허파꽈리가 터지고 폐가 피로 가득 차는 상상을 했다.

나는 어둠 속으로 더 깊이 들어가 손을 뻗었다. 다시, 또다시. 손과 발로, 발가락으로, 온몸으로 사방의 어둠을 뒤졌다. 그때 다시

•••
* 검은색 보석.

명주실이 나를 스쳐갔다. 공기처럼, 허벅지에 스치는 산들바람처럼 지나갔다. 나는 꽉 잡았다. 명주실을 한 움큼 잡아서 당겼다. 제리의 팔을 잡았다. 가슴팍에 티셔츠가 펄럭이는 것, 어깨의 근육과 뼈를 느꼈다. 나는 제리를 잡아당기고 팔 아래에 끼우고는 위로 올라갔다.

이제 눈에서도 핏방울이 터지는 것 같았다. 머리 위의 검은 물은 한없이 두터웠다. 딩기와 밧줄 소리가 다시 들리고 머리 위의 둥그런 빛이 또렷한 달 모양으로 보이는 순간 나와 제리의 머리가 물 밖으로 나왔고 딜런은 선미에서 우리 이름을 부르고 있었다.

나는 딜런이 던진 밧줄을 잡았다. 제리를 올려 보냈다. 딜런이 제리를 갑판 위로 끌어 올렸다. 제리는 아직도 손에 블랭키를 꼭 쥐고 있다.

내가 어떻게 제리를 찾았는지, 나는 모르겠다. 제리가 어떻게 물속에서 살아 있었는지도, 알 수 없다. 우리는 제리를 거꾸로 들고 물을 빼냈다. 딜런은 제리 입에 숨을 불어 넣었고 제리가 정신을 차리자 블랭키를 꽉 짜서 얼굴 옆에 대주었다. 딜런은 제리에게 말을 걸고 안아 주었고 내가 갖고 오다 떨어뜨린 담요를 찾았다. 제리를 담요로 감싸주고 한 장은 내 어깨에 둘러 주었다.

그러는 동안 나는 그저 보고만 있었다. 조타실 바닥에 앉아, 무릎을 감싸 안고, 덜덜 떨며 보고 있었다. 딜런이 담요로 우리를 덮어주고 제리가 고요히 잠이 들고 나자, 그때야 내 얼굴에 흐르는 짠물이 뜨겁다는 것을 알았고 어디선가 들려오는 흐느끼는 소리가 내 울음소리라는 것을 깨달았다.

섬

 삶이 놀라운 점은 어쨌거나 계속된다는 것이다. 아침에 눈을 떠보면 언제나처럼 해가 떠 있다. 입에서 냄새가 나고 온몸에 멍이 들고 머리가 아픈 내 몸뚱이가 있다. 움직여야 한다. 오줌을 눠야 한다. 물을 마셔야 한다. 전날 무슨 일이 일어났건 간에, 일어나면 삶이 있고 무언가를 해야만 한다.
 그날 눈을 떴을 때에 나는 조타실 바닥에 딱딱한 밧줄 뭉치 위에 누워 있었다. 갈빗대의 다친 자리가 밧줄 한 가닥에 눌려 있었다. 딱딱한 바닥에 누우니 부딪쳤던 머리가 아팠다. 손은 저리고 뻣뻣했다. 입은 바싹 말랐다.
 제리는 내 위쪽 조타석에 앉아 살짝 몸을 움찔거렸다. 블랭키 한 귀퉁이가 흘러내려 내 얼굴을 간지럽혔다. 제리는 블랭키를 끌어당기며 나를 내려다보았다. 우리는 눈이 마주쳤지만 둘 다 아무 말도 하지 않았고 웃지도 않았다. 딜런은 선미에 조용히 앉아 부드럽게 넘실거리는 바다를 바라보고 있었다. 손은 키 손잡이에 살짝 올려놓았다.

나는 천천히 일어나 앉았고 폭풍이 남기고 간 배의 파편을 치우고 앉을 자리를 만들었다. 유리섬유 조각에 손이 닿을 때 나는 그게 얼마나 차갑고, 희고, 매끈한가 하는 생각을 했다. 갑자기 선실이 떠올랐고 첫 번째 충돌 뒤에 바닥에서 물이 스며 들어오던 것이 떠올랐다. 나는 열린 해치 안을 들여다보았다. 선실에 물이 15센티미터 정도 차 있었다.

나는 잠시 뒤로 기대어 눈을 감았다. 피곤했다. 누군가 나한테 물 한 잔 주거나 샤워를 하고 옷을 갈아입게 해 주었으면 하는 생각을 했다.

"딩기에 짐을 실어야겠다."

내가 말했다.

딜런은 나를 돌아보더니 일어섰다.

제리는 움직이지 않았다.

"어디로 갈 거야?"

제리가 물었다.

나는 주위를 둘러보았다. 당연한 질문이었다.

크리설리스는 작은 섬에서 100미터 정도 떨어진 바위 사이에 끼어 있었다. 뾰족뾰족한 바위 여덟 개가 물 위로 솟았다. 물 아래 부분은 산호로 뒤덮인 절벽에서 떨어져 나온 바위들이었다. 대략 반원 모양을 그리는 바위들과 섬 사이의 수면 바로 아래에는 산호밭이 보였다. 육지 쪽에서는 절벽에서 떨어져 나온 바위 덩어리에 파도가 부서졌다. 깎아지른 절벽뿐 배를 댈 수 있는 해변은 보이지 않았다. 바다 위에 솟은 바위, 그리고 바닷속으로 쏟아지는 듯 보이는 거칠고 낮은 절벽뿐이었다. 섬을 따라 북쪽은 뾰족한 모양으로 좁아지다가 물속으로 잠겼다. 아마 바다밑 모래톱이 수백 미터는 더 뻗어 있을 것 같았다. 그쪽 끝에서 바다 멀리까지 파도가 부서지는 모양이 보였으니 말이다. 남쪽으로는 절벽이 가파른 모양으로 꺾여 있어 그 너머는 보이지 않았다.

우리 주변에는 끝도 없이 뻗은 텅 빈 바다가 눈부시게 펼쳐져 있었다. 우리가 볼 수 있는 거라고는 반짝거리며 출렁이는 대양과 배를 댈 해안이 없는 섬 하나뿐이었다.

당연한 질문이었다. 어디로 갈 것인가?

"몰라. 아무튼 어디론가 가야 돼."

내가 말했다.

크리설리스의 뱃머리가 약간 들려 있어 선수창 부근에서 배 아랫부분이 물 위로 드러나 있었다. 선미는 물에 잠겨 있어 높은 파도가 몰려오면 난간 위로 물이 슬쩍 넘어 들어왔다. 마스트가 옆으로 기울어서 배가 점점 더 좌현 쪽으로 잠기어 갔다. 마스트가 떨어지면서 선체에 구멍을 내고 앞돛 윈치 바로 뒤쪽 갑판 위에 틈을 만들었다. 배 아래쪽에는 무슨 문제가 있는지 볼 수가 없었다. 확실한 건 선실에 점점 물이 찬다는 사실이었다. 물 무게와 마스트 때문에 크리설리스는 선미 아래쪽 심연 속으로 서서히 잠길 것이다. 언젠가는 뒤쪽으로 미끄러져 완전히 잠겨 바다 밑바닥으로 내려가 다시는 끌어 올릴 수 없게 될 것이다.

그런 일이 있을 때 크리설리스에 있고 싶지는 않았다. 좋든 싫든 삶은 계속되었고 이제 딩기에 짐을 실을 때가 되었다. 물, 식량, 성냥, 깡통따개, 담요, 접시. 딩기는 작았다. 많이 실을 수가 없었다. 딩기 모터는 조타실 창고에 안전하게 보관해 두었다. 기름통도 선미에 잘 묶여 있었다. 나는 모터를 연결하고 연료통을 채웠고 딜런과 제리는 짐을 실었다. 동생들이 올라타고, 딜런이 밧줄을 풀었고, 천천히 배를 움직였다.

나는 북쪽을 향해 갔다. 이 섬도 지금까지 우리가 보았던 다른 섬들처럼 초승달 모양으로 생겼을 거라고 생각했다. 초승달 안쪽에는 배를 댈 수 있는 모래톱이 있을 것이다. 섬이 북쪽으로 경사져 내려가는 모양으로 생겼으니 북쪽으로 가야 했다.

우리는 천천히 갔다. 아직도 파도가 높아 딩기를 타고 가기가 쉽지는 않았지만 폭풍이 몰아칠 때의 너울에 비하면 아무것도 아니었다. 우리는 파도를 향해 돌진해 마루로 올라섰다가 뒤쪽으로 내려갔다. 배 바닥에 있는 기어가 움직였지만 우리는 꿈쩍 않고 앉아 있었다. 우리는 가만히 앉아 왼쪽에 있는 섬을 바라보며 섬이 바다 속으로 사라지는 지점까지 천천히 다가갔다.

딩기의 뱃머리가 북쪽 끝 지점을 지날 때 우리는 모두 목을 빼고 그 뒤에는 뭐가 감춰져 있는지 보려고 했으나 우리 눈에 보이는 거라고는 서쪽으로 죽 뻗은 산호초뿐이었고 남쪽 바닷가는 가려서 보이지 않았다. 모래해변이 있다면 섬 서쪽 면에 있을 것이다. 나는 왼쪽에서 부서지는 파도를 보면서 딩기를 몰고 가는 데 집중했다. 북쪽으로 100미터 정도 간 뒤에 뱃머리를 돌릴 수 있었다. 서쪽으로 방향을 틀고 산호초의 북쪽 가장자리를 지나갔다.

발 언저리에서 칠리 통조림이 굴렀다. 딜런이 숨을 후 들이마셨다. 딜런은 천천히 눈을 감았다가 떴다. 제리는 블랭키로 얼굴 반을 가렸다. 눈가의 긴장이 풀렸다. 동생들은 파도에는 신경 쓰지 않고 섬만 보고 있었다. 나도 고개를 돌려 어깨 너머를 보았다.

눈앞에 섬 서쪽면 남쪽 끝에 펼쳐진 모래톱 끝자락이 보였다. 파도를 넘고 뱃머리를 돌리자 해변 전체가 천천히 눈앞에 나타났다. 완벽했다. 하얀 모래가 섬의 남동쪽에 고스란히 넓게 펼쳐졌고 초승달 모양 끄트머리의 북쪽에도 긴 모래톱이 물 아래에 뻗어 있었다. 고요한 청록색 물이 바닷가에서 출렁였다. 해변에서 좀 떨어진 바다에는 산호초의 검은 그림자가 있어 서쪽에서 접근하기가 힘들었지만 딩기가 지나가기에는 충분한 깊이였다. 해변 뒤에는 흔히 보는 수풀과 나무가 늘어서 있었다. 이 섬에서는 나무가 가파른 언덕을 따라 위로 치솟으며 자랐다. 섬 대부분은 언덕으로 이루어져 있고 고요한 이른 아침 햇살 속에서 언덕이 바닷가의 가장 깊이 들어간 부분에 그림자를 드리웠다.

산호 사이로 조심스레 딩기를 몰고 가 천천히 수정처럼 맑은 물 위로 갔다. 우리 그림자가 물속 모래밭 위로 지나갔다. 우리는 조심스레 배를 댔다. 딩기를 모래밭으로 높이 끌어 올리자 아무 흔적 없이 매끈했던 모래 위에 깊은 자국이 패었다. 우리는 바다포도 그늘 아래에 모여 앉았다. 제리는 어깨에 블랭키를 둘렀다. 딜런은 말라붙은 열매를 따서 즙을 짜내려고 했다. 나는 모래에 발가락을 묻고 갈매기가 하늘에서 빙빙 돌며 울부짖다가 먹이를 잡으러 활강하는 것을 보았다.

눈을 감고 생각나는 말을 떠올려 보았다. 안전함. 외로움. 잘 맞는 말이라고 생각했다. 아름다움도 적당했다. 조용함도. 나는 모래 위에 드러누웠다. 따뜻했다. 단단했다. 떠나고 싶은 생각이 없었다.

그러나 움직여야 했다. 나는 일어섰다.

"자, 짐을 내리자. 가서 더 가지고 올게."

내가 말했다.

처음 갔을 때는 돛과 밧줄, 연장상자를 실어 가져왔다. 다음에는 텐트를 세우는 데 쓰려고 돛대를 실었고, 구급약품 상자, 작살, 낚시도구 등 조타실 찬장에 있는 것을 모두 실었다. 세 번째 갔을 때는 선실에서 쓸 만한 걸 모두 가지고 왔고 신발과 옷가지는 딩기 좌석 밑에 쑤셔 넣었다.

짐을 모두 다 내리고 나자 딜런이 통조림과 생수병을 죽 늘어놓은 자리를 보여 주었다. 얼마 되지 않았다.

"배에서 물을 가져와야겠다."

내가 말했고 딜런이 고개를 끄덕였다.

피곤했지만 나는 돌아갔다. 물을 어디에 담아야 할지 생각하느라 시간이 좀 걸렸다. 결국 쓰레기봉지가 든 상자를 찾아냈다. 봉지 두 개를 겹친 다음 봉지마다 4리터 정도를 담았다. 봉지를 단단히 묶고 쓰러지지 않게 조심조심 딩기 안에 실었다. 열한 번째 봉지를 채우고 나자 물탱크가 텅 비었다. 나는 물탱크에서 싱크대로 이어진 플라스틱 튜브를 뜯어냈다. 딜런이 그게 쓸모가 있을 거라고 했기 때문이다. 휴지 한 롤과 음식을 조금 더 찾아냈다. 과일 통조림 다섯 개와 뜯지 않은 식빵 한 봉지가 있었다. 이 배에서 건질 만한 것은 다 챙겼고, 이제 우리 잠자리를 지어야 할 때였다.

딜런과 제리는 바닷가 가장자리 나무 그늘 아래에 적당한 자리를 골랐다. 깨끗이 치우고 우리 물건을 깔끔하게 정리해 쌓았다. 우리는 함께 텐트를 만들었다. 가장 큰 1번 제노아 돛의 세 귀퉁이를 낮은 나무에 묶고 돛대로 한가운데를 받쳤다. 크고 그럴듯한 텐트가 되었다. 세 면은 막혀 있지만 앞쪽은 바다를 향해 열려 있었다. 앞쪽이 노출되어 있기는 하나 우리 셋 다 바다를 내다보고 싶었다.

텐트 안쪽은 깨끗이 쓸어 모래만 남겼다. 구명조끼를 베개로 삼았다. 물건 일부는 텐트 뒤에다가 쌓았고 밖에 놓아둔 것들 위에는 지브를 덮었다. 또 다른 자리를 깨끗이 치운 뒤에 그 위에 담요를 깔고 물이 담긴 봉지를 조심스레 서로 기대어 놓았다. 다른 담요로 덮고 둘레에 모래를 덮어 담요가 날아가지 않게 했다.

첫날 마지막으로 한 일은 구조를 요청하는 깃발을 내건 것이다. 딜런과 나는 서로 말하지 않아도 왜 그렇게 하는지 알았지만 제리한테는 설명하지 않았다. 그늘을 만들려는 거라고 설명하고 스피니커 돛을 나무 높이 걸었다. 오후 햇살 아래에 커다란 삼각형 그늘이 생겼다. 하늘에서 보면 큼직한 파랑과 분홍색 돛이 움직이며 커다란 신호기처럼 흔들리는 게 보일 것이다.

해가 저물기 시작하자 불을 피우고 칠리 통조림을 데웠다. 순가락을 하나씩 들고 통조림에서 바로 떠먹었다. 다 먹고 나서 깡통 하나를 더 데웠다. 지금껏 먹어 본 것 중에서 제일 맛있는 칠리였다. 불이 다 타서 꺼지는 것을 보고 있다가 텐트 안으로 들어가 누웠다. 제리는 내 옆에서 블랭키를 목둘레에 감고 입을 살짝 벌리고 몸을 동그랗게 말고 누웠다. 딜런은 제리 건너편에 고요히 누워 어둠 속에서 고른 숨소리를 냈다.

적막이 나를 덮쳤고 텐트가 너무 작게 느껴졌다. 머릿속에서 폭풍 때 있었던 일이 다시 펼쳐졌다. 주돛이 터지는 소리가 펑 하고 울릴 때, 나는 벌떡 일어나 어둠 속으로 걸어갔다. 한동안 스피니커 돛 아래에 앉아 돛이 바람에 흔들리며 부드럽게 파닥이는 소리를 들었다. 그러고는 바닷가로 걸어갔다.

바다 쪽으로 오자 바람이 강하게 불어 팔에 난 털을 간질였다. 바람 소리가 거세긴 해도 섬에서 들려오는 소리까지 묻히지는 않았다. 밤 파도가 물가에 부딪치는 소리, 바다포도와 야자 잎이 재잘대듯 흔들리는 소리가 들렸다. 어젯밤 떠 있던 둥근 달은 아직 떠오르지 않았다. 내 뒤 섬은 검은 그림자로 서 있고 앞에 있는 파도는 소리만 들릴 뿐 보이지 않았다.

나는 파도가 닿는 곳 바로 위쪽 모래에 누워 다시 적당한 말들을 떠올려 보았지만 아무것도 맞는 게 없었다. 별이 가득한 하늘을 바라보며 신비감을 느껴 보려고 했지만 아무것도 느껴지지 않았다.

이런 순간이라면 울 수 있을 것 같았다. 내 몸 안 어딘가에 스위치가 있어서, 그걸 켜면 울음이 터질 것만 같았다. 엔진을 켜고 끄는 스위치처럼 생겼을 것 같다. 미끈한 은빛 스위치. 이쪽 방향으로 밀면 켜지고, 저쪽 방향으로 밀면 꺼지고. 손쉽게 뒤바꿀 수 있다. 보지 않고도. 올리면, 행복하고 힘이 넘친다. 내리면, 울고 있고 약하디약하다.

몇 년 동안 운 기억이 없다. 어젯밤에 제리가 물에 빠져 죽을 뻔했을 때를 빼면. 오늘 밤, 세상은 고요하고 동생들은 안전하게 자고 있었다. 하지만 나는 혼자였고 내일을 생각했다. 그다음 날, 그다음 날, 또 그다음 날을.

머릿속에서 은빛 스위치를 만지작거렸다. 울음을 터뜨리고, 어두운 바다 속으로 첨벙거리고 들어가, 깊은 공간 속으로 사라진다. 가슴이 떨렸다. 나는 일어서서 바다 쪽으로 조금 내려갔다가 다시 돌아왔다. 손가락으로 두 눈을 꽉 눌렀다. 별을 향해 높이 팔을 뻗었다. 손가락을 하늘에 쫙 펼쳤다. "분노." 내가 바람에 대고 말했다. 목이 메었다. "저물어 가는 빛에 맞서 분노하라."

달이 섬 꼭대기를 넘어섰고 잠시 뒤 나는 은빛 달빛 한가운데에 서 있었다. 발아래에서 파도 가장자리가 조각난 달빛을 반사하며 반짝거렸다.

나는 몸을 돌려 텐트로 돌아갔다. 딜런이 일어나 앉아 있었다.

"잠이 안 와?"

딜런이 물었다.

"응. 이제 괜찮아."

내가 말했다.

정말 이제 괜찮았다.

바다 한가운데서 길을 잃다

거의 일주일 동안 줄곧 자면서 쉬었다. 먹거나 마시거나 뭔가를 단단히 묶을 때만 움직였다. 바닷가를 한 번도 떠나지 않았다. 엿샛 날, 크리설리스로 돌아가 또 쓸 만한 물건이 있는지 샅샅이 찾아보기로 했다. 딜런은 육분의가 있으면 우리가 어디에 있는지 알아낼 수 있을지 모른다고 했고, 제리는 장난감 차를 찾아오고 싶어 했다. 바람이 북쪽에서 15노트 정도로 불어왔다. 크리설리스 같은 배에는 완벽한 바람이지만 딩기를 타고는 힘들었다. 산호초를 건너 섬 북쪽 끝을 돌자 크리설리스가 보였다. 여전히 그 자리에 있기는 했지만 선미가 눈에 띄게 깊이 가라앉은 채였다.

딩기를 몰고 크리설리스에 다가갔다. 쓰러진 마스트를 조심스레 돌았다. 딜런이 밧줄을 밧줄걸이에 걸었고, 우리는 가만히 앉아 난파선을 바라보았다. 갈매기 똥이 갑판 사방에 떨어져 있었다. 늘어진 지삭이 갑판을 긁어 파인 자리에 먼지와 곰팡이가 가득했다. 찢어진 돛은 삭고 있었다.

　내 머릿속에 있는 크리설리스와는 정말 다른 모습이었다. 크리설리스를 타고 플로리다를 떠날 때가 생각이 났다. 크리설리스가 너무 싫었다. 바하마 뱅크에서 배 아래로 헤엄쳐 들어가 물속에서 온전한 모습을 본 것도 떠올랐다. 어둡고 둥근 아래쪽의 모습, 빛나는 옆면, 날개처럼 뻗은 돛. 폭풍 속에서는 크리설리스가 비바람과 싸우는 것을 느꼈다. 배가 파도를 올라타던 것, 키가 받던 힘, 키의 진동. 튼튼하고 아름다운 배였다. 우리를 안전하게 날라 주었다. 지금 우리는 그 배의 망가진 모습을 보고 있었다.

　제리가 담요를 가지고 왔다면 아마 머리에 덮어 썼을 것이다. 대신 제리는 고개를 돌렸다가 다시 봤다가 다시 고개를 돌리곤 했다. 아무튼 빨리 움직여야 했다.

　"제리, 나랑 같이 먼저 가자. 그다음이 딜런 차례고. 제리가 딩기를 보고 있을 때 장비를 가지고 오자."

　내가 말했다.

　딜런이 고개를 끄덕였다. 나는 갑판 위로 올라가 조심스레 제리를 끌어 올렸다. 배는 우리 몸무게에 영향을 받지 않았다. 단단히 걸려 있었다. 우리는 기우뚱한 갑판을 조심조심 내려가 아래쪽 선실을 들여다보았다. 제리는 갑자기 주저앉았고 나는 제리가 떨어질까 봐 꼭 붙들었다.

　"형아."

　제리가 말했다. 제리는 두 손으로 얼굴을 감싸고 안을 보지 않으려 했다.

왜 그러는지 알 수 있었다. 선실 선미 쪽은 30센티미터 넘게 물에 잠겨 있었다. 빨래집게와 쓰레기가 물에 떠 있고 기름이 흘러나와 무지갯빛으로 아롱거렸다. 의자 위에 찰랑이는 물을 빨아들여 흠뻑 젖은 쿠션에서 시커먼 무언가가 자랐다.

나는 제리의 머리를 쓰다듬었다.

"괜찮아. 네 물건 가지고 올게."

내가 말했다.

나는 물속으로 들어가 무릎 언저리에 둥둥 떠 있는 쿠션을 발로 걷어차고 제리 침상 쪽으로 갔다. 제리의 책은 온통 뒤죽박죽이 되어 있긴 해도 젖진 않았다. 그 아래에 조그만 주머니가 있고 그 안에 제리가 모아 놓은 빨래집게, 자동차, 조개껍데기 따위가 있었다. 제리에게 가져다주자 제리는 품에 꼭 안고 딩기로 기어갔다. 뺨에 눈물 자국이 있었다.

딜런도 쓰레기가 가득하고 뒤죽박죽이 된 선실을 보고 깜짝 놀랐다. 크리설리스가 이런 꼴이 되다니 처참한 일이었다. 딜런은 선실 앞쪽 자기 침상으로 가서 별자리 책과 《나니아 연대기》를 가지고 나왔다. 항해 테이블 아래에는 육분의가 있었다.

나는 내 침상에는 뭐가 있나 생각했다. 자동차 잡지는 필요 없었다. 디젤엔진 책도 아무 쓸모가 없었다. 그때 엄마가 생각났다. 엄마 사진이 그 책에 끼어 있다. 책이 반쯤 물에 잠겨 있긴 했지만 사진은 멀쩡했다. 나는 엄마 사진을 웃옷 주머니에 넣었다. 여전히 매끈하고 반들거렸다. 여전히 웃고 있었다.

다음에 아빠 침상으로 갔다. 아무것도 없었다. 매트리스는 이미 물에 젖어 있었다. 돌아 나오려는데 시집이 보였다. 폭풍이 시작된 날 아침에 내가 아빠 베개 위에 올려놓았었다. 폭풍이 베개를 좌현 쪽으로 밀었는데 배가 기울어 있어 아직 그 자리에 있었다. 베개는 반으로 접혀 조그맣고 두꺼운 책 둘레를 감싸고 있었다. 책과 책장 사이에 낀 메모가 보였다.

나는 베개를 펴고 책을 꺼냈다. 책에 얹은 내 손이 꼭 아빠 손처럼 보였다. 그 생각을 하니 머리가 어지러웠다. 나는 아빠 침상 가장자리에 앉아 베개를 밀어냈다. 베갯잇이 벗겨지며 안에서 무언가가 삐쭉 나왔다. 잡아당겨 꺼냈다.

앞치마였다. 엄마의 앞치마. 엄마가 늘 입던 것. 손을 뒤로 뻗어 보지도 않고 허리 뒤에서 리본으로 묶던 것. 어둠 속에서, 아빠가 싱크대 앞에 기대어 있을 때 가지고 있던 것. 그때 제리가 울었지.

나는 앞치마에 얼굴을 푹 묻고 깊이 숨을 들이마셨다.

한밤중에 엄마와 아빠는 부엌에 있었고 나는 목이 말라 아래로 내려갔다. 조용히 계단을 내려가 거실로 갔다. 엄마 아빠는 달빛 속에 서 있었다. 엄마는 앞치마에 얼굴을 묻고 울었다. 아빠는 엄마 어깨를 감싸 안았다.

"쉬."

아빠가 말했다.

"괜찮아질 거야. 이제 그만해."

엄마는 팔을 떨어뜨리고 아빠 가슴에 얼굴을 묻었다. 엄마는 흐느꼈고 숨을 들이마시며 헐떡였다. 아빠가 엄마 등을 문질렀다.

"자, 이제 그만해." 아빠는 되풀이해서 말했다. "그만, 이제 그만

울어." 엄마는 울었고 나는 조용히 다시 이층으로 올라갔다.

나는 앞치마를 얼굴에 문지르고 숨을 들이마셨다. 엄마 냄새가 옷자락에 숨어 있었다. 나는 다시 숨을 들이마셨다. 다시 또다시. 그때 위쪽에서 딜런 발소리가 들렸다. 나는 책을 집어 들고 앞치마를 허리춤에 쑤셔 넣었다.

"안 올라와?"

딜런이 불렀다.

"지금 간다."

나는 사다리 아래에 서서 주위를 둘러보았다.

너무나 익숙한 모습이었다. 책과 손전등이 선반에서 떨어지지 않게 하는 난간. 짙은 푸른색 쿠션. 식탁 위의 긁힌 자국. 알루미늄 싱크대의 탁한 은빛 손잡이, 현창 잠금장치, 전등 스위치 등 날마다 쓰면서 무심히 지나쳤던 것들, 제리의 어린이용 CD플레이어, 내 자동차 잡지 같은 것, 그리고 그것 없이는 살 수 없을 것 같았던 물건들 모두 사라질 것이다. 물에 잠겨 썩어갈 거다.

나는 밖으로 나와 딜런과 제리가 조용히 앉아 기다리는 딩기로 갔다. 나는 아빠의 시집을 딜런에게 주고 시동을 걸었다. 크리설리스 선미를 떠나 북쪽으로 달리기 시작하는데 제리가 손을 들어 흔들었다. 딜런도 흔들었다.

나는 몸을 돌려 배를 보았다. 멀리에서 보니 옆면이 아직도 하얗게 빛났다. 말도 안 되는 각도로 기울었고 마스트는 부러졌지만 여전히 아름다웠다. 우리는 파도를 넘으며 잠시 동안 크리설리스를 돌아보았지만, 더는 할 수 있는 일이 없었다. 바람이 강해졌고 파도가 높아졌다. 나는 딩기를 북쪽으로 돌리고 우리 바닷가로 돌아가기 위해 산호초 너머 모래톱으로 갔다. 이제 파도와 같이 달리게 되었지만 딩기는 용골이 없어 물살을 가르고 똑바로 나아갈 수가 없었다. 배가 코르크처럼 물마루에서 튕겼다. 바닷가에 가까이 가면 갈수록 파도가 산산이 부서졌다. 딜런과 제리는 물건들이 물에 젖지 않게 하느라고 몸을 웅크리고 모여 있었다. 폭풍도 견디어 낸 책들인데 뭍에 다 가서 다 젖게 생겼다.

사실 과연 배를 댈 수 있을지 걱정이었다. 보통 딩기를 물가에 올리려면 잔잔한 파도를 타고 미끄러져 들어가 얼른 뛰어내린 다음 파도가 밀려와 배를 엎어 놓기 전에 얼른 모래 위로 끌어 올려야 한다. 그런데 파도가 너무 컸다. 다른 방법이 있다면 배를 대지 않았을 것이다. 그렇지만 달리 어떻게 할 도리가 없었다. 최선을 다하고 물장구 좀 칠 준비를 하는 수밖에 없었다.

물가에 가까이 갈수록 파도는 더 크고 더 가까워졌다. 하나를 타고 올라가면 다음 파도가 선미에 부서졌다.

"너희들은 뛰어내려야겠다."

내가 딜런과 제리에게 말했다.

"내가 가라고 하면 뛰어내려서 걸어가."

"못 해."

제리가 말했다.

"배를 대려면 엔진을 끄고 위로 올려야 돼. 안 그러면 모래에 닿으니까. 엔진을 끄면 배를 조종할 수가 없으니까 그 전에 너희들은 내려야 해."

딜런이 고개를 끄덕이고 제리의 팔을 잡았다.

"싫어!"

제리가 소리 지르며 책과 장난감을 움켜잡았다.

"가!"

내가 소리쳤다.

딜런은 제리를 들어 배 밖으로 던지고 자기도 따라 들어갔고 나는 배를 돌려 파도 쪽으로 나갔다. 다시 뱃머리를 해변 쪽으로 돌리고 보니 딜런이 제리를 물에서 끌어내고 있었다. 손에 든 것은 아무것도 없고 제리는 울고 있었지만 아무튼 안전히 물가에 닿았다. 다친 사람은 없었다. 아직은.

내 차례였다. 나는 최대한 배를 가까이 가져가 엔진을 끄고 프로펠러가 모래톱에 부딪치기 전에 들어 올릴 생각이었다. 프로펠러가 없으면 배를 조종할 수가 없다. 파도를 타고 들어오는 수밖에 없다. 운이 좋으면 끝까지 들어와 발도 적시지 않을 수도 있다. 운이 나쁘면 파도에 배가 뒤집힐 거고 나는 배에 정신 못 차리게 얻어맞을 것이다.

나는 파도를 넘어갈 수 있게 속도를 늦추지 않고 바닷가로 다가갔다. 조심스럽게 수심을 살펴보며 얼마나 더 가까이 갈 수 있는지 가늠해 보려고 했는데 모래가 부옇게 일어나 바닥이 잘 보이지 않았다. 바닥의 경사를 기억해 내려고 애썼다. 물에 서서 나를 보는 제리와 딜런의 크기로 거리를 가늠해 보려고 했다. 집중을 했다. 조심스러웠다. 그런데 너무 오래 기다렸다.

엔진을 끄려고 버튼에 손을 대는 순간 느꼈다. 딩기가 갑자기 앞으로 숙여졌다. 프로펠러가 모래에 부딪쳐 닻처럼 순간적으로 딩기를 붙든 것이다. 모터가 뒤틀렸다. 파도가 모터 위로 몰려와 딩기 바닥에 쏟아졌다. 그때 딩기가 다시 들렸다. 모터가 반대방향으로 꺾이더니 떨어져 파도 속으로 사라졌다. 딩기는 묵직한 상태로 출렁거렸다. 내가 물속으로 뛰어들려고 우현을 붙잡은 순간 다른 파도가 덮쳐 딩기를 좌현으로 전복시켰다. 나는 뒤쪽부터 물에 풍덩 빠졌다. 딩기 소리가 머리 바로 옆에서 나기에 나는 미친 듯이 모래를 밀며 엄청난 무게의 딩기에 얻어맞지 않으려고 피했다. 딩기는 반쯤 물에 잠긴 채로 뭍으로 밀려가는 참이었다.

파도 속에서 간신히 몸을 추스르고 일어서 보니 딩기가 남쪽으로 벌써 3미터쯤 밀려가 있었다. 나는 모래를 입에서 뱉고 눈가를 훔쳤다. 딜런과 제리는 뭍에 서서 딩기가 흔들리는 것을 보고 있었다. 딩기는 결국 30미터쯤 더 가서 수심이 10센티미터쯤 되는 곳에 멈췄다. 파도가 뱃머리를 모래톱으로 밀고 다시 물러가면서 배에 물을 채웠다.

마침내 딜런이 움직였다. 천천히 딩기로 와서 물 위에 떠서 뱀처럼 구불거리는 밧줄을 잡고 끌었다. 물론 꿈쩍도 하지 않았다. 나도 철벅철벅 걸어가 같이 당겼지만 두 사람 힘으로는 물이 가득한 배를 모래 위로 끌어 올릴 수가 없었다. 제리가 밧줄 하나를 가지고 왔다. 두 줄을 함께 써 보았지만 소용이 없었다. 결국 긴 밧줄을 바닷가 가장자리에 있는 낮은 나무에 묶었다. 적어도 이제 떠내려가지는 않을 것이다. 뭍으로 끌어 올리는 일은 나중에 걱정해도 되었다.

나는 딜런과 제리 옆에 앉아 딩기를 바라보았다.

"잃어버리진 않았어. 썰물이 되면 물을 퍼내고 모래 위로 끌어 올리자. 별 문제 없을 거야."

내가 말했다.

"모터는 어떻게 됐어?"

딜런이 물었다.

"잃어버렸어. 망가졌고."

내가 말했다.

딜런이 고개를 끄덕였다.

"다른 물건들은?"

내가 물었다.

"다 잃어버렸어. 망가졌고."

딜런이 말했다.

나는 주머니에 든 엄마 사진을 만져 보았다. 젖었지만 빳빳했다. 잃어버리지 않았어. 망가지지도 않았고. 나는 생각했다.

그제야 생각나 허리춤을 만져 보았다. 없었다. 베개에 넣어 놓으려고 했었는데. 다시 냄새를 맡아 보고 싶었는데. 엄마 냄새를 찾으려고.

나는 무릎 위에 팔꿈치를 올려놓고 내가 앉아 있는 모래를 내려다보았다. 헤아릴 수 없이 많은 작은 알갱이들, 흰색 분홍색 검은색 알갱이들이었다. 부서진 조개껍데기, 조그만 산호 가지. 그런 것들이 여기 모여 섬을 이루었다. 그리고 우리는 그 위에 있었다. 셋이서 함께. 거대하고 드넓은 바다 한가운데 길을 잃고.

섬 탐험

 다음 날은 딩기를 모래에서 파내고 물을 푸고 위로 끌어 올리는 데 힘을 다 썼다. 나는 스노클을 쓰고 엔진을 찾아봤는데 모래에 완전히 묻힌 듯했다. 노가 어떻게 되었는지는 아무도 기억하지 못했지만 사실 별 상관이 없었다. 제리한테는 노가 필요하면 노로 쓸 만한 것을 찾으면 된다고 말했지만 사실 우리는 다시는 크리설리스로 돌아가지 못할 것이었다. 산호초까지도 이제는 너무 멀어 갈 수가 없었다.
 오후에 우리는 흔들리는 스피니커 돛 아래에 앉아 바다를 내다보았다. 잠시 뒤, 제리는 옆으로 누워 몸을 말고 잠이 들었고 딜런은 바다포도를 찾으러 갔다. 나는 숫자 계산을 했다. 우리가 섬에 온 지 이레가 되었다. 물을 두 봉지 먹었고 음식은 거의 절반이나 먹어 버렸다. 별문제가 없을 수도 있다. 내일이라도 비행기나 배가 지나갈 수도 있다. 스피니커가 휘날리고 크리설리스가 바위에 끼어 있는 모습을 동쪽이나 북쪽으로 지나가는 배가 보면, 아니면 하늘 위로 나는 비행기가 보면 상황을 짐작할 수 있을 것이다.

그런 일이 일어나지 않을 수도 있다. 영영 비행기가 지나가지 않을 수도 있다. 어떤 배도 지나가지 않을 수도 있다. 지난 이레 동안 아무것도 보지 못했다. 만약에……. 딜런이 갑자기 내 옆에 털썩 주저앉았다.

"너무 일러."

딜런이 말했다.

"언제 익는지 모르겠어."

"뭐가?"

"바다포도 말야. 먹을 수 있잖아. 그걸로 잼도 만들어. 그런데 언제 익는지 모르겠어."

나는 고개를 끄덕였다. 그리고 잠든 제리를 가리키며 속삭였다.

"이야기 좀 하자."

딜런은 조용히 나를 따라 물가로 내려와 야자나무 아래 그늘에 앉았다.

"딜런, 이 섬 건너편에는 뭐가 있는지 봐야겠어."

내가 말했다.

딜런은 잠시 말없이 있다가 물었다.

"뭐가 있을 것 같아?"

"모르지만, 다른 해안이 있을지도 모르지. 산호초가 없는."

나는 딜런을 찬찬히 들여다보았다. 딜런은 생각을 할 때에도 눈을 가늘게 뜨거나 찡그리는 법이 없었다. 별로 큰 눈은 아니지만 늘 둥글고 빛나는 눈이었다. 귀는 엄마처럼 작고 단정했다. 지금은 머리카락이 제멋대로 자라 작은 귀가 거의 보이지 않았다. 손도 움직이지 않았다. 손으로 풀을 뜯거나 모래를 파거나 하지 않았다. 딜런은 손을 가만히 옆에 놓고 나를 보았고 내가 무슨 말을 하는지 이해했다.

"건너편에는 큰 배가 정박할 수도 있는 해안이 있을지 모른다는 거지."

딜런이 말했다.

나는 바다를 내다보았다.

"그래. 북쪽하고 서쪽에 산호초가 있지. 동쪽에는 절벽과 암초가 있고. 남쪽으로 가면서 절벽이 높아져. 그럼 남는 건 남동쪽이야."

"지금 거기 배가 서 있을지도 모르지."

딜런이 말했다.

나는 고개를 끄덕였다.

"그렇더라도 여기서 그걸 어떻게 알겠어? 가서 어떻게 생겼는지 봐야 해."

그래서 우리는 섬의 나머지 부분을 탐험하기로 했다. 구름이 머리 위에 모여 들고 빗방울이 한두 방울씩 떨어지는 흐린 날, 우리는 크리설리스에서 가져온 신발을 신고 마지막 남은 시리얼바 세 개, 칼 한 자루, 물병을 셔츠에 넣고 내 허리춤에다가 묶었다.

나는 제리에게 블랭키는 두고 오라고 말했다. 그래서 길을 떠나려는데 제리가 울기만 하고 따라오지 않았다. 딜런과 내가 바닷가 서쪽 끝에 있는 바위 사이로 지나가도 제리는 아직도 천막 주위에서 얼쩡거리고 있었다.

"숨어. 제리한테 안 보이는 데서 기다리자. 우리가 안 보이면 얼른 따라올 거야."

내가 딜런에게 말했다.

우리는 기다렸고 사방이 조용해졌다. 딜런이 고개를 살짝 들고 엿보았다.

"아직도 막대기로 모래 파고 있어. 아직 모르나 봐."

그때 제리 목소리가 들렸다.

"형아? 형아?"

우리는 대답하지 않았다.

"EPIRB가 있었더라면. 신호를 보냈을 텐데."

딜런이 조용히 말했다.

"아빠한테는 필요 없는 물건이었지."

내가 말했다.

"아빠한테도 필요했지. 두 개가 있었더라면 좋았을 텐데."

나는 고개를 저었다.

"받아들여야 해, 딜런. 아빠는 자살했고 우리를 폭풍 속에 죽도록 내버려뒀어."

"아빠는 폭풍이 오는지 몰랐어. 폭풍은 나중에 왔다고."

나는 입을 열었다가 다시 다물었다.

"좋아. 폭풍은 나중에 왔지. 하지만 아빠는 일부러 물에 뛰어들었어. 게다가 이 섬에서 벗어나려면 우리한테 가장 필요한 물건을 가지고 가 버렸어."

내가 말했다.

"형아! 형아!"

목소리가 좀 더 날카로워졌다.

"누군가 아빠를 찾았을 거야. 이제 아빠가 우릴 찾을 거고."

딜런이 말했다.

"딜런, 말이 되는 소리를 해."

내가 말했다.

"만약 섬 너머에 배가 있다면, 훨씬 쉬워지겠지."

딜런이 말했다.

"만약에 없다면…… 배가 정박할 수 있을 만한 데가 전혀 없다면? 그때는 어떻게 해야 하지? 마냥 기다려?"

딜런이 고개를 끄덕였다.

"그리고 살아남아야지."

딜런이 말했다.

우리는 서로 마주 보았다.

"나 놓고 가지 마, 형아들!"

제리의 목소리에 두려움이 배어 있었다.

우리는 제리 발소리가 들리는 쪽을 돌아보고 동시에 일어섰다. 제리가 열 걸음쯤 떨어진 곳에서 바위 사이로 달려오고 있었다.

제리는 우리를 보고 우리가 숨어 있었다는 걸 알아차렸다.

"너무해."

제리는 이렇게 말하고 블랭키를 들어 올려 입을 가렸다.

"기어코 블랭키를 가지고 왔구나."

내가 말했다.

제리는 고개를 끄덕이며 블랭키를 계속 입에 대고 있었다.

"흠, 잃어버리지 마라. 그리고 잘 따라와."

제리가 내 뒤에, 딜런이 맨 뒤에 서서 우리는 바위무더기를 넘었다. 바위 너머에는 더 작고 또 다른 모습의 모래밭이 있었다. 우리 바닷가보다 더 아름다운 바닷가가 있을 거라고 생각하지 않았는데 여기는 더 아름다웠다. 바위가 마치 산사태를 이루듯 물속으로 쏟아져 내려가는 형상이었다. 육지 쪽으로는 바위 틈에 모래가 스며 들어간, 부서진 모양새의 바닷가가 있었다. 썰물 때였지만 해초가 밀려온 모양새를 보니 밀물이 어디까지 들어오는지 알 수 있었다. 욕조만 한 크기의 큰 바위가 모래 위에 여기저기 흩어져 있고 밀물 때 물이 올라왔던 곳에서는 바닷말이 반짝이고 고둥이 지나간 흔적이 나 있었다. 구슬만 한 크기의 홍합 비슷한 조개가 조그만 바위 사이 물기 있는 곳에 따닥따닥 붙어 있었다. 조금 떨어진 바위 위에는 바닷물이 고여 있었다. 그 너머에는 늘 반쯤 물속에 잠겨 있는 바위가 여럿 있었다. 울퉁불퉁한 표면 위에 산호가 자라고 틈새에 성게가 숨어 있었다.

나는 눈을 감고 귀를 기울였다. 바위 때문에 파도 소리가 잦아들고 바람이 바위에 가로막혔다. 새들도 조용했다. 딜런과 제리가 내 옆에서 숨을 쉬는 소리가 들렸고 제리가 오물락조물락 블랭키 끝을 얼굴에 대는 게 느껴졌다.

돌아서서 조그만 바닷가 끝에 있는 바위 무더기를 넘기 시작했다. 동생들이 따라오기 전에 그 너머가 보였다. 바람이 내 머리카락을 흩날렸고 파도 소리가 귓가에 울렸다. 내가 서 있는 곳은 섬의 남서쪽 끝이었다. 왼쪽으로는 섬이 동쪽으로 뻗어 있었다. 사나운 바다가 육지에서 떨어져 나가 바다 위에 떨어진 바위들을 후려갈겼다. 오른쪽으로, 조그만 바닷가를 숨긴 바위들이 징검다리처럼 길게 바다를 향해 남쪽으로 늘어서 있고 그 끝에는 산호초가 있었다. 먼 바다는 아주 깊고 잔잔해 보였는데 내 발 아래 바위에 부딪혀서는 거칠게 터지며 물보라를 뿌렸다. 나는 딜런과 제리가 기다리는 곳으로 돌아갔다.

"이쪽으로는 갈 수가 없어. 바다하고 바위밖에 없어. 물가가 없어."

딜런의 얼굴이 어두워졌다.

"저 위로 올라가자. 꼭대기에 올라가면 섬 전체가 보일 테니 더 잘 알게 될 거야."

나는 섬 정상을 가리켰다.

"뭘 더 잘 알게 돼?"

제리가 물었다.

나는 딜런이 적당한 대답을 해 주기를 바랐는데 녀석은 아무 말이 없었다.

"섬 모양이 어떻게 생겼는지."

나는 이렇게 대답하고 숲 쪽으로 걸어갔다.

한 10분 정도 가니 더 이상 나무가 없었다. 거기에서부터 수풀과 선인장을 헤치고 나아갔다. 내가 앞서가며 지나갈 만한 길이나 빈 공간을 찾았는데 그런 게 없었다. 머리 위 구름이 흘러가면서 이따금 뜨겁고 강렬한 해가 얼굴을 내밀었다.

앞쪽 수풀 바닥에서 뭐가 차르륵 울리는 소리를 듣고 나는 멈춰

섰다.

"뱀이다!"

내가 속삭였다.

제리는 바로 내 뒤에 멈춰 섰다.

"뱀?"

딜런이 제리 뒤에 천천히 서며 물었다.

"방울뱀 소리를 들었어."

"바하마에는 방울뱀이 없어. 독사도 없고."

"여기가 바하마야, 형아?"

제리가 물었다.

"몰라. 아마도. 그럴 거야. 정확히 몰라."

내가 말했다.

"아무튼 바하마 근처야. 이 지방에는 독사가 없어."

딜런이 말했다.

"어떻게 알아?"

"읽었어."

"기억이 확실해?"

"응."

"그럼 네가 앞에 갈래?"

"그래."

딜런이 앞으로 나오려고 했다.

"됐어. 제리가 잘 따라오게 하려면 네가 뒤에 있어야 돼."

우리는 다시 걷기 시작했다. 나는 좀 더 천천히 갔다. 수풀 속을 좀 더 깊이 들여다보았다. 해가 완전히 구름 밖으로 나왔고 두건 속 머리까지 달구어졌다. 뱀은 보이지 않았다.

"잠깐. 저기 있다."

딜런이 말했다.

나는 등골이 오싹해지는 걸 느꼈다.

"누가?"

제리가 물었고 우리는 딜런이 가리키는 쪽을 보았다.

이구아나가 3미터쯤 위쪽에 있는 낮은 바위에서 해를 쪼이고 있었다.

"저게 형이 말한 뱀이야."

딜런이 말했다.

몸길이가 30센티미터쯤 되고 꼬리 길이는 45센티미터쯤 되는 통통한 이구아나였다. 어찌나 큰지 도마뱀이라기보다는 공룡 같았다. 가죽 껍질에 주름이 잡혔고 뜨거운 바위 위에 발을 쫙 폈다. 우리한테 등을 보이고 앞쪽을 본 채였다. 눈을 깜박였다.

"물어?"

제리가 물었다.

"당연히 물지. 하지만 사람은 안 물어."

딜런이 말했다.

"물 것처럼 생겼어."

제리가 말했다.

"흠, 가까이 가지 말자. 가자."

내가 말했다.

"잠깐만. 잡을 수 있을지도 몰라."

딜런이 손을 들며 말했다.

"왜?"

내가 물었다.

"먹게."

딜런이 말했다.

나는 한 발 앞으로 가다가 멈췄다. 다시 딜런을 돌아봤다.

"좋아. 어떻게 잡을 건데? 손질은 어떻게 하고? 요리는 어떻게 해?"

"몰라."

딜런은 이구아나에 눈길을 고정한 채로 말했다.

"흥, 기가 막힌 아이디어구나."

내가 말했다.

"하지만 형아, 생각해내면 되잖아."

제리가 말했다.

"지금? 바로 이 순간? 지글거리는 햇빛 아래에서?"

"형 말이 맞아. 어서 가자. 머리를 좀 굴려 봐야겠어."

딜런이 나를 보며 말했다.

우리는 앞으로 나아갔고 이구아나는 놀라 바위에서 내려가 수풀 속으로 숨었다.

나는 다시 오르막을 올라갔다.

"빨리 생각해 내라. 배고프다."

내가 말했다.

그 말을 하지 말았어야 했다. 갑자기 볕은 더 뜨겁고 땅은 더 메마르고 수풀은 더 가시투성이인 것처럼 여겨졌다. 제리가 선인장에 너무 가까이 다가간 탓에 손등에 온통 가시가 박혀 우리는 바위를 찾아 앉았다. 나는 제리 손에서 가시를 뽑아냈고 제리는 소리를 지르며 손을 빼려고 했다. 딜런은 블랭키를 털었다. 제리가 내내 끌고 다녀서 블랭키도 가시투성이였다. 최대한 가시를 빼내고 제리의 울음이 잦아들 무렵 나는 물병과 시리얼바를 꺼냈다. 물맛은 좋았지만 시리얼바는 눅눅했고 곰팡냄새가 났다. 제리가 뱉으려는 것을 못하게 했다.

내가 소리쳤다.

"먹어야 해. 다른 먹을 게 없다구!"

나는 손으로 제리 입을 틀어막았다.

"삼켜!"

제리는 동그랗고 빠져들 것 같은 눈으로 나를 올려다보았다. 갑자기 아빠가 제리를 물속에 밀어 넣던 기억이 떠올라 언어맞은 듯한 기분이었다. 나는 손을 치웠고 제리는 축축한 갈색 덩어리를 모래 위에 뱉어냈다.

나는 두 눈을 가리며 말했다.

"너무 피곤해서 더 못 가겠어. 돌아가자."

"잠깐만."

딜런이 말했다. 딜런은 칼을 들고 다섯 걸음쯤 더 가서 손바닥선인장에서 백년초 열매를 잘라 냈다. 열매를 조심스레 들고 돌아와 가시를 잘라 내고 반으로 갈랐다. 딜런은 붉은 과육을 한 조각 자르더니 입에 넣고 씹기 시작했다. 우리는 보면서 기다렸다. 딜런은 힘들게 삼키더니 살짝 몸을 떨었다.

"맛은 없지만, 그래도 먹을 만해."

딜런이 말했다.

나는 한 조각 달라고 손을 내밀었고 제리의 작은 손도 손바닥을 위로 한 채로 내 옆에 올라왔다. 다른 방법이 없으면 뭐라도 하게 된다는 게 참 신기하다는 생각이 들었다.

다 먹고 나니 기분이 한결 나았다. 얼마 안 되는 열량이라도 보충하니 기운이 도는 것일까. 어쩌면 산들바람이 더운 열기를 조금 식혀 주어서 그런지도 모르겠다. 선인장이 이제 다르게 보여서인지도 모른다. 아무튼 나는 더 갈 수 있을 만한 기운을 느꼈고 동생들도 마찬가지였다. 나는 물병과 칼을 다시 셔츠 안에 넣고 허리춤에 묶고 앞장섰다.

섬 꼭대기에 올라서자 바람이 거세게 우리를 밀었다. 마치 방금 올라온 길로 다시 우리를 밀어 내려가게 하려는 것 같았다. 우리는 몸을 살짝 앞으로 숙이며 으르렁거리는 바람 소리를 무시하며 버텼다. 우리는 쇳가루가 자석에 이끌리듯 동시에 크리설리스가 좌초한 바위 쪽으로 몸을 돌렸다.

거기에 있었다. 파도 위로 솟아 있었다. 산호빛깔이 여기에서도 보일 정도로 물이 얕았다. 그리고 뾰족한 바위 여덟 개. 그 너머에는 바다를 알 수 없는 푸른 대양이, 짙푸른 우주처럼 수평선 끝까지 뻗었다. 가까운 곳에서는 햇살 아래 파도가 치면서 바다가 물마루와 골로 자잘하게 쪼개졌다.

하지만 크리설리스는 보이지 않았다.

무얼 보기를 기대했는지 모르겠다. 크리설리스가 아직 거기에 있을 거라고 생각했던 걸까? 그러길 바랐던 것일까? 물속에 희게 유령처럼 잠긴 모양이라도 볼 수 있을 거라고 생각했을까? 얕은 산호초 위에 걸린 돛줄이라도…… 무엇이든 크리설리스가 거기에 있었던 자취를 볼 수 있을 거라고?

아무것도 보이지 않자 내 가슴에 구멍이 뚫리는 것 같았고 마치 바람이 그 사이로 헤집고 지나가서 숨이 가빠 오는 듯했다. 파도가 바위에 부서지는 것을 보는데 우리가 어느 바위에 부딪쳤는지도 가물거렸다. 순간적으로 정신이 혼미했다. 그러다가 뚜렷이 떠올랐다. 당연히 저 두 바위지. 선미를 집게로 잡듯 잡을 수 있을 만큼 서로 가까이 있는 바위는 그 두 개밖에 없었다.

아래를 내려다보니 우리가 얼마나 운이 좋았는지 알 수 있었다. 그 바위가 크리설리스를 잡지 않았다면 크리설리스는 산호초 위로 올라섰을 것이고 우리는 바로 배를 떠나야 했을 것이다. 어둠 속에서 높은 파도 가운데 딩기를 내려야 했을 것이고. 그랬다면 우리도 산호초에 내던져져 살아남지 못했을 것이다. 그런데 그렇게 되지 않았다. 위기를 넘겼다. 우리는 이 섬에서 안전했다. 바로 이 섬에서. 나는 숨을 깊이 들이마시고 주위를 둘러보았다.

섬이 90도로 꺾인 부메랑 모양이고 꺾인 꼭짓점이 거의 정동쪽을 가리킴을 알 수 있었다. 부메랑의 위쪽 반은 북서쪽으로 향하다가 끝부분에서 정북쪽으로 틀어져 가늘어지면서 바닷속으로 들어갔다. 부메랑의 아래쪽 반은 폭이 더 넓고 남서쪽을 향했고 끝부분은 우리가 방금 갔다 온 징검다리 모양의 바위들이었다. 우리가 지금 서 있는 부메랑의 한가운데가 가장 높은 지점이었다.

여기에서는 섬이 바다에 접한 면을 거의 전부 볼 수 있었고, 처음으로 남동쪽 물가도 볼 수 있었다. 그런데 해변이 없었다. 절벽뿐이었다. 흩어진 바위도 산호초도 없이 바로 바다였다. 부서지는 파도 위로 솟은 가파른 절벽이었다. 이 섬에 상륙할 수 있는 배는 딩기뿐이었고 그것도 우리가 천막을 세운 그 바닷가 말고는 배를 댈 수 있는 곳이 전혀 없었다. 나는 딜런을 보았고 딜런도 나를 마주 보았다.

나는 다시 우리가 있는 곳의 외롭고 숨 막힐 듯한 아름다움을 보았다. 수풀과 나무가 바위 위 얕은 토양 위에 보란 듯이, 고집스럽게 붙어 자랐다. 다른 곳에 있었더라면 아름답지 않을 테지만, 여기에서는 완벽했다. 바람에 구부러지고 자라지 못한 나무들, 가시투성이 녹갈색 수풀, 발밑에 차이는 풀, 구름 없고 비 올 기미 없고 한없이 파란 하늘로 도전하듯 솟은 선인장들. 그리고 사방에 바위가 있었다. 온통 줄무늬가 난 절벽, 무너져 내린 거대한 바위, 바다 가장자리에 흩어진 조그만 바위들. 바닷물 얼룩이 있는 짙은 회갈색 바위, 바위틈에 자라는 끈질긴 청회색 식물. 그 주위에 아무도 모르는 바닷가, 청록색 얕은 바다, 짙푸른 심해, 파도 아래 조용히 꾸준히 자라다가 느닷없이 나타나는 눈부시고 화려한 빛깔의 산호.

또 여기에 사는 생물들이 있었다. 갈매기, 펠리컨, 매, 제비갈매기가 하늘 위로 울부짖으며 지나갔다. 이구아나인지 뱀인지 도마뱀인지가 수풀 속에서 돌아다녔다. 홍합과 성게, 게와 고둥. 산호 사이로 돌아다니는 조그만 물고기. 바위틈에 숨고 바다풀 사이로 미끄러지는 큰 물고기들. 그리고 산호초 너머 바다에는 더 큰 물고기들……
조용한 가오리, 우아한 다랑어, 미끈한 상어가 있었다.

　나는 생각나는 단어를 떠올려 보았다. 장엄함. 웅장함. 외경심.

　그리고 동생들을 돌아보았다. 내 옆에 조그마하게 서 있는 동생들. 우리는 조그만 세 조각을 이루는, 이 섬에서 유일한 사람들이었다. 섬 꼭대기에 두 발로 꼿꼿이 서서, 손을 아래로 내리고. 사진이나 그림이라면 우리 모습은 보이지 않을 것이다. 우리는 너무 작고 나머지는 너무나 컸다.

　나는 제리가 절벽 가장자리로 너무 가까이 가지 않게 하려고 제리 손을 붙잡고 있었다. 딜런은 다른 쪽 옆에 서 있었다. 딜런은 내 어깨만큼도 오지 않았다.

　파도가 바위에 부딪쳤다. 갈매기가 끼룩거리며 눈에 보이지 않는 기류를 타고 돌았다. 바람에 가는 풀이 엷은 소리를 냈다. 우리는 말이 없었다. 이제는 한 가지 단어만 내 머릿속에 울렸다. 되풀이해서, 장송곡의 북소리처럼 계속 울렸다.

　절망. 절망. 절망.

굶주림

 일주일쯤이나 더 지나고 나서야 식량과 물에 대해 정말 어떤 대책을 세워야 한다는 생각이 뼈저리게 들었다. 아껴 쓰면 크리설리스에서 가져온 물로 한동안은 버틸 테지만 식량은 하루치밖에 남지 않았다.
 난 내내 기적 같은 일이 일어나기를 기다렸다. 바다포도 사이로 돌아다니다가 갑자기 '짠' 하고 모든 기본영양소를 다 함유하고 맛도 좋은 놀라운 식물을 발견하는 거다. 아니면 수영을 하다가 굴 서식지나 바닷가재가 모인 곳을 발견하거나. 아니면 맨손으로 고기를 잡는 기술을 기적적으로 터득하거나. 그런 영화를 수도 없이 보았다. 우리가 본 책들《로빈슨 가족의 모험》,《로빈슨 크루소》,《섬》같은 책에서도 그랬고. 늘 그런 식이었는데, 우리의 기적은 어디에 있는 걸까?
 기적 같은 일은 없었다. 그저 배가 고플 뿐이었다. 마지막 남은 깡통을 점심으로 먹었고 서로 마주 보았고 이제 먹을 게 다 떨어졌다는 것을 알았다.

나는 작살총을 들고 물로 걸어 나갔다. 우스꽝스러운 일이었다. 청록색 얕은 물에는 고기가 한 마리도 없었다. 이미 아는 사실이었다. 산호초 있는 데까지 헤엄쳐 가서 고기가 지나갈 때까지 마냥 기다릴 수도 없는 일이었다. 고기가 가까이 다가오기 전에 내가 물에 빠져 죽고 말 것이다. 산호초에서 고기를 잡으려면 배가 필요했다. 아니면 물가 근처 바위 사이에서 고기잡이를 할 만한 자리를 찾거나. 나는 주위를 둘러보고 딜런과 제리가 나만 보고 앉아 있는 모래사장으로 다시 돌아갔다.

나도 앉았다.

"계획을 세워야겠다."

내가 말했다.

딜런이 고개를 끄덕였다.

"저쪽에는 고둥이 있어."

딜런이 바닷가 북쪽 끝에 있는 물풀이 많은 곳을 가리켰다.

"첫날 왔을 때 봤어. 딩기 타고 여기로 올 때. 깊지 않아."

"또 뭐가 있지?"

"백년초. 한 번 먹어 봤지. 언덕에 널려 있어. 열매하고 두툼한 선인장 잎을 먹을 수 있어."

"또?"

"식물에서 물을 얻는 방법을 알아. 증류기 같은 건데, 수증기를 모으는 거야."

"그걸 어떻게 알아?"

"책에서 읽었어. 아빠 책."

나는 딜런의 어깨를 잡았다.

"일단 그것부터 시작하자. 저녁에는 고둥을 먹는 거야."

나소의 어부가 우리가 고둥 다루는 걸 보았다면 데굴데굴 구르며 웃었을 것이다. 일찍 시작해서 다행이었다. 고둥을 깨는 데 한 시간이 걸렸다. 살을 꺼내고 어떻게 죽일지 결정하고 (충격으로 이미 죽지 않았다면 말이다) 어떻게 자를지 정하는 데 또 한 시간이 걸렸다. 다져서 볶아 먹을 게 아니라서 그냥 핫도그처럼 구웠다. 긴 나뭇가지 끝에 조각을 꽂아서 불 위에 대고 구웠다. 끔찍했다. 가죽구두를 씹는 것 같았다. 양도 너무 적었다. 고둥 하나로는 간에 기별도 안 갔다. 하지만 고둥을 해 먹느라 이미 지친 데다가 한편으로 고둥이라고 해서 무한히 있는 게 아니라는 생각이 들었다. 가서 모조리 긁어다가 잔치를 벌일 수는 없는 일이다. 속도를 조절해야 했다. 그날 밤 천막 아래에 누우니 배가 꼬르륵거리는 소리가 났다. 고둥을 먹는다는 건 좋은 생각이었지만 고둥을 먹어 봐야 굶주림을 완전히 면할 수는 없었고 단지 허기를 조금 달랠 뿐이었다. 더 큰 계획이 필요했다.

이튿날 딜런은 먹을 것을 찾으러 언덕으로 올라갔다. 내가 첫날 혼자 크리설리스에 다녀온 이래로 우리가 떨어져 있는 건 처음이었다. 제리와 나는 작은 바닷가로 가서 바다가 밀려 나가고 생긴 웅덩이를 뒤졌다. 게나 가재를 찾고 싶었지만 아무것도 보이지 않았다.

우리는 빈손으로 천막에 돌아왔고 스피니커 그늘 아래에서 딜런을 기다렸다. 딜런은 백년초와 선인장 잎을 하나 들고 돌아왔다. 나는 고둥을 한 마리 더 잡았다. 그날 우리가 먹은 건 그게 전부였다. 그 뒤 이틀 동안 사정은 똑같았다.

셋째 날, 나는 자는 것 말고 아무것도 할 수가 없었다. 오후 늦게 일어나보니 딜런과 제리는 쓰레기봉지와 플라스틱관으로 물을 만드는 장치를 만드느라 바빴다. 내 배 속 한가운데 구멍이 뻥 뚫린 듯한 느낌이었다.

동생들을 잠깐 보았지만 너무 기운이 없어 도와줄 수가 없었다. 나는 바위 너머 작은 바닷가로 갔다. 모래밭에 온통 제리의 발자국이 나 있었다. 혼자서 먹을 걸 찾으러 왔다 간 것이다. 발자국들이 반쯤 위로 솟은 바위로 이어져 있었다. 발자국을 따라가 바위 위로 올라갔다. 거기 누워 이구아나처럼 햇볕을 쪼이며 내 앞에 있는 물웅덩이를 들여다보았다. 바닥까지 맑았다. 바위의 물속에 잠긴 부분에 구슬만 한 홍합 같은 게 붙어 있었다. 나는 하나를 뜯어 열어 보려고 했다. 바위에 내리쳤더니 튕겨 나갔다.

나는 홍합을 웅덩이 가운데 던져 버렸다. 지금까지는 배고픔에 대해 생각하질 않았다. 지금은 배고프다는 것 말고 아무 생각도 나지 않았다. 성게의 검은 가시가 바위 아래쪽 빈틈에 삐죽 나온 게 보였다. 성게알을 먹을 수 있다는 걸 알았다. 하지만 어떻게 알을 구하나? 온통 가시로 되어 있는데. 맨손으로 잡을 수는 없었.

뒤에서 발소리가 났고 제리가 바위 위로 기어올라 내 옆으로 왔다.

"나아졌어?"

제리가 물었다.
"나아?"
"계속 잤잖아. 아팠잖아."
"안 아파."
"어."
제리는 내 옆에 드러누워 손가락을 물속으로 뻗었다. 블랭키가 제리의 가슴팍에 있었다.
"난 여기가 좋아. 물고기 보는 게 좋아."
제리가 말을 멈췄지만 나는 아무 대꾸도 하지 않았다.
"고기가 여기로 헤엄쳐 오면 손을 뻗어서 잡을 수 있으면 좋겠어. 맨손으로 잡을 수 있으면 좋겠어."
제리는 또 말을 멈추고 두 손을 물속에서 꼼지락거렸다.
"너무 배가 고파."
제리가 말했다. 말투에 울음기가 배어 있었다.
나는 눈을 감았다.
"키가 크나 봐."
잠시 뒤에 제리가 말했다.
"배가 자꾸 고프다고 하면 엄마는 내가 크느라 그런다고 그랬어."
나는 대답하지 않았다.
"우유 먹고 싶어. 시리얼하고."
나는 이를 갈았다.
"아니면 핫도그. 형아도 핫도그 먹고 싶어?"
이 가는 소리가 귀에 울렸다. 입안에 침이 고였다.

"형아도 배고파?"

"배고프냐고!"

나는 못 참고 폭발했다. 벌떡 일어섰고 내가 제리 위에 위압적으로 서 있다는 걸 느꼈다.

"굶어 죽을 것 같아! 우리 다 굶주려 있다고."

내가 소리쳤다.

제리의 눈에 두려움이 가득했다. 나는 내가 동생을 걷어차지 않을까 두려웠다. 왜 이렇게 가까이 와 있는 거야?

나는 돌아서서 바위에서 얕은 물로 뛰어내렸다. 철벅거리며 물가로 가다가 발이 걸려 넘어졌다. 작은 바위에 정강이를 부딪쳤다. 상처가 났고 피가 흐르기 시작했다.

나는 제리를 돌아보며 소리를 질렀다.

"네가 무슨 짓을 했는지 봐! 피가 나잖아."

딜런이 내 옆으로 다가와 손을 뻗었다. 나는 손을 쳐 냈다.

"저리 가. 둘 다. 나 좀 내버려 둬."

내가 소리치며 딜런을 계속 밀어냈다. 나는 또 비틀거리다가 모래에 주저앉았다.

"나는 이러기는…… 난 그저……."

나는 말을 맺지 않았다.

그때 제리가 내 옆에 와서 앉았고 딜런은 다른 쪽에 앉았다. 딜런은 내 손을 잡아 쥐었고 나는 손을 빼지 않았다. 제리는 블랭키를 말아서 내 얼굴에 대어 주었다. 나는 블랭키를 받아들고 거기에 얼굴을 묻고 울기 시작했다. 블랭키를 눈과 코에 대고 눌렀고, 딜런에게 손을 잡힌 채로 울었다. 울고 울고 또 울었다.

마침내 울음을 멈추자 딜런은 나를 천막으로 데리고 갔고 제리는 바위에 머물렀다. 블랭키를 꼭 안고 웅덩이를 들여다보고 있었다. 딜런은 마치 내가 노인이나 되는 듯 내 팔을 부축했다. 우리 둘 사이의 공기는 부드럽게 녹아 있었다. 딜런이 나한테 그늘에 앉으라고 했고 나는 시키는 대로 했다. 딜런이 물 한 컵을 갖다 주어 물을 마셨다. 딜런은 물을 만드는 증류 액화 장치를 설명했고 나는 들었다.

"넌 천재야."

내가 말했다.

"내가 만든 게 아니야. 책에서 읽은 거야."

"그래도 천재야. 그걸 잊지 않았으니."

나는 딜런이 입을 다물기를 바랐다. 다시 자고 싶었다. 그때 제리가 바위 더미 위에서 올라와 하늘을 뒤로 하고 선 모습이 보였다. 너무 말라 보여 똑바로 쳐다보기 힘들었다. 머리카락은 길게 자라 있었다. 나는 고개를 돌렸다. 내 옆에서 딜런이 소리 없이 웃었다.

"왜?"

제리가 가까이 오며 물었다. 목소리에 감출 수 없는 웃음기가 있었다.

"웃옷 아래에 뭐 있어?"

딜런이 물었다.

"무슨 소리야?"

제리가 말했다.

"웃옷 속에 뭐 숨겼냐고? 아기가 생긴 것 같아."

"바보 같은 소리 그만해."

내가 말했다.

"봐."

딜런이 내 팔을 당겼다.

"봐봐."

고개를 돌릴 필요도 없었다. 제리가 돌아와서 내 앞에 섰다.

웃옷 아래에 무언가를 감춰 놓아서 웃옷이 불룩 튀어나와 있었다. 한 손에는 긴 막대기를 들었고 두 팔로 불룩한 배 아래쪽을 받쳤다. 우스꽝스러운 모습이었다.

"장난 그만해."

내가 말했다. 좀 전에 있었던 일 때문에 아직도 속이 떨리는데, 동생들은 바보처럼 장난이나 쳤다.

"어! 나온다!"

제리가 말했다.

딜런이 큰 소리로 웃기 시작했고 제리는 제정신이 아니었다.

"그만해, 바보들아."

나는 이렇게 말하며 제리를 밀었다.

제리는 뒤로 밀리며, 웃으며, 웃옷을 들췄다. 물고기가 떨어졌다. 커다란 물고기. 길이가 60센티는 되고 폭이 40센티는 되는 도다리였다. 철썩. 탁. 모래 위에. 대가리를 위로 하고. 도다리의 두 눈이 멍하게 허공을 올려다봤다. 도다리. 먹을 것. 아주 푸짐한 음식.

딜런은 소리를 지르며 벌떡 일어나 제리의 어깨를 쳤다.

"고기잖아! 제리가 고기를 잡았어!"

"어디에서 잡았어?"

나는 앉은 채로 그게 텔레비전 프로그램에 나오는 소품 물고기라도 되는 듯 멍하니 쳐다봤다.

"찔러서 잡았어. 내 작살로 찔렀어."

제리가 말했다.

"네 작살?"

내가 물었다.

"응."

딜런은 자기 작살을 보여 주었다. 끝을 뾰족하게 깎은 나무막대기였다.

"형아들이 간 다음에 바위에 엎드려서 물을 보는데 이게 왔어. 고기가 가만히 있을 때 작살을 물에 넣고 또 기다렸어. 물이 다시 잔잔해졌을 때 작살로 고기를 찔렀는데 고기가 죽어서 이렇게 된 거야……. 내가 잡았어. 나 혼자서."

딜런은 제리를 꼭 안았다.

나는 무릎을 탁 쳤다. 정말로 그렇게 했다. 노인네처럼, 무릎을 쳤다.

"끝내준다."

내가 제리에게 말했다.

"넌 괴물이야!"

그러자 제리가 작살을 공중으로 쳐들고 타잔처럼 소리를 지르더니 하늘에 대고 외쳤다.

"이제 괴물 소동을 벌이자!"

그 말에 나는 벌떡 일어나 소리를 지르고 고릴라처럼 가슴을 두드리고는 제리를 들어 올려 무등을 태웠다. 딜런은 우리 뒤를 따라오며 손으로 나팔을 부는 시늉을 했다. 제리는 웃으면서 가늘고 높은 목소리로 나에게 명령을 내렸다. 우리는 소리를 지르고 빙빙 돌면서 모래를 헤치고 나뭇잎을 색종이조각 뿌리듯 뿌리고 언덕 위를 달려 올라갔다 내려갔다 했다. 그리고 제리는 바위 위에 우뚝 서서 작살을 휘둘렀고 딜런과 나는 개처럼 울부짖었다. 그러다가 힘이 빠졌다. 우리는 서로 어깨동무를 하고 고기가 모래 위에 누워 있는 곳으로 돌아왔다. 고기가 우리 저녁거리고 이제 요리를 할 생각이었지만, 일단 서서 고기를 감상하며 그 물고기가 우리 발치 모래 위에서 우리를 기다리는 기적 같은 현실에 감탄했다.

나는 제리의 어깨를 꽉 잡았다.

"잘했어."

내 말에 제리는 웃을 듯 말 듯하며 혀를 쏙 내밀었다.

우리는 도다리를 익혀 한 입도 남기지 않고 먹어치웠다. 아주 큰 고기였고 우리는 배부르게 먹었다. 추수감사절보다 더했다. 더 맛있었다.

배가 터질 것 같았다. 앉아서 고기를 입에 쑤셔 넣을 때 내 팔다리가 "더! 더!" 하고 외치는 것 같았다. 피가 음식을 최대한 빨리 팔다리로 실어 날랐다. 저녁을 먹고 일어서니 한 뼘은 키가 더 커진 것 같았다. 키는 한 뼘 더 커지고 배 둘레는 세 뼘은 더 늘어난 것 같았다.

딜런은 일어나지도 않았다. 그대로 모래 위에 드러누워 배에 두 손을 올려놓았다. 별을 바라보지도 않았다. 눈을 감고 신음 소리를 냈다.

제리는 담요를 안고 손가락을 빨았다. 하나씩. 그러더니 담요에 손을 닦았다. 그리고는 담요를 얼굴에 대고 냄새를 맡았다.

"좀 남겨 둘 걸 그랬나?"

내가 물었다.

"아니."

둘이 동시에 대답했다. 우리는 웃을 기운도 없었다. 웃자니 배가 너무 아프기도 했고.

"우린 괴물이야."

내가 말했다.

딜런이 다시 신음 소리를 냈다.

"내 모래구멍에 가서 구명조끼 베고 좀 누워야겠다."

내가 말했다.

딜런이 천천히 몸을 일으키며 말했다.

"나도 따라갈래."

제리도 따라왔다. 어두운 천막 안에 우리는 천천히 몸을 뉘었다. 우리는 말없이 파도 소리와 바다포도 잎에서 나는 바람 소리에 귀를 기울였다. 우리 옛집 침대에 누워서 길에서 나는 자동차 소리와 큰길로 달려가는 트럭, 읍내로 지나가며 한밤에 경적을 울리는 기차 소리를 듣던 것을 떠올렸다. 지금은 그런 소리가 영화에나 나오는 소리처럼 여겨졌다. 지금은 바람과 파도와 바다포도 잎과 천막 밖에서 도마뱀 지나가는 소리가 들렸다. 나는 눈을 감았다.

"이야기 듣고 싶어."

제리가 말했다.

반쯤 잠이 들었다가 깨어 내가 말했다.

"내가 해 줄게. 옛날 옛날에 삼형제가 살았는데 난파해서 무인도에 살았어. 너무 피곤했고 자고 싶었어. 끝. 이제 자자."

"형아—아."

제리가 징징거렸다.

"쉿."

딜런이 말했다.

"내가 진짜 이야기해 줄게. 옛날 옛날에 어떤 엄마가 살았는데 이름이 크리스틴이었어."

"딜런."

내가 쉿소리를 냈다.

제리는 누워 있는 자리에서 꿈쩍도 하지 않았다.

"크리스틴이라는 엄마가 있었는데, 아들이 셋 있었어."

딜런은 이야기를 계속했다.

제리는 어둠 속에서 숨조차 쉬지 않고 들었다.

"엄마가 아주 작은 아기였던 막내 젖을 먹일 때는 늘 하얀 담요로 감싸 안았지. 아기가 자라서 젖병으로 우유를 먹기 시작한 다음에는, 아기가 우유를 먹을 때 블랭키를 늘 아기 얼굴 옆에 대 주었어. 엄마는 아기를 내려다보며 말했지. '아가 네가 우리 누기니? 세상에서 제일 귀여운 우리 누기야?' 그러면 아기는 엄마를 올려다보고 아무 말도 하지 않았어. 말을 할 줄 몰랐거든. 형들은 도대체 누기가 뭘까 궁금했지만 물어보지 않았어. 이게 이야기 끝이야."

나는 나도 제리처럼 꿈쩍도 하지 않는다는 걸 깨달았다. 딜런의 이야기를 잔뜩 긴장하고 듣고 있었다.

제리는 숨을 천천히 후우 내쉬었다.

"형아. 슬픈 얘기잖아."

제리가 원망하듯 말했다.

"아니야. 행복한 이야기야. 아기를 아주 사랑하는 엄마 이야기야."

"하지만 엄마는 가 버렸잖아."

제리가 아주 작은 소리로 말했다.

"그렇다고 널 사랑하지 않는 건 아니야."

딜런이 말했다.

제리는 말이 없었다.

나도 마찬가지였다. 무슨 말을 할 수 있겠는가? 현재가 과거를 바꾸지는 않는다. 과거에 이런 일들이 많았다는 사실이 현재를 견딜 수 있게 하는가? 과거가 실제인가? 아직도 실제인가? 엄마가 어딘가에 살아 있나? 아빠가?

나는 일어나 구명조끼 베개를 탕탕 친 다음 다시 누웠다. 어떨 때는 정말 잠을 자기가 힘들었다.

굶주림 253

아빠 찾으러 가자

 이틀 뒤, 딜런은 끈과 철사로 만든 덫으로 이구아나를 잡았다. 딜런이 언덕에서 이구아나 꼬리를 잡고 과학경진대회에서 우승이라도 한 것 같은 표정으로 웃으며 내려오는 모습을 보았을 때는 이틀 전에 먹은 도다리가 아직 소화가 안 된 것 같은 기분이 들었다. 딜런은 앉아서 껍질을 벗기고 배를 가르기 시작했다.
 아름다운 광경은 아니었다. 피와 내장 범벅이었다. 제리와 나는 보지 않으려고 했지만, 딜런은 천막 바로 옆에서 팔꿈치까지 피투성이가 되어 앉아 있었다. 완전히 집중한 상태로 조심스레 가죽을 벗기고 먹을 수 있는 고기를 냄비에 담았다. 다 끝나고 나서 우리를 보며 웃음을 지었다.
 "배고프지."
 딜런이 말했다.
 우리는 고개를 끄덕였지만, 솔직히 말해 그 과정을 다 보고 나니

입맛이 좀 사라졌다.

"잘됐다."

딜런이 말했다.

"굽자. 내장하고 그런 것은 낚시 미끼로 남겨 둬야겠어. 썩기 전까지는 쓸 수 있겠지."

그날 밤 우리는 이구아나와 백년초를 구웠다. 뜻밖에 맛이 좋았다. 다 먹지 못해 딜런이 꼼꼼하게 싸서 게가 꼬이지 않게 나무에 매달아 놓았다. 다음 날 아침 나머지를 먹었다. 제리는 블랭키와 작살을 들고 도다리를 잡으러 바위로 갔다. 블랭키만 있으면 제리는 오전 내내라도 가만히 그러고 있을 수 있었다. 딜런은 먹을 것을 찾으러 언덕으로 갔다.

이 섬에 온 지 3주쯤 되었는데 먹을 것을 구해 오지 않은 사람은 나뿐이었다. 나도 일어나서 뭔가를 잡아 와야 할 때가 되었다. 작살총을 쓸 작정이었다. 하지만 작살총을 쓰려면 배를 타고 산호초 바깥쪽으로 가야 했다. 딩기를 요트로 바꾸어야 한다는 말이다. 그런데 어떻게 해야 하는지 뾰족한 수가 떠오르지 않았다.

무언가를 만들거나 고치는 문제를 해결하는 첫 단계는 가만히 앉아서 들여다보는 것이다. 가만히 앉아서 한참 들여다보면 아이디어가 머릿속에 떠다니고 그러다가 그럴 듯한 생각이 자리 잡기 시작한다. 지금 해야 할 일은 요트란 어떤 모양이 되어야 하는가를 생각하는 일이었다. 나는 딩기를 똑바로 놓고 몇 걸음 물러선 뒤에 가만히 앉아서 쳐다봤다.

딩기 말고도 여러 가지 생각을 했다. 상상 속의 내 차에 같이 타곤

하던 여자아이를 생각했다. 엄마를 생각했다. 이 섬 남동쪽 해안이 바다로 바로 떨어지는 깎아지른 절벽이라는 생각을 했다. 키에 놓인 아빠의 손이 어떤 모양이었는지, 돛을 살필 때 아빠가 어떻게 얼굴을 찡그렸는지를 생각했다.

그러다가 우리가 노 젓는 배를 타고 호수로 나가다 내가 노 하나를 잃어버렸을 때가 생각났다. 아빠는 배 한가운데에 서더니, 셔츠 단추를 풀고 셔츠를 활짝 펼쳤다. 아빠는 돛이 있어야 할 방향으로 돌아섰다.

"노 하나를 키로 삼아."

아빠가 말했다. 나는 노를 선미 쪽 물속에 넣고 방향을 잡았고 바람이 아빠의 셔츠에 가로막히면서 배가 조금씩 움직이기 시작했다. 우리는 마스트도, 돛도, 키도 없이 범주를 했다. 아빠가 그렇게 쉽게 노 젓는 배를 돛단배로 바꾸었으니, 나도 할 수 있을 것이다.

조각 조각 조금씩 떠올랐다. 스피니커 돛대를 마스트로 쓰고. 지브 돛을 잘라서 돛을 만들고. 밧줄은 얼마든지 있었다. 연장상자가 있으니 나뭇가지로 키 겸 키 손잡이를 만들 수 있을 것이다. 야자나무 잎 가운데 줄기가 매끈하고 평평하니 쓸 만할 것이다. 활대? 활대는 필요 없다. 별나게 멋진 요트를 만들려는 게 아니니까. 산호초까지 왔다 갔다 하는 데에만 쓰면 된다.

나는 천막으로 가서 천막을 받치는 스피니커 돛대를 빼냈다. 천막은 무너졌지만, 요트 만들기가 시작되었다. 닷새 뒤, 천막도 고치고 요트도 만들었다.

딜런과 제리가 감탄하며 구경하러 왔기에 돛대를 앞쪽 의자에 구멍을 뚫고 묶은 것과 지삭을 만들어 마스트 위쪽을 고정한 것도 보여 주었다. 원래 돛의 위쪽과 아래쪽 귀퉁이에 있는 돛줄고리를 이용해 돛을 마스트에 달았다. 키 겸 키 손잡이도 완성되었다. 야자 잎줄기 두 개를 연결해서 만들었다.

멋지지는 않았지만 그래도 가긴 갔다. 물론 바람을 거슬러 가지는 못했다. 최대한 바람을 마주 보는 방향이 60도 정도였다. 지그재그를 그리며 느리게 가기는 해도 어디로든 가고 싶은 대로 갈 수는 있었다.

"형은 천재야."

딜런이 내 작품에 감탄하며 말했다. 제리는 뭔가 다른 생각을 하고 있었다. 딜런이 이구아나를 잡으러 간 뒤에도 제리는 내 곁에 남아 있었다. 배를 타고 산호초까지 갔다가 돌아왔는데 제리도 따라왔다. 돌아와서 정리하는 것도 거들어 주었다.

천막으로 걸어 돌아오는데 제리가 손을 뻗어 내 손을 잡았다.

"형아."

제리가 나를 살짝 당겨서 나는 제리를 내려다보았다.

"이제 가서 아빠 찾을 수 있지."

제리가 말했다.

나는 그 자리에 멈춰 섰다. 갑자기 문이 열리고 삶을 전혀 다른 관점에서 보게 되는 흔치 않은 순간이었다. 제리의 빛나는 얼굴과 행복한 기대감이 내 눈앞에 확 펼쳐졌고 나는 벼락처럼 알게 되었다. 잠에서 깨어 아빠가 사라진 것을 알게 된 순간부터 딩기가 돛단배가 된 지금 이 순간까지가 제리에게는 현실이 아니라 막간이었던 것이다.

"무슨 말이야, 제리?"

"이제 폭풍이 오기 전에 우리가 있던 데로 돌아가서 아빠를 찾을 수 있게 됐잖아."

제리에게는 너무나 단순한 일이었다. 테이프를 되돌린다. 영화를 다시 쓴다. 이번에는 결말을 다르게 수정한다.

딜런이 옆에 있었으면 했다. 내가 하고 싶은 말은 제리에게는 잔인한 말이라는 것을 알았기 때문이다. 나는 눈부신 햇살 속에 눈을 감았다. 제리의 가는 손가락이 내 손바닥에 딱딱하게 느껴졌다.

"그러면,"

제리가 말을 이었다.

"집으로 돌아갈 수 있어……. 다 같이."

"제리……."

내가 입을 열었다. 하지만 무슨 말을 할 수 있나? 무어라고 하든 제리는 상처를 받을 것이다. 진실은 냉혹하니까. 그래서 나는 속임수를 썼다. 거짓말을 했다.

"지금쯤 고깃배가 아빠를 벌써 찾았을 거야. 지금 아빠는 우리를 찾고 있어. 우리는 여기에서 기다리는 게 최선이야. 한곳에 머물러 있어야 아빠가 우릴 찾기 쉬워지니까."

"우리를 데리러 와?"

나는 제리 눈을 들여다보았다. 파란 눈. 하늘처럼 파란 눈. 흔하게 듣는 말이지만 문득 누군가의 눈을 들여다보았을 때 정말 그런 눈이 있다. 하늘처럼 파란 눈. 충격이다. 6년 동안 날마다 본 누군가의 눈이 그렇다면 더더군다나.

"그래."
내가 말했다.
제리가 다시 나를 보았다.
"다행이다."
제리가 조용히 말했다. 살짝 한숨을 내쉬었다.
"빨리 왔으면 좋겠어."

물고기 사냥

 그 뒤로 매일 아침 나는 딩기 돛단배를 타고 산호초로 가서 고기를 잡으려고 했다. 쉬우리라고 생각했는데 그렇지가 않았다. 산호만 무수히 작살에 맞았다. 빈손으로 돌아가지 않으려고 산호초에 사는 작은 가재를 몇 번 잡기도 했다. 성게가 숨을 만한 곳을 찾고 막대기로 성게를 건져내는 방법도 알게 되었다. 성게를 먹는 법도 알게 됐다. 하지만 내가 잡은 고기는 닻줄에 얽힌 모자반 덩어리에 걸려 있던 고기 한 마리뿐이었다.
 또 딩기가 기대한 만큼 좋은 돛단배가 아니었다. 수리하는 데 시간이 많이 들었고 바람이 반대 방향으로 불 때는 100미터쯤 가는 데도 한참이 걸렸다. 힘든 일이었다.
 그래도, 산호초는 평화롭고 신비한 세계였다. 지금껏 본 다른 산호초와는 달랐다. 이곳은 내가 잘 아는 곳이기 때문이었다. 날마다 헤엄을 쳤다. 거대한 뇌 모양의 산호를 보고도 놀라지 않았다. 늘 보기 때문이다. 그게 사라졌다면 오히려 놀랐을 것이다. 가지뿔산호, 깃털 모양 산호도 늘 그 자리에 있었다. 전날과 마찬가지로 그 자리에서 물살에 흔들렸고 해 기울기에 따라 색깔을 바꾸었다. 물살에 따라 방향은 바뀌었지만 있는 자리는 날마다 똑같았다. 그림자가 스치고 지나가는 것은 문어가 갑자기 숨어드는 것임을 알게 되었다. 모래 속에 사는 조그만 뱀장어가 머리만 쏙 내밀고 있다가 내가 물살을 만들면 사라지곤 하는 것도 보았다. 눈부신 파란색 페더슨청소새우가 산호를 청소하는 것도 보았다. 이 새우들은 산호를 병들게 하는 진흙이나 곰팡이균을 먹어치운다. 네온고비 한 떼가 뇌 모양 산호가 이루는 미로 속에서 한 덩어리가 되어 반짝이며 지나가는 것도 언뜻 보았다.

  산호초에 대해 잘 알게 되었지만 작살을 날릴 만큼 큰 고기는 보지 못했다. 조수 때문인지 몰랐다. 내가 너무 시끄러워서일 수도 있다. 나는 밑밥을 뿌리기로 했다. 남은 고기나 물고기 조각을 주위에 미끼 삼아 뿌렸다. 밑밥에 고기가 꼬이면 적중 확률이 높아진다. 처음 시도했을 때 효과가 있었다. 큼직한 참바리가 냄새를 맡고 왔는데 미처 준비가 안 되어 있었다. 쏘았지만 놓치고 말았다. 줄을 감고 총을 다시 겨냥했을 때는 참바리도 미끼도 사라지고 없었다. 또 하루 허탕을 치고 말았다. 이튿날 다시 시도했으나 또 놓쳤다. 밑밥이 얼마 남지 않았으니 물고기가 한 마리 이상 꼬일 만한 장소를 고르기로 했다. 작은 바닷가에서 커다란 징검다리처럼 바다 쪽으로 늘어선 바위 사이에서 사냥을 하기로 했다.

  여기에서는 산호초가 갈라지고 짙푸른 바닷물이 바위까지 뻗어 있어 깊고 잔잔한 물이 고여 있다. 반쯤 물 밖으로 나온 바위 옆에 있는 깊은 물이 고기들이 좋아하는 먹잇감이 풍부한 곳이 아닐까 하는 생각을 했다. 여기는 바위가 많고 닻을 내리기 힘들어 낚시하기가 힘든 곳이었다. 그래도 한번 해 보기로 했다.

바위 끝부분에 딩기를 세웠을 때는 바람이 거의 없고 바다가 고요했다. 닻혀를 두 바위 사이 얕은 모래 바닥에 꽂았다. 섬에서 가장 먼 바위에 닻을 내리고 돌아보니 제리가 평평한 바위에 담요를 턱에 대고 엎드려 있는 게 보였다. 작살 끝을 조용히 물에 담그고 있었다. 딜런은 언덕 위로 올라가는 길이었다. 뭐라도 쓸 만한 것을 찾으면 가져오려고 낡은 셔츠를 들고 갔다. 딜런은 내가 바위 사이에 있는 것을 보고 손을 흔들었고 제리도 내가 닻을 내리는 소리를 듣고 고개를 들었다.

제리가 엎드린 바위에 파도가 조용히 부서졌다. 내가 있는 곳에서는 파도가 둥근 바위 둘레에 조용히 물을 튕기고 물러갔다. 나는 딩기 안에서 잠시 흔들렸다. 머리 위 태양이 뜨거웠다. 나는 낡은 돛 조각에 싸 놓은 밑밥과 작살을 들고 조용히 물속으로 들어갔다.

여기는 물이 차갑고 어두웠지만 그래도 물속을 볼 수 있었다. 물속에 들어가니 이 바위들이 산에서 굴러 떨어져 바다에 떨어진 게 아니라는 걸 알 수 있었다. 마치 빙산에서 떨어져 나온 거대한 얼음 덩어리처럼 보였다. 섬에서 거대한 덩어리가 떨어져 나와 천천히 바다에 잠겨 지금은 꼭대기만 물 밖으로 나와 있는 모양이었다. 물속에 잠긴 면은 뾰족한 산호로 가득 덮였고 조그만 물고기들이 우글거렸다. 성게 가시가 바위 틈새로 까만 바늘처럼 솟아 있었다. 내 바로 왼팔 옆에서 말미잘이 연두색 촉수의 보라색 끝을 흔들었다. 물속에 뭐가 어찌나 많은지 내 주위에 잡히기를 기다리는 고기가 가득하리라는 생각이 들었다.

나는 좁은 원을 그리며 헤엄을 치면서 밑밥을 세 군데에 떨어뜨리고 물 위로 올라와 숨을 쉬었다. 눈부신 햇살 속에서 딜런이 언덕 위로 조금 더 올라간 것이 보였다. 딜런은 다시 나를 돌아보았다. 다시 손을 흔들었다. 나는 숨을 깊이 들이마시고 잠수했다.

눈에 물이 가득 고였다. 조그만 물고기들이 작살총 바로 앞에서 헤엄쳤다. 그러더니 갑자기 참바리 세 마리가 미끼를 향해 미끄러져 왔다. 해가 머리 위에 있었지만 다행히 내 그림자는 내 뒤쪽에 있었다. 나는 가장 큰 물고기 위에서 고기 옆면을 보고 있었다. 겨냥했다. 고기의 약간 앞쪽을 겨누었다. 방아쇠를 당겼다. 탕. 슝. 퍽. 순식간에 참바리 두 마리가 사라졌다. 그렇지만 가장 큰 고기 한 마리는 남아 있었다. 내 작살을 아가미 위쪽에 맞은 채로 물에 떠 있었다. 명중한 것이다. 고기는 물속에서 꿈쩍을 못했다. 해냈다. 마침내, 작살로 고기를 잡았다. 나는 전리품을 가지고 돌아서려고 몸을 돌렸다.

그런데 10미터쯤 떨어진 곳에서 거대한 귀상어가 천천히 다가오고 있었다. 잿빛, 기다란 몸, 무자비한 모습으로, 넓적하고 무시무시한 얼굴을 천천히 양옆으로 흔들며 뿌려 놓은 밑밥 한가운데에서 피를 줄줄 흘리는 커다란 고기를 들고 있는 나를 향해 똑바로 다가왔다.

나는 움직일 수가 없었다. 그냥 보고만 있었다. 상어는 나보다 두 배는 더 컸고, 딩기와 나 사이의 바다를 모두 차지하고 있었다. 숨을 쉬거나 헤엄쳐 도망가거나 바위 위로 올라가려면 어쨌든 물 위로 올라가야 했다. 그런데 움직일 수가 없었다.

나는 피가 귀로 쏠리는 것을 느꼈고 귀상어가 육중한 고개를 흔들어 일어나는 물살이 몸으로 느껴지는 것 같았다. 귀상어는 나를 향해 확고하게 천천히 다가오고 있었다. 귀상어는 서두를 필요가 없었다. 내가 할 수 있는 일이 아무것도 없었으니.

그때 내 옆에서 물거품과 소음이 폭발하듯 터졌다. 아이의 두 다리가 미친 듯이 물을 차며 투명한 파란 물을 튀기는 것을 보았다. 또 아이의 두 손이 수면을 치며 날카로운 소리를 물속으로 울려 보냈다. 뭐에 홀린 듯이 있던 나는 그제야 정신을 차리고 물 위로 올라와 숨을 헉 들이마셨다. 제리와 딜런이 내 옆에서 헤엄을 치며 물장구를 치고 소리를 지르며 물을 튀겼다. 상어의 지느러미가 멈췄다. 물 한가운데에 멈춰 우리 셋을 보고 있었다.

"고기 던져, 바보!"

딜런이 소리쳤다.

나는 작살에서 참바리를 빼어 힘껏 바다 멀리 던졌다.

상어 등지느러미는 잠시 멈춰 있더니 천천히 돌아 참바리가 물로 가라앉은 바로 그 지점을 향해 유유히 헤엄쳐 갔다.

상어도 사라지고, 우리 셋은 물속에서 헤엄을 치고 있었다. 심장이 두방망이질 치고 숨이 가빴다.

"이 바보들! 잡아먹힐……."

내가 소리를 질렀다.

"큰 소리를 내면 겁을 먹어."

딜런이 헐떡이며 말했다.

우리는 숨을 몰아쉬며 물 위에 떠 있다가 갑자기 제리를 돌아보았다.

제리는 팔다리를 미친 듯이 휘저었다. 머리를 겨우 물 위로 내밀고 숨을 헥헥 내쉬었다. 나는 팔을 뻗어 제리를 잡았다.

"놔."

제리가 얼른 말했다. 제리는 배를 보았고 나는 손을 놓았다.

"딩기까지 갈 수 있어?"

내가 물었다.

제리는 방금 뛰어내린 바위 옆면을 보았다. 너무 가파르고 높아서 올라가기 힘들었다. 제리는 팔다리를 미친 듯 휘저었다. 그러더니 얼른 고개를 끄덕이고 천천히 바다를 가로질러 가기 시작했다. 물을 뱉으며 눈을 깜박거렸다.

"손을 컵 모양으로 만들어. 그럼 더 잘 나가."

딜런이 말했다.

제리는 얼른 손가락 끝에 힘을 주었다.

"엉덩이를 좀 더 높이 들어 봐. 그러면 발차기하기가 더 쉬워."

내가 말했다.

제리가 애쓰는 게 보였다. 딜런과 나는 천천히 제리를 따라갔다. 우리에게는 쉬운 일이었다. 제리에게는 너무 힘들었다. 제리는 딩기에서 눈을 떼지 않았다. 도와달라고 우리를 돌아보지도 않았다. 발차기를 하고 물을 뱉고 팔을 휘젓고 눈을 깜박였다. 결국 딩기까지 혼자 힘으로 갔다. 딜런이 먼저 올라가 제리의 겨드랑이를 잡았다.

나는 제리의 엉덩이를 배로 밀어 올렸다.

"언제 수영하는 법 배웠어?"

내가 제리에게 물었다.

제리는 어깨를 으쓱하더니 고개를 돌렸다. 제리는 온몸을 달달 떨었다.

나는 돛을 펴고 우리 바닷가 쪽으로 딩기를 돌렸다. 딩기 앞쪽에 돛을 세워서 셋이 타기에는 좁았다. 하지만 바람이 순풍이라 10분 만에 바닷가에 닿을 수 있었다. 뭍에 닿아 딩기를 위로 끌어 올릴 때까지 제리는 축 늘어져서 숨을 헐떡였다. 오늘도 아무것도 잡지 못했다.

"고마워."

내가 동생들에게 말했다.

"응."

딜런은 벌써 천막을 향해 가는 길이었다.

나는 몸을 구부리고 제리의 얼굴을 들여다보았다.

"정말 용감했어."

내가 말했다.

제리는 말없이 고개를 숙였다.

"왜 그랬어?"

"우리 형이니까."

제리가 말하고는 내가 돛을 접는 것을 도와주려고 말없이 기다렸다.

옛날 옛날에

그날 밤에는 별이 너무나 많아 딜런도 별자리 이야기를 할 수가 없었다. 달이 없어 마치 밤하늘에 반짝이를 쏟아 놓은 것 같았다. 눈부시게 빛나며 별들이 서로 뒤섞였다. 우리는 모래밭에 드러누워 말없이 하늘을 올려다보았다.

"별자리 이야기 안 해 줄 거야?"

마침내 제리가 딜런에게 물었다.

"응. 오늘은 없어."

딜런이 말했다.

"이야기 듣고 싶어."

제리가 말했다.

딜런은 잠시 조용하더니 입을 열었다.

"아기 제리 이야기해 줄게."

"좋아."

제리는 편하게 누우려고 몸을 꼼지락거렸다.

"옛날 옛날에 크리스틴이라는 엄마가 있었는데 아들이 둘 있었어."

"나는?"

제리가 물었다.

"네가 태어날 때 이야기야."

"아."

"엄마는 두 아들한테 말했어. '얘들아, 조금 있으면 남동생이나 여동생이 생길 거야.' 그러다가 어느 날, 엄마가 이상한 소리를 냈고 아빠는 병원으로 엄마를 데리고 갔어. 아들이라는 걸 알고 엄마는 이렇게 말했지. '완벽해.'"

"그건 네가 지어낸 거지. 엄마가 뭐라고 말했는지 모르잖아."

내가 말했다.

"괜찮아. 상관없어."

제리가 말했다.

"아무튼."

딜런이 이야기를 이어나갔다.

"그날 밤 아빠는 형이랑 나를 데리고 가서 널 보여 줬고 나는 너한테 군인 장난감 하나를 줬어. 난 네 이름을 티미라고 지으면 좋겠다고 했지."

"그런데 제리라고 지었지."

제리가 말했다.

"사실은 제러드라고 지었어. 하지만 제러드라고 할 때마다 목에 걸렸어. 그래서 제리가 된 거야."

내가 말했다.

"제리가 좋아."

제리가 말했다.

"너한테 잘 어울려."

딜런이 말했다.

"아무튼, 다음 날 유치원 갔다 집에 와 보니 엄마랑 네가 병원에서 돌아와 있었어. 엄마가 나한테 널 안아 보게 했지. 넌 강아지처럼 꼼지락거렸어. 엄마가 다시 널 안았는데 네가 옷에다가 토했어. 그래서 엄마가 나한테 이층에 가서 아기가 갈아입을 옷을 가지고 오라고 했어. 난 네 옷이 어디에 있는지 몰라서, 내 배트맨 파자마 윗도리를 가지고 내려갔지. 다행히 반팔이었어. 끝."

"이 이야기는 내 얘기가 아니라 형아 이야기잖아."

"흠, 내가 기억하는 게 그거뿐이라서."

"내 얘기 듣고 싶어."

그때 어떤 기억이 머리에 떠올랐다.

"제리 이야기 알아. 너만 나오는 거. 딜런, 제리가 아주 작을 때 아빠가 퇴근해서 집에 왔는데 엄마가 젖병으로 우유를 먹이고 있었을 때 기억나? 아빠가 소파에 앉아 신문을 보는데 엄마가 아빠한테 저녁 준비하는 동안 제리를 안고 있으라고 했지. 그래서 엄마가 제리가 신문을 넘어서 가는 것처럼 했던 거 생각나? 아빠는 신문을 내려놓고 제리를 봤지. 입을 벌리고 바보처럼 우쭈쭈쭈하면서 말야. 그때 제리가 아빠를 내려다보더니, 욱, 아빠 입에다가 토했어!"

딜런이 소리를 질렀다.

"생각나! 생각나! 엄마가 그냥 태연히 서서 말했지. '아, 트림을 안 시켰네.'"

"너무해!"

제리가 말했다. 제리는 화난 척했지만 제리도 웃었다. 조금은.

"그만해."

제리가 말했다. 하지만 우리는 웃음을 멈출 수가 없었다.

나는 일어나 앉았다.

"아, 트림을 안 시켰네."

그러고는 최대한 큰 소리로 트림을 했다. 아주 그럴 듯했다. 딜런도 더 시원한 소리로 트림을 했다.

"우리 누기."

내가 말하면서 제리를 잡아 머리통을 문질렀다.

"그만해! 그만하라고."

제리는 내 손을 치우고 가슴팍을 밀어냈다.

"불공평해."

"불공평?"

딜런이 물었다.

"그런 얘기에서는 다 나만 바보 같잖아."

"아냐, 아기라서 그래. 아기들은 원래 그러는 거야. 아기니까."

딜런이 말했다.

내가 한마디 거들었다.

"잠깐. 속상해하지 마, 제리. 딜런 얘기도 해 줄게. 딜런이 두 살

때쯤이니까, 난 일곱 살쯤 됐을 때야. 딜런이 막 말문이 트일 때인데 '여기 뭐 있어?'라는 놀이를 잘했지. 돌아다니다가 찬장이나 상자나 냄비 같은 걸 가리키면서 '여기 뭐 있어?'라고 물으면 엄마가 늘 안을 보여 줬어. 어느 날 밤 아빠랑 엄마가 어른들끼리 모이는 파티를 열었는데, 딜런하고 나도 잘 시간까지 어른들하고 있었어. 다들 부엌에 서서 맥주를 마시는데 딜런이 부엌에 와서 조리대에 기대어 있는 아빠를 올려다봤어. 딜런이 아빠 바지 지퍼를 가리키면서 물었어. '여기 뭐 있어?'"

"안 그랬어!"

딜런이 소리쳤어.

"그랬다니깐." 내가 말했다. "아빠 바로 옆에 서 있던 아저씨가 입에 맥주를 한 모금 물고 있다가 내 머리 위에 푸 하고 쏟아서 똑똑히 기억나. 다들 식탁을 치며 웃었고 엄마는 키친타올로 나를 닦아 줬지. 딜런은 대체 왜들 그러나 하고 보고. 아빠는 딜런을 안아 올리면서 이렇게 말했어. '역시 내 아들이야.' 그리고……."

그때 나는 아빠가 청바지를 입은 것을 기억했다. 아빠 다리에 매달렸던 것. 아빠가 손으로 내 머리를 쓰다듬던 것. 아빠는 손을 내려 내 어깨를 주무르다가 어깨를 감싸 안고는 얼굴을 들여다보고 웃으며 말했다. '잘 시간이다.'

"그리고 뭐?"

제리가 물었다.

"이게 진실이라는 것. 이야기 전부가 완전한, 절대적인 진실이야. 눈곱만큼도 내가 만들어 낸 건 없어."

우리는 드러누운 채로 좀 더 웃으며 별들을 바라보았다.
그때 어둠 속에서 제리 목소리가 들렸다.
"엄마가 내가 기억하는 것처럼 예뻤어?"
"응."
내가 말했다.
"좋은 냄새도 났고?"
"응."
"정말 엄마가 나한테 담요를 줬어, 딜런 형아?"
"하늘이 알고 땅이 아는 진실이지."
딜런이 말했다.
"엄마 보고 싶어."
제리가 말했다. 딜런과 나는 아무 말도 하지 않았다.

모든 게 무너져 내리다

 이렇게 우리는 이 섬에 정착했다. 크리설리스에서 가져온 물을 최대한 아껴 썼지만 바위 사이에 숨은 샘과 야자 잎줄기에서 물을 얻는 법도 알게 되었다. 딜런이 만든 세 대의 증류기에서 하루에 한 컵씩 물이 나왔고 좀 더 나올 때도 있었다. 제리는 작살뿐 아니라 낚싯바늘과 낚싯줄로도 고기를 낚았다. 딜런은 이구아나를 잡았고 새를 잡아올 때도 있었다. 또 언덕에 가서 늘 뭔가를 거둬 왔다. 선인장이나 날카로운 가시가 있는 열매도 있었다. 나는 산호초에서 고기를 잡았다. 어느 날 밤에는 천막 아래에 앉아 있는데 거북이가 해변으로 엉금엉금 기어 올라와 지느러미발로 구덩이를 파더니 알을 낳았다. 거북이는 그냥 보내 줬지만 알은 먹었다.
 이제는 배가 고프지 않았다. 목마르지도 않았다. 이 섬에서 살아가는 법을 터득하게 되었다. 오래 걸렸지만, 어떻게든 알게 됐다.
 그러다가 모든 게 무너져 내리기 시작한 날이 왔다. 날이 밝았을 때 우리는 늘 하던 대로 했다. 딜런은 먹을 것을 구하러 언덕으로 나섰다. 제리는 자갈로 성을 쌓고 게를 구경하고 잡을 수 있으면 뭘 잡으려고 담요를 들고 작은 바닷가로 갔다. 나는 산호초로 고기를 잡으러 갔다. 이제는 늘 상어를 조심했다.

평소보다 좀 늦게 큼직한 참바리 세 마리를 들고 돌아왔다. 제리는 천막에 돌아와 있었지만 오늘은 아무것도 잡지 못했다. 내가 고기 속을 비우는 동안 제리는 바다포도를 맛봤다. 나는 생선 두 마리는 종이처럼 얇게 저며 가지에 걸어 말렸다. 제리가 포도를 뱉었다.

"웩. 셔."

"딜런이 좀 더 있어야 익는다고 했어."

"맞아."

"제리, 엄마가 종이에 싸서 생선을 익힐 때 있잖아. 어떻게 했는지 생각나?"

제리는 고개를 저었다.

"흠. 좋아."

나는 세 번째 고기 속을 비우고 바다포도 잎에 싸서 구워 볼까 생각했다. 딜런이 돌아오면 어떻게 생각하는지 물어봐야지.

그런데 딜런이 돌아오지 않았다. 우리는 기다리고 또 기다렸다. 날이 어두워지고 나서야 너무 오래 기다렸다는 생각이 들었다. 딜런이 어두워질 때까지 산에 머물러 있을 리가 없었다. 어둠 속에서 내려오려면 길이 너무 위험할 테니. 지금 언덕 어딘가에서 밤을 보내고 있는 것이다. 왜 날이 저물기 전에 돌아오지 않았을까?

"딜런 형아 언제 와?"

제리가 물었다.

"좀 있으면."

내가 말했다.

"배고파. 먼저 먹어도 돼?"

나는 바다포도 잎은 까맣게 잊고 프라이팬에 물을 조금 넣고 생선을 얼른 익혔다. 이제는 생선이 익든 안 익든 별 신경 쓰지 않았다. 날로 먹어도 맛있다는 걸 알게 되었다. 그날 밤 우리는 말없이 생선을 먹고 뒤처리를 했다. 불씨를 묻어 두고 제리를 재웠다.

"난 딜런을 기다릴게."

내가 말했다.

그날 밤 잠을 자지 못했다. 고기 잡고 헤엄치느라 지쳐서 금방 잠이 들 줄 알았다. 그런데 바람 한 줄기, 나뭇잎 흔들리는 소리, 도마뱀이나 게가 지나가는 소리도 딜런이 돌아오는 소리로 들렸다. 뭐라고 말할지 계속 머릿속으로 생각했다. '어떻게 이렇게 늦게 올 수 있니. 제리가 걱정했잖아. 결국 먼저 재웠어. 내일 아침에 미안하다고 해라.' 시간이 지나고 나자 이렇게 바뀌었다. '걱정돼서 죽는 줄 알았어. 다시는 그러지 마.' 나중에는 '무사히 돌아와 정말 다행이다. 별일 없었어?' 그러다가 동이 트기 시작했고 구름 속에서 해가 올라오며 세상이 평평한 잿빛으로 뒤덮였다.

기다릴 때는 해가 어찌나 늦게 솟는지 신기한 일이다. 해가 뜨는 데 두 시간은 걸린 것 같았다. 처음 여명이 시작될 때부터 이제 충분히 밝아졌으니 제리를 깨우고 소식을 전해야겠다고 생각했을 때까지 두 시간은 걸렸다. 제리는 바로 알아들었다.

"넌 여기 있어."

내가 말했다.

"딜런이 돌아올지 모르니까. 난 가서 찾아볼게."

제리가 고개를 끄덕였다.

"저쪽 바닷가에도 가지 마. 여기 있어."

제리가 다시 고개를 끄덕였다.

"딜런이 돌아오면 큰 소리를 내. 망치로 뭘 두드린다거나. 방법을 생각해 봐. 그러면 내가 들을 수 있을지도 모르니까. 못 들을 수도 있고. 아무튼 해 봐."

"알았어."

제리가 말했다.

나는 물 한 병과 칼을 셔츠에 넣고 신발을 신었다.

"잘 갔다 와."

제리가 말했다. 나는 손을 들어 인사를 하고 언덕을 향해 갔다.

그 긴긴 밤 전에는 우리 섬이 얼마나 큰지 생각해 보질 않았다. 늘 어선 나무를 넘어 언덕을 올려다보고 서 있으니, 혼자 수색을 하는 일이 마치 커다란 종이를 볼펜으로 색칠하는 것하고 비슷하겠다는 생각이 들었다. 섬 전체를 뒤지려면 몇 시간이 걸릴 것이다. 시간이 중요한가? 빠른 방법이 있나? 다른 방법이 없었고, 일단 찾기 시작하는 수밖에 없었다. 그래서 언덕을 지그재그를 그리면서 넓게 천천히 올라가며 찾았다.

물론 가면서 계속 딜런을 불렀다. 딜런을 부르고 사방 위아래를 돌아보았다. 큰 수풀이 나오면 걸음을 멈추고 안을 들여다보았다.

언덕 여기저기에 딜런이 다녀간 흔적이 있었다. 딜런이 놓은 올가미. 덫 두 개. 선인장에서 잎을 잘라 낸 자리도 보였다. 흙 위에 뭔가를 쫓아가면서 남긴 흔적도 보였다. 아마 새를 쫓아갔을 것이다. 우리가 처음 왔던 이래로 언덕 풍경이 바뀌어 있었다. 이제 언덕은 딜런의 것이 되어 있었다. 딜런의 흔적은 사방에 있었지만 딜런은 보이지 않았다.

그때 남동쪽에 있는 절벽이 떠올랐다. 바로 물로 깎아지른 듯 떨어지는 절벽.

"맙소사."

나는 소리 내어 말했다. 걸음을 멈추고 섬 정상이 하늘과 맞닿은 점을 쳐다보았고 그제야 알 수 있었다. 딜런이 어디에 있는지. 목구멍이 턱 막혔고 발이 절로 언덕 꼭대기를 향해 달리기 시작했다.

머릿속이 뒤죽박죽이었다. 암붕.* 암붕이 있었나? 암붕을 본 게 기억이 난다. 얼마나 아래에? 얼마나 넓은가? 몇 개나? 어떤 바보가 절벽 가장자리로 가나? 딜런은 그런 바보짓을 할 아이가 아니다. 나는 공포에 휩싸였다. 제정신이 아니었다. 딜런은 절대로…… 세상에, 딜런이 절벽으로 간 거다. 거기에 있는 거다. 제발 무사하기를. 제발 다치지 않았기를. 제발…… 나는 딜런이 곧바로 물속으로 떨어지고 파도가 딜런을 잡아 바위에 되던지는 모습을 떠올리고 머리가 얼어붙는 것 같았다. 한 번. 두 번. 제발! 제발! 밧줄. 밧줄을 가져왔어야 했다. 하지만 상상도 못했던 일이었다. 조금도.

...
* 절벽이나 암벽에 선반 모양으로 튀어나온 부분.

나는 벼랑 끝에 섰다. 현기증이 났다. 나는 바닥에 엎드려 딜런을 불렀다. 바람에 내 목소리가 묻혀 버렸다. 나는 조금 더 가장자리로 가서 아래를 내려다보았다. 바로 아래. 암붕이 없었다. 아래는 바로 바다까지 낭떠러지였다. 속이 뒤집히는 것 같았다. 나는 뒤로 돌아누워 눈을 감았다.

"침착해. 침착해."

나는 다시 몸을 돌려 절벽 오른쪽 왼쪽을 돌아보았다. 그때 딜런의 웃옷자락이 바람이 나풀거리는 게 보였다. 딜런은 내 왼쪽으로 9미터쯤, 아래로 3미터쯤 내려간 자리에 있는 넓은 암붕에 누워 있었다. 그 위에는 절벽 끝에서 60센티미터쯤 되는 곳에 작은 암붕이 하나 더 있었다. 그 위에 매의 둥지가 있었다. 무슨 일이 있었는지 번뜩 떠올랐다. 새알이 있나 찾다가 떨어진 것이다. 딜런은 무서워서인지 추워서인지 절벽 쪽으로 굴러와 벽에 바싹 붙어 웅크리고 있었다. 그래서 바람에 나부끼는 웃옷자락만 보인 것이다.

나는 일어서서 말했다.

"침착해. 할 수 있어."

나는 딜런 쪽으로 걸어가 다시 바닥에 엎드렸다. 가장자리 너머로 딜런의 얼굴이 보였다. 눈을 뜨고 있었다. 눈을 깜박이며 바위를 보고 있었다.

"딜런."

내가 부르자 딜런이 위를 보았다.

"형이 올 줄 알았어."

딜런이 말했다.

"돌아가서 밧줄을 가져와야겠어."
내가 말했다.
"그러면 올라올 수 있어."
"올라갈 수가 없어. 다리가."
딜런이 말했다.
그제야 나는 보았다. 딜런 다리의 무릎과 발 사이가 꺾여 있고 끔찍하게도 흰 뼛조각이 살을 뚫고 나왔고 그 둘레는 온통 찢기고 피가 흘러 말라붙어 있었다.
"세상에."
내가 말했다.
"부러졌어."
딜런이 말했다.
"아파."
목소리가 갈라졌고 딜런은 얼른 숨을 들이마셨다.
"침착해."
내가 말했다.
"끌어 올릴 테니까. 가만히 있어. 가서 물건을 가지고 와야 해."
딜런이 고개를 끄덕였다.
"금방 올게. 최대한 빨리."
딜런은 다시 고개를 끄덕였다.
"괜찮겠어? 그러니까……."
딜런이 다시 고개를 끄덕였다.
"가."

딜런이 말했다.

그래서 나는 날고 뛰고 부딪치고 구르면서 언덕을 내려갔다. 천막에 가서 밧줄과 제리를 챙겼다.

"네 작살을 가져와. 담요도."

내가 말했다.

돌아가 보니 딜런은 여전히 바위를 보고 있었다. 해는 더 높고 뜨거웠다. 나는 가장 짧은 밧줄로 담요와 작살을 한데 묶었다.

"내가 달라고 하면 이걸 가장자리로 내려줘."

제리에게 일렀다.

"내려갈 거야?"

제리가 물었다.

"누군가는 가야지."

작달막하고 통통한 나무들이 벼랑 가장자리에 있었지만 굵은 나무는 없었다. 하나를 잡아서 힘껏 당겨 보았다. 뿌리까지 뽑히면서 나는 엉덩방아를 찧었다. 다시 일어나 던져 버리고 다른 나무를 당겨 보았다. 이건 버텼다. 뿌리가 중국까지 뻗어 있기를 기도하면서 밧줄을 허벅지와 허리에 묶었다. 밧줄을 나무에 두 번 감고 끝은 손으로 잡았다. 암벽 등반은 한 번도 해 본 적은 없지만 텔레비전에서 본 적은 있었다. 체육시간에 밧줄 잡고 올라가기를 한 적도 있고. 내가 팔 힘이 세다는 걸 알았다. 나는 어깨 너머로 텅 빈 공간을 돌아보았다.

해내야 해. 나는 스스로 되뇌었다. 모두 나에게 달려 있어.

"침착하게. 침착하게. 침착하게."

나는 되풀이해서 웅얼거리며 벼랑 가장자리를 넘어 딜런이 있는 곳으로 내려갔다.

"됐어. 제리. 내려보내."

나는 위를 올려다볼 수가 없었다. 너무 무서울 것 같았다. 하지만 제리의 눈이 가장자리 밖으로 쏙 나와 우리를 보고 있으리라는 걸 알았다.

"딜런. 아플 거야."

내가 말했다.

"알아……. 소리 질러도 괜찮아?"

"그래, 괜찮아."

내가 말했다.

난 절대 의사는 되지 않을 거다. 살이 찢어져 뾰족한 뼈가 드러난 부분을 보고 있으니 정신이 더 아득했다. 다리와 암봉 위에 말라붙은 핏자국은 검붉었다. 상처를 만져 보았는지 딜런 손도 피투성이였다. 피 묻은 손으로 만진 얼굴과 머리카락도 마찬가지였다.

"좋아." 나는 혼잣말을 했다. "좋아. 가자. 해 보자." 나는 딜런을 바로 눕혔다. 다리를 펴야 했다. 딜런의 질끈 감은 눈가에서 눈물이 줄줄 흘러내렸고 입술은 파르르 떨렸다.

"소리 질러. 크게!"

내가 말했다.

나는 부러진 다리를 들었고 딜런이 신음 소리를 냈다. 뼈가 움직이고 피가 다시 솟아났다. "제발. 제발." 나는 블랭키로 딜런의 다리를 감쌌다. 낡은 얇은 천으로 최대한 단단하게 감았다. 다음에 작살을 부러진 다리 옆에 대고 무릎 위쪽까지 묶어 무릎 관절도 움직이지 않게 했다. 피가 통하지 않게 밧줄을 단단히 묶었다. 이제 더 힘든 일이 있을 테니 말이다.

딜런은 하얗게 질린 얼굴로 바위만 보고 있었다.

"아직은 기절하면 안 돼. 딜런."

내가 말했다.

딜런이 고개를 끄덕였다.

"위로 올려야 하니까."

딜런이 다시 고개를 끄덕였다.

그래서 딜런에게 밧줄을 묶었다.

"밧줄 잡을 수 있어?"

딜런은 다시 고개를 끄덕였지만 그 말이 믿기지 않았다. 나는 딜런 허벅지에서 밧줄을 풀고 대신 가슴과 겨드랑이에 묶었다.

"위에서 끌어당길게. 지금 올라갈 거야. 곧 끌어 올릴게."

어떻게 벼랑 꼭대기로 다시 올라갔는지는 기억이 나지 않는다. 무척 힘든 일이었을 것이다. 제리가 거기에서 나를 기다리고 있었다. 딜런에게 묶은 밧줄 끝을 제리에게 주었다. 제리는 밧줄을 아까 그 나무에 걸었다. 우리는 벼랑 가장자리로 가서 밧줄을 당기기 시작했다. 바로 딜런의 무게가 느껴졌고 신음 소리가 들렸다.

아빠가 제발 매듭법을 제대로 가르쳐 주었기를 빌었다. 나무가 뽑히지 않기를 빌었다. 딜런이 피를 너무 많이 흘리지 않기를 바랐다. 우리는 딜런을 벼랑 가장자리까지 끌어당겼고 딜런의 손이 풀을 잡는 걸 보았다. 우리는 좀 더 당겼고 딜런의 머리끝, 얼굴, 앞으로 뻗은 팔, 마침내 가슴이 위로 올라왔다. 딜런이 반쯤 올라온 채로 매달려 있어 나는 딜런의 팔을 잡고 안전한 곳으로 완전히 끌어 올렸다. 그러자 딜런이 기절했다.

나는 딜런을 업고 천막으로 돌아왔다. 제리는 내 옆에서 밧줄을 들고 왔다. 제리는 얼굴이 창백했지만 그래도 잘 따라왔다. 딜런은 내려오는 내내 정신을 잃은 상태였다. 내려오는 길이 무척 험했으니 오히려 잘된 일이었다. 나는 딜런을 평평한 곳에 눕히고 불을 피우고 깨끗한 물을 모두 가져와 끓였다. 담요를 풀고 최대한 깨끗이 상처를 닦고 뼈를 들여다보았다. 어떻게 해야 할지를 생각하면서.

내가 해야 할 것 같은 일을 정말 꼭 해야만 하나 하는 생각을 했던 것도 같다. 텔레비전에서 본 서부극에서는 다리를 아주 세게 당겨서 뼈를 제자리에 맞춰야 한다고 했었다. 나는 못 해. 너무 아플 테니까.

딜런을 보았는데 딜런이 나를 보고 있었다.

"당겨야 돼. 내 발을 잡고 아주 세게 당겨야 돼."

딜런이 말했다.

"말도 안 돼."

내가 말했다.

"아냐. 아마 나를 나무 같은 데에다가 묶은 다음에 당겨야 할 거야. 아니면 내가 모래 위에서 딸려 가서 소용이 없을 거야."

"딜런, 그렇게는 못 하겠어."

"다시 정신을 잃어볼게. 그럼 더 쉬워질 거야."

그래서 딜런이 하라는 대로 했다. 나무 앞에 딜런을 앉힌 다음 허리를 나무에 최대한 단단히 묶었다. 가슴도 묶어야 했다. 딜런이 저절로 다시 정신을 잃었기 때문이다. 제리도 돕고 싶어 했지만 제리에게는 너무 힘겨운 광경이었다. 제리는 우는 것 말고는 아무것도 할 수 없었다. 나는 결국 제리한테 천막에 가 있으라고 했다.

딜런을 최대한 단단히 나무에 묶은 다음에, 발을 들어 올렸다. 살살 부드럽게 당겨 봐야 아무 도움이 되지 않을 거라는 걸 알았다. 아파서 죽을 것이다. 하려면 느닷없이 세게 당겨야 했다. 땀이 줄줄 흘렀다. 딜런의 둥근 발뒤꿈치가 내 손 안에 있었다. 딜런 얼굴은 피와 먼지와 땀과 눈물범벅이었다. 손은 모래 위에 축 늘어져 있었다. 그리고 딜런의 뼈가 아직도 튀어나와 있었다.

"자!" 나는 소리를 지르며 몸에 남은 힘을 다 쥐어 짜 발을 당겼다. 뼈는 상처 안으로 들어가 사라졌다.

딜런이 비명을 질렀다. 통증 때문에 정신을 차렸고 비명을 질렀다.

그리고 다시 피가 흐르기 시작했다. 이렇게 피를 많이 흘려도 괜찮을까?

나는 블랭키를 상처에 갖다 댔고 딜런은 다시 비명을 질렀다. 나는 상처를 닦아 주며 뭐라고 마구 떠들어 댔다. 뭐라고 말했는지 모른다. 긴 막대기를 가져와 다리 양쪽에 묶었다. 뭐라 떠들고 또 떠들었다. 딜런은 다시 정신을 잃었기 때문에 한 마디도 듣지 못했다.

하느님 감사합니다.

그렇게 끝이 났다. 뼈는 안으로 들어갔고, 상처는 깨끗했고. 다리가 움직이지 못하게 곧은 막대로 묶었다.

이제 딜런이 해야 하는 할 일은 낫는 것뿐이다. 시간은 걸릴 테지만, 우리한테 시간이라면 얼마든지 있었다.

꼭 돌아올게

그런데 딜런이 낫지 않았다. 처음에는 몰랐다. 딜런은 처음에는 잠만 잤다. 잠깐 깨어나면 우리는 물을 입안에 흘려 넣어 주거나 잇새로 백련초즙을 흘려주었다. 딜런은 물을 삼키고 돌아보고는 바보처럼 웃었다. 그러고는 고개를 돌리고 다시 잤다. 아마 몸이 뭐가 최선인지 알 거라고 생각했다. 나라도 뼈가 부러져 사방에 피를 흘리며 24시간 넘게 암붕에 있었다면 그저 자고 싶을 거라고 생각했다.

그러다가 딜런이 깨어났다. 훨씬 나아졌다고 했다. 제리는 딜런을 기분 좋게 해 주려고 계속 조개껍데기나 식물을 가져와서 보여 주었다. 제리는 물 만드는 기계를 맡았고 날마다 딜런에게 물을 가져다 주었다. 나는 전보다 열심히 고기를 잡았고 많이 잡았다. 우유가 있었으면 했다. 뼈를 튼튼하게 해 주는 우유. 딜런은 우유 얘기 좀 그만하라고, 정 그러면 생선뼈라도 먹겠다고 했다.

며칠 뒤, 딜런은 많이 나아졌으니 물가로 데려다 달라고 했다. 다리를 물에 담그고 싶다고 했다. 그게 몸에 좋을 것 같다고 했다. 그래서 딜런을 안아 조심스레 물가에 내려놓았다. 아마 아팠을 것이다. 얼굴이 다시 하얗게 질렸다. 괜찮다고 했다. 그래서 날마다 물가로 데려갔다. 딜런이 바위에 기대어 다리를 물에 담글 수 있는 자리를 만들었다. 야자 잎으로 그늘도 만들어 주었다.

상처가 좋아 보였다. 물론 아직 붉은색이었고 꿰맬 수 있었다면 훨씬 더 빨리 나았을 것이다. 하지만 끔찍하게 부어오르거나 하지는 않았다. 고름이 나오지도 않았다. 나는 딜런을 돌보는 게 좋았다. 날마다 하는 일과가 생겼다. 날마다 뭘 해야 할지 알았다. 아침 먹고. 물 끓이고. 상처 닦고. 딜런한테 밥 먹이고. 물가에 앉히고. 낚시하러 가고. 밤에는 불을 피우고. 고기를 굽고. 모래에 누워 이야기하고. 내가 할 수 있는 일이었다. 딜런은 날마다 조금씩 나아지는 것 같았다. 이 일도 이겨낼 수 있었다.

그런데 뭔가가 달라졌다. 처음에는 뭔지 몰랐다. 마치 나도 모르는 사이에 하늘빛이 바뀌는 것처럼. 그때 딜런이 더 이상 웃지 않는다는 걸 깨달았다. 입을 굳게 다물었고, 우리가 자기를 보지 않는다고 생각할 때면 멍하고 불안한 눈빛이 되었다. 나는 딜런이 아프다는 걸 알았다. 내가 옮길 때만 아픈 게 아니라, 늘.

제리가 조개껍데기를 주우러 간 사이에 나는 고기를 잡으러 가는 대신 딜런 옆에 앉았다.

"왜 그래?"

내가 물었다.

"아냐."

"무슨 문제야?"

"다리가 부러졌어."

"어, 알아."

나는 딜런의 눈을 똑바로 들여다보았다. 딜런은 눈을 피했다. 나는 딜런의 턱을 잡고 내 쪽으로 돌렸다.

"정말로, 딜런. 뭔가 다른 문제가 있지. 뭐야?"

딜런의 눈에 갑자기 눈물이 고였다. 서늘한 기운이 내 가슴을 뚫고 지나갔다.

딜런은 숨을 깊이 들이마시더니 천천히 내쉬었다. 다시 한 번 더. 목소리를 차분히 가라앉히고 말을 하려고 그러는 것이었다.

"내 생각에, 안이 감염된 것 같아. 다르게 아파. 손가락으로 건드리면, 건드리기만 해도 아파."

"감염?"

딜런이 고개를 끄덕였다.

"하지만 고름이 없잖아. 부어오르지도 않았고. 깨끗이 닦았는데."

"알아."

"그럴 리가 없어."

"여기를 만져 봐. 살짝. 손바닥으로."

만져 보았다.

"뜨겁다."

딜런이 고개를 끄덕였다.

"감염이 되어서 그래."

"몸은 늘 감염되는 거야. 백혈구가 그래서 있는 거잖아."

내가 말했다.
"그래. 그냥 아파서 그래."
딜런이 말했다.
나는 고개를 끄덕였다. 딜런의 어깨를 두드렸다.
"걱정하지 마. 우리가 돌봐 줄게."
그리고 나는 산호초로 헤엄치러 갔다.
딜런은 그날 밤 거의 먹지를 못했다. 음식을 낭비한다고 제리를 나무라다가 딜런이 자기 몫을 건드리지도 않았다는 걸 알아차렸다.
"왜 안 먹어? 배 안 고파?"
딜런은 머리를 흔들 기운도 없었다.
"그래. 좀 더 쉬어."
내가 말했다.
그날 밤 천막에서 나는 딜런이 몸을 뒤척이고 이따금 훌쩍이는 걸 들었다. 다시 두려움이 몰려왔다. 약이 없을 때는 어떻게 해야 하나? 닦는 것만으로는 충분하지 않을 때? 우리가 모르는 식물이 있을까? 나무껍질 같은 것? 특별한 해초? 그걸 찾기 위해서라면 얼마든지 바다에 뛰어들 거다. 굶주린 상어가 있더라도 뜯어 올 거다. 무슨 수를 써서라도. 나는 중얼거렸다. 무슨 수를 써서라도. 긴 밤을 기다리고, 말없이 아침을 먹고 제리를 바닷가로 보낸 다음에 딜런에게 가서 물었다. 무슨 수를 쓰면 나아질 것인지.
딜런은 조용히 천막에 누워 있었다. 손을 가슴에 얹고 위를 보고 있었다. 천막에서 고약한 냄새가 났고 청소를 해야겠다는 생각이 들었다.

"어이, 딜런."

딜런이 살짝 몸을 뒤척였다.

"많이 안 좋구나."

딜런이 고개를 끄덕였다.

"백혈구를 열심히 돌려."

딜런은 웃지 않았다.

나는 작은 막대기를 집어 반으로 꺾었다.

"더 안 좋은 거야, 그래?"

"응."

"어떻게?"

내가 물었다.

"만져 봐."

딜런이 말했다.

팔을 만져 보았다. 너무 뜨거웠다.

"열이 있구나."

내가 말했다.

"다리를 봐봐. 막대기 아래."

들여다보았다. 지금까지 막대기에 가려 보이지 않았는데, 확실하게 보였다. 장딴지에 붉은 반점이 생겼다. 발목도 부풀었다. 무릎이 부어 무릎뼈가 잘 보이지 않았다.

나는 고개를 돌렸다.

"뭐 아는 거 있어? 식물 같은 거? 이상한 선인장이나 바다풀?"

내가 물었다.

딜런은 말이 없었다.

"알아, 딜런? 가서 가져올게. 뭐든지 간에. 뭐든지……."

"아는 거 없어."

"네가 읽은 책에서…… 아빠 책이나. 뭐가 나와 있었을 거야."

"아무것도 몰라."

"생각해 봐, 딜런."

"형. 지금까지 내내 누워서 내가 뭘 했을 거라고 생각해?"

나는 잠시 말을 멈췄다.

"정말 아무것도 없어?"

"없어. 내가 아는 한. 도움이 될 만한 건."

"그래서?"

"몸이 스스로 회복하거나…… 아니면 죽는 거지."

그 한 마디에 나는 할 말을 모두 잃고 말았다. 그 말에는 부드러운 구석이 없었다. 다른 뜻이라고 생각할 여지가 없었다. 그 말의 여진이 천천히 내 머릿속을 빠져나가기 전에는 아무 생각도 할 수가 없었다.

"병원으로 데려가야겠어."

내가 말했다.

딜런이 코웃음을 쳤다.

"어, 그래. 전화해서 예약을 하지 그래."

"진심이야, 딜런. 병원에 데려갈 거야. 무슨 수를 써서든, 할 거야."

"무슨 병원? 어디? 뭘 타고?"

딜런은 지친 기색이었다.

"몰라. 딩기를 타고 가는 거야. 가까이에 다른 섬이 있을 거야. 한 번도 시도를 안 해 봤잖아."

딜런이 고개를 돌려 버렸다.

"그래, 아마 다른 섬이 있을 거야. 진짜 배를 타면 그렇게 멀지 않을지도 모르지. 하지만 딩기를 타고? 절대 못 가. 어느 방향으로 가야 하는지도 모르고."

"서쪽이야. 서쪽으로 갈 거야. 구름, 적운이 수평선에 낮게 깔리는 것 봤어. 그게 섬이 있다는 뜻이라고 하잖아."

"형. 얼마나 먼지 모르잖아. 딩기에 다 탈 수도 없고."

"할 수 있어. 열심히 하면, 틀림없이……."

"형, 좀 가 줘. 피곤해."

딜런은 머리를 돌리고 팔로 얼굴을 가렸다.

나는 천막 밖으로 나왔다. 제리가 거기 있었다. 딜런이 누워 있는 천막 바로 밖에 있었다. 제리는 나를 보지 않았다. 막대기로 모래를 파고 또 팠다. 담요는 제리 옆 바닥에 놓여 있었다. 나는 제리의 팔을 살짝 잡고 일으켜 세웠다. 담요를 쥐어 주고 바닷가로 데리고 갔다. 딩기에 기댄 채로 앉아 제리를 무릎 위에 앉혔다. 처음에는 몸이 뻣뻣하더니 조금씩 긴장을 풀었다. 제리는 내 가슴에 머리를 기댔다. 나는 두 팔로 제리를 끌어안고 가까이 당겼다. 작고 모래투성이였다. 제리는 달달 떨었다. 우리는 파도 소리를 들었다. 펠리컨 몇 마리가 물가 후미진 곳에 떠다녔다. 제비갈매기가 먹이를 잡으러 뛰어들었고 갈매기는 짤막한 소리를 내며 울부짖었다. "죽어! 죽어! 죽어!"

오후가 되자, 딜런은 상태가 더 안 좋아졌다. 엄마는 눈을 보면 우리가 아프다는 걸 안다고 말하곤 했다. 딜런의 눈은 아픈 상태를 넘어섰다. 때로는 다른 데를 보는 것 같았다. 눈앞에 우리가 볼 수 없는 연극이라도 펼쳐지는 듯이. 어떤 때는 얼굴이 붉게 달아올랐고 어떤 때는 핏기가 하나도 없었다. 몸을 뒤척였고 숨이 가빴다. 하지만 말투는 분명했다. 우리에게 이런 저런 지시를 내렸다.

"백년초를 한 번에 너무 많이 따면 안 돼."

나한테 말했다.

"대체 무슨 소리야?"

"선인장이 죽어 버리면 안 되니까. 가지치기 한다고 생각해."

"그래, 딜런."

"제리가 증류기 작동 방법을 알아. 원리는 액화야. 구덩이 바닥에 식물을 넣어두면 거기에서 물이 증발해 그 위에 있는 비닐봉지에 물방울이 맺혀. 그 물방울이 컵으로 떨어지는 거야."

"그래, 딜런."

"제리 이가 흔들리는 거 알아?"

"뭐?"

"이빨이 빠지면 잘 간수해 둬. 쓸모가 있을 거야."

더 이상은 들어줄 수가 없었다.

"가자, 제리. 딩기에 딜런을 태우자. 병원에 가자."

내가 말했다.

"안 돼! 나 건드리지 마. 아파! 딩기를 타고 파도에 흔들리면. 안 돼. 미안해. 못 가."

딜런이 소리쳤다.

"헛소리 하지 마, 딜런. 괜찮을 거야."

내가 말했다.

"우리 셋 다 딩기에 탈 수가 없어, 형아. 돛이 있어서 자리가 없어."

제리가 조용히 말했다.

"병원에 가야 돼."

내가 말했다.

"그럼 가서 도와줄 사람을 데려와."

제리가 이렇게 말하고는 담요를 머리에 뒤집어썼다.

그날 저녁, 딜런의 이마를 짚어 보니 타는 듯 뜨거웠다. 딜런은 신음을 했다. 나는 냄비에 바닷물을 떠와 딜런의 얼굴과 손을 닦아 주었다. 웃옷을 들어 올리고 가슴팍도 닦았다.

"하지 마. 아파."

딜런이 말했다.

"열을 내려야 돼."

천을 얼굴에 갖다 대자 딜런이 고개를 돌렸다.

"그러지 마, 딜런. 빨리 나아야 해."

내가 사정을 했다.

"내버려 둬."

딜런이 말했다.

그래서 딜런을 안아 물가로 데려갔다. 달이 또렷했다. 보름달은 아니었지만 예쁜 초승달이 섬 동쪽 하늘에 걸려 있었다. 물가의 긴 주름 위에 달빛이 비쳤다. 나는 딜런을 안고 물로 걸어 들어가 팔에 안은 채로 물에 주저앉았다.

"옛날 옛날에."

내가 말문을 열었다.

"동생이 둘 있는 사람이 있었어. 그러다가 한 동생이 아팠는데, 동생을 낫게 하고 싶었어. 그런데 어떻게 해야 할지를 몰랐어."

딜런이 어둠 속에서 눈을 떴다. 달빛이 눈에 비치는 게 보였다. 딜런은 나를 보지 않았다.

"무슨 일이든지 하겠다고 했지. 무슨 대가를 치르고라도…… 동생을 낫게 하겠다고 했어. 그런데 할 수 있는 일이 아무것도 없는 것 같았어. 어느 날, 막내 동생이 말했어. '형아가 가.' 그때 자기가 할 수 있는 단 한 가지 일이 이 세상에서 가장 힘든 일이라는 걸 알았어."

딜런의 눈이 움직여 나를 보았다.

"혼자 간다는 건 둘을 놓고 가야 한다는 말이니까. 하나는 아프고 다른 하나는 너무 어린데. 큰형이 도움을 구할 수 있다면, 결국은 다 잘 되겠지. 하지만 너무 오래 걸리거나 바다에서 길을 잃는다면…… 동생 둘 다…… 섬에서 홀로…… 어떻게 될까?"

딜런이 눈을 감았다. 나는 물로 딜런의 이마를 훔쳤다. 열이 좀 내린 것 같았다. 물방울이 얼굴을 따라 흘렀고 나는 눈물을 닦아 주었다. 딜런이 다시 눈을 깜박였다.

"가지 마. 제리를 혼자 두지 마."

딜런이 말했다.

"물어보자. 제리한테 결정하라고 하는 거야."

내가 말했다.

나는 딜런을 조심조심 천막으로 안고 돌아와 눕혔다. 묻어 놓은 불씨처럼 딜런에게서 열기가 나왔다. 천막에서 냄새가 훅 끼쳤고 그제야 나는 그게 딜런의 다리에서 나는 냄새라는 걸 알았다. 나는 제리를 밖으로 데리고 나와 어떻게 해야 할지 물었다. 제리는 바로 대답하지 않았다. 담요를 입에 대고 어두운 바다를 보았다가 딩기를 보았다.

"바로 올 거야?"

제리가 물었다.

"최대한 빨리…… 올 수 있으면."

"형아, 항해 잘하지?"

제리가 말했다.

"그럴 거야."

"배에서 떨어지지 않을 거지?"

"응. 절대로 안 그럴 거야."

제리는 담요를 꼭 쥐었다.

"짐 싸는 거 도와줄까?"

나는 물 한 병, 말린 생선 몇 조각, 가시를 긁어낸 선인장 잎, 낚싯줄과 낚싯바늘을 챙겼다. 낡은 셔츠에 모두 넣고 봇짐처럼 묶었다. 딩기 바닥에 여분으로 밧줄을 하나 더 넣었다. 뱃사람이라면 그래야 할 것 같았다. 동이 튼 뒤에 떠날 수 있게 준비가 다 되었다.

딜런은 우리가 파낸 부드러운 모래바닥에 누워 있었다. 제리는 물가에 서서 나뭇가지를 모래에 질질 끌며 돌아다녔다. 나는 딜런 옆에 서서 달이 지는 걸 보았다. 초승달이 기운 채로 위에 있는 별을 향해 팔을 뻗었다. 초승달은 천천히 우리 조그만 섬 뒤로 넘어갔고 초승달의 두 끝만 보였다. 나무 꼭대기에 뿔처럼 솟아 있었다. 뿔 하나가 높은 바위 뒤로 사라졌다. 나머지 뿔도 사라지고 하늘이 컴컴했다. 제리는 막대기를 질질 끌면서 어둠 속에서 바닷가를 이리저리 걸었다.

"어떻게 할지 모르겠어, 딜런."

내가 말했다.

딜런은 대답하지 않았다.

"어떻게 너희들을 두고 떠날지 모르겠어."

내가 침묵에 대고 말했다. 그때 제리가 내 옆에 나타났고 제리 몸에서 나오는 따뜻한 기운이 내 팔에 느껴졌다.

제리는 막대기를 집어 반으로 부러뜨렸다.

"무서워, 형아."

"나도 그래."

나는 몸을 숙여 제리의 눈을 들여다보며 머리를 쓰다듬었다.

"머리 잘라야겠다."

제리가 고개를 끄덕였다.

"형아도."

"작은형 잘 돌봐."

"알았어."

나는 제리를 끌어안았다. 두 팔로 감싸고 안아 올려 내 어깨에 제리의 머리를 대고 눌렀다. 조그맣고 가는 팔이 내 목에 감기고 제리의 머리카락이 내 얼굴에 붙었다. 팔로 제리의 엉덩이를 받치자 뼈가 느껴졌다. 제리는 모래투성이 다리를 내 허리에 감고 몸을 떨었다. 나에게 우는 모습을 보이고 싶지 않은 거였다.

  나는 제리를 안고 딜런을 보았고 밤이 우리를 덮쳤고 동생들은 잠이 들었다. 아침이면 내가 기운을 차릴 것을 알았다. 아침이면 갈 힘이 생길 것이다. 동생들을 사랑하고 다른 방법이 없기 때문이다.

  "사랑한다."

  잠이 든 동생들 머리를 보며 말했다.

  "사랑해. 너무나. 다른 방법이 있다면 절대로 너희들을 두고 떠날 수 없을 거야."

동생들이 기다려요

이 부분은 잘 기억이 나지 않는다. 떠나기 전에 제리를 꼭 안고 제리 머리를 내 어깨에 대고 눌렀던 게 기억난다. 딩기를 파도 속으로 밀었고 내가 묶어 놓은 마스트가 쓰러질 것처럼 보였던 게 떠오른다. 말없이 기도하며 속울음을 울었던 기억이 난다. 햇빛이 너무 눈부셨고 제리에게 햇볕에 오래 나와 있지 말라고 말했다. 제리 발가락의 모래를 봤다. 발톱을 깎을 때가 되었다고 생각했다. 나는 제리를 다시 쓰다듬고, 딩기를 바다로 밀었다.

내가 떠나는 걸 지켜보는 제리의 모습이 너무 작아 보였다고 말한다면, 누군가는 "그런 얘기는 수도 없이 들었어."라고 할지 모르겠다. 하지만 제리를 그렇게 두고 떠난 건 처음이었고 내 온 심장이 이렇게 말했다. "너무 작아. 너무 작아. 이럴 순 없어. 이럴 순 없어."

제리 뒤에는 나무들과 딜런이 누워 있는 천막이 있었다. 정말 용감하고 영리한 딜런. 다리가 붉으락푸르락 변하고 있었는데, 그 와

중에 나에게 이래라저래라 지시를 했다. 나는 딜런을, 헤어짐과 인사와 바다로 나가는 게 무슨 뜻인지 아는 딜런을 두고 떠나와야 했다. 제리는 너무 어려서 알지 못하는 것들을. 그게 어떤 의미인지를.

그 뒤에 기억나는 것은 내가 흐느끼는 소리와 정서쪽으로 방향을 잡았을 때 작은 돛이 펄럭이던 소리뿐이다. 나는 물 한 모금을 마시며 울었다. 말린 고기를 먹으며 울었다. 해가 질 때 울었다. 우는 게 싫었고 떠난 게 싫었고 떠나는 걸 두려워하는 게 싫었다. 어두워졌을 때, 딩기 안에 드러누웠다. 배 바닥에 물이 찰랑거렸다. 엔진은 잃어버렸지만 아직도 희미하게 석유냄새가 났다. 나는 우스꽝스러운 마스트와 돛의 모양새에 눈을 감았다. 눈을 떠 보니 낯선 별들의 바다가 보였다.

딜런이 한 번도 설명해 주지 않은 하늘이었다. 그래도 딩기에 누워 밤하늘 전체가 수평선에서 수평선까지 내 위에 펼쳐진 것을 보니 기운이 솟는 듯했다. 순간 나는 우주로 떠올랐다. 별 사이에서 둥둥 떠다니며 같이 반짝였다. 아래를 돌아보니 대양 위에 흔들리는 딩기 바닥에 홀로 웅크린 소년이 보였다. 그 너머, 별이 총총한 벨벳 수평선 너머에는 해변에 파도가 치고 어둠 속에서 도마뱀이 먹이를 먹고 썩어가는 돛 천막 아래 두 남자아이가 깃들어 있는 섬이 있었다. 별, 벨벳, 파도, 아이들⋯⋯ 이 모든 것의 아름다움이 내 가슴을 찔렀다. 내 마음이 무언가를 잡으려고 뻗어갔다. 무언가 내가 붙잡아야 하는 것. 그런데 놓쳤다. 사라지고 말았다.

나는 우주에서 떨어져 딩기 옆면에 무릎을 찧었고 제리의 모습이 불현듯 떠올랐다. 딜런의 차가운 몸 옆에서 입을 벌리고 겁에 질려 소리를 지르는 모습. 그때 지구가 돌고 동생들이 모습이 점점 멀어져 가더니 사라졌다.

"형아! 형아! 돌아와!"

제리가 울며 불렀다.

나는 키를 잡았다. 돛을 당겼다. 뱃머리가 바람 속에서 천천히 돌았다. 나는 동쪽으로 뱃머리가 돌아갈 때까지 돛을 느슨하게 풀었다. 정동쪽으로. 다시 섬으로. 동생들에게 돌아가야 했다.

나는 눈을 감았다. 눈을 꽉 감았다.

"안 돼!" 나는 마음을 다잡고 배를 다시 돌렸다. 서쪽으로. 정서쪽. 나는 다시 항해를 시작했고 다시 동생들에게서 등을 돌리고 떠났다.

하늘이 밝아졌다. 부드러운 진줏빛 여명이 수평선을 건드렸다. 하늘은 흐린 잿빛에서 연보랏빛으로, 하늘색으로, 투명한 파란색으로 변했다. 해가 머리 위로 불타는 호를 그리며 올라왔다. 나는 딩기를 해가 지나가는 방향과 나란히 놓았다. 선연한 주황빛으로 물들며 해가 저물 때 딩기는 고요한 바다를 가로지르며 해 중심을 향해 똑바로 나아갔다.

해가 사라졌다. 북극성을 찾았다. 북극성을 우현에 뒀다. 머릿속에 떠오르는 모습을 계속 억눌렀다. 잠을 잤다. 꿈을 꿨다. 깨어났다. 다시 잤다. 나는 삶 속에서 길을 잃었다. 나는 다섯 살이었다. 나는 레몬맛 막대사탕을 빨며 엄마가 옷을 개는 걸 봤다. 나는 늙었다. 내 옹이진 손이 천 가장자리를 잡았고 누군가가 부르는 소리가 들렸다. "아빠? 아빠?" 그러고 나는 깨어났고 달아나고 떨어졌다. 실제로는 여전히 잠이 들어 있었고 부르는 소리는 저 멀리 바다에서 들려왔지만.

그때 누군가 부르는 소리가 귓전에 울려 정말로 잠에서 깼다.

나는 딩기에서 일어나 앉았다. 의자에 무릎을 찧었다.

"아빠! 아빠! 어디 있어요?"

나는 바다에 대고 소리쳤다.

나는 무릎을 꿇고 앉아 최대한 배 밖으로 멀리 몸을 내밀었다.

"아빠! 엄마!"

목소리가 갈라졌다.

아무 대답이 없었다.

"제발…… 어디 있어요?"

나는 흐느꼈다.

나는 바다에 깊이 팔을 담그고 미친 듯이 사라진 목소리를 찾아 노를 저었다. 그제야 정신이 들었고 나는 뒤로 기대 앉아 젖은 손으로 얼굴을 감쌌다. 천천히, 해가 드넓은 텅 빈 바다 위로 떠올랐다.

그러다가 느닷없이, 정오 무렵에, 배를 봤다. 아주 가까이에 있었다. 어떻게 지금까지 못 보았을까? 바다낚싯배였고 나를 향해 다가오고 있었다.

나는 딩기에서 일어섰다. 소리를 질렀다. 팔을 흔들었다. 딜런과 제리를 생각했다. 아직 살아 있기를 빌었다. 나는 딩기에서 일어서서 소리를 지르고 팔을 흔들었다.

아주 선명한 영화에서처럼 배가 확연하게 눈에 들어왔다. 잔잔한 바다 위를 가로질러 오고 있었다. 조타석에서 선장이 나를 보고 표정이 바뀌는 게 보였다.

선장은 뭘 봤을까? 스피니커 돛대로 만든 마스트를 꽂고 지브에서 칼로 잘라 낸 돛을 단 딩기. 그리고 일어서서 손을 흔들며 소리를 지르는 내 모습. 살갗은 검붉게 타고 머리카락은 마른 바다풀 같고 옷은 소금에 전 모습.

선장이 소리를 쳤다. 나는 선장이 나를 부르는 거라고 생각하고 이렇게 소리를 질렀다.

"딜런하고 제리가 섬에 있어요. 나를 기다려요. 딜런이 다쳤어요. 제리는 너무 어려요."

나는 딩기에 서서 손을 흔들고 소리를 질렀고 엔진 소리를 뚫고 내 목소리가 들려야 한다는 생각뿐이었다. 내가 절박하다는 걸 보여야 했다.

이제는 배 엔진을 껐다는 걸 알 수 있었다. 낚시를 하려고 배를 빌린 사람들이 모두 달려 나와 나를 봤다. 선장은 나에게 앉으라고 말했지만 나는 앉지 않았다. 어선에서 딩기를 내리고 선장은 항해사와 같이 딩기를 타고 나에게 다가왔다. 내 딩기가 큰 배에 부딪치면 내가 물에 빠져 죽을까 걱정했기 때문이다.

선장이 다가와 손을 뻗어 내 배 뱃전을 잡았다. 힘센 구릿빛 손이었고 손톱이 더러웠다. 턱수염은 희끗희끗했고 눈은 짙은 밤색이었다. 선장은 나를 보더니 말했다.

"앉아. 이제 괜찮다."

그래서 그렇게 했다. 선장이 나를 배에 태웠다. 낚시꾼 한 사람은 손수건을 꺼내 내 눈물을 닦아 주었다. 다른 사람은 물을 주었다. 나를 그늘로 데려갔다. 딩기를 배에 묶었다. 내가 지껄이는 말을 그럭저럭 알아듣는 것 같았다.

선장은 무선기로 도움을 요청했다. 선장이 "수색"과 "의사"라고 말하는 걸 들었고 또 "바로 가장 가까운 항구로 데려가겠다" 하고 말하는 걸 들은 것 같았다. 그래서 나는 내 딩기를 풀고 다시 올라타려고 했다. 그리고 딜런과 제리와 바다에서 들린 목소리에 대해 말했다. 사람들은 레슬링 시합이라도 벌이듯 나를 붙잡아 눕혔고 서로 마주 보았다. 그때 선장이 항해사에게 뭐라 소리쳤고 배가 방향을 돌렸다. 정동쪽으로. 섬을 향해. 동생들을 향해.

항해사는 엔진 속도를 올렸고 나를 붙들었던 사람들이 나를 놓아주었다. 뱃머리가 물을 갈랐고 배가 지나간 항적이 부채를 펼치듯 우리 뒤로 펼쳐졌다. 배가 파도를 헤치고 지나가는 동안 나는 뱃머리에 서 있었다. 나는 바다를 향해 외쳤다.

"지금 돌아간다. 사람들을 데려가. 사랑해. 죽지 마. 제발, 죽지 마."

두 시간 뒤, 우리는 섬을 보았다. 선장은 무선으로 섬 위치를 알렸다. 우리는 배의 딩기를 내리고 모터를 켜고 섬으로 들어갔다. 해가 아직 높이 떠 있었지만 바닷가에는 아무도 없었다.

나는 제리가 손을 흔들며 바닷가를 뛰어 내려올 거라고 생각했다. 내가 물속을 첨벙거리며 달려가 제리를 안고 울고 웃으며 딜런이 있는 곳으로 가게 되리라고 생각했다.

그런데 아무도 없었다. 선장이 나를 찬찬히 뜯어보았다.

"여기가 틀림없니?"

나는 고개를 끄덕였다. 그렇고말고. 죽더라도 이곳은 잊지 못할 것이다. 딩기를 물가에 대자, 모래가 마치 고향처럼 느껴졌다.

나는 딜런이 누워 있던 천막을 향해 달려갔다. 바다포도 잎이 흔들렸다. 도마뱀이 떨어진 야자나무 잎 아래로 사사삭 지나갔다. 그때 동생들이 보였다. 거기에, 나란히 누워 있었다. 딜런은 똑바로, 제리는 엎드려 있었다. 담요가 동생들 다리 위에 덮여 있고 제리의 팔은 딜런의 가슴 위에 있었다. 서로 마주 보고 있었다. 죽은 것처럼 꿈쩍도 하지 않았다.

나는 그 자리에 주저앉았다.

선장이 내 어깨를 건드렸다.

"애야."

선장이 말했다.

나는 신음 소리를 냈다.

그때 제리가 고개를 돌리더니 단숨에 일어나 앉았다. 나를 봤다. 제리는 눈가에서 머리카락을 치웠다. 웃었다.

"딜런 형아, 쪼금 나았어."

제리가 말했다.

"내 이름을 말했어."

제리는 작은 손으로 딜런의 어깨를 건드렸다.

"형아? 큰형아가 왔어."

제리가 부드럽게 말했다.

딜런도 고개를 돌렸다. 천천히. 움직이는 게 고통스럽다는 걸 볼 수 있었다. 힘겨운 미소가 떠올랐다.

"돌아올 줄 알았어."

딜런이 말했다.

"내가 말했지, 제리? 그렇게 울 필요 없다고."

딜런은 몸을 일으키려고 했다. 그러다가 정신을 잃고 모래 위에 쓰러졌다.

아빠와의 재회

온통 사방에 사람들과 움직임이 가득했다. 나는 계속 제리를 잡아다 무릎에 앉히려고 했다. 제리의 갈비뼈 수를 세고 "거미가 등을 타고 올라갑니다"를 하고 싶었다. 딜런의 어깨를 치고 머리카락을 헝클어 아인슈타인처럼 만들고 싶었다. 그런데 우리는 가까이 있을 수가 없었다. 비행정이 날아왔고, 우리는 우리 섬이 사라지는 것을 보았다. 우리 배를 붙들었던 바위들, 흔들리는 스피니커 돛, 작은 바닷가…… 모두 사라졌고, 다른 섬이 수평선 위에 떠올랐다. 활주로, 부두, 읍내, 병원이 있는 섬. 사람들이 우리를 목욕탕에 집어넣었다. 우리를 먹였다. 딜런을 얼른 수술실로 보냈고 잠시 뒤에 꽁꽁 묶어서 다시 데리고 왔다. 딜런이 눈을 뜨고 무어라고 했다. 약에 취해 목소리가 잠겨 있었지만 그래도 딜런의 말을 알아들을 수 있었다.
"형이 돌아올 줄 알았어. 그럴 줄 알았어."
딜런이 말했다.

"꼭 돌아오려고 했어. 사랑해, 딜런."

내가 말했다. 그때 간호사가 와서 나에게 조용히 하라고 했다. 간호사는 내 어깨를 단단히 잡고 제리가 자는 방으로 데리고 갔다. 나는 내 침대에 올라가 깨끗한 이불을 덮었다. 사람들 말로는 우리가 섬에 거의 석 달 동안 있었다고 한다. 지금 우리는 여기에 있다. 이제 딜런은 회복할 것이고 제리는 잊을 것이다. 이제부터는 내가 동생들을 돌볼 거다. 나는 침대에 누워 계획을 세웠고 자신감이 솟았다.

이틀 뒤에는 종일 딜런과 같이 있을 수 있게 해 주었다. 밤이 되면 우리 방으로 돌아갔다. 제리가 이야기를 해달라고 했다. 내가 아는 이야기가 없다고 하자 자기 침대에 앉아 담요 한 귀퉁이를 잡고 있으라고 했다. 제리는 담요의 다른 귀퉁이를 뺨에 대고 잠이 들었다. 제리가 잠이 들면 나는 딜런의 방으로 돌아갔다.

"제리는 어때?"

딜런이 물었다.

나는 어깨를 으쓱했다.

"무서워해. 나더러 옆에 있으라고 해. 악몽을 꿔."

"악몽. 나도 그래."

딜런이 말했다.

"나도 마찬가지야. 하지만 괜찮아질 거야. 이제 내가 너희를 돌볼게. 난 이제 다 컸어. 곧 열일곱 살이야."

내가 말했다.

"그래?"

딜런의 눈이 스르르 감겼다.

"고깃배를 탈 거야. 그리고 여기에서 작은 집을 구하자. 하얀 집으로. 초록색 덧문이 있는 것도 좋고. 집 앞에는 그 꽃이 있고, 부겐 뭐라는 거."

"부겐빌레아."*

딜런이 웅얼거렸다.

"응, 그거. 내가 돌봐 줄게. 우린 잘 지낼 거야, 딜런. 우리끼리. 잘 지낼 수 있어."

딜런이 대답하지 않자 나는 이불을 잘 덮어 주고 불을 끄고 나왔다.

이튿날 오후 우리는 딜런 병실에 모여 있었다. 조그만 종이공을 만들어 점심 먹고 남은 빨대로 쏘며 놀았다. 제리는 내 무릎에 앉았고 나는 명중률을 높이는 법을 일러주었다.

"감을 믿어, 감을."

내가 말했다. 딜런은 포물선과 발사 속도에 대해 뭐라 떠들었다. 우리는 낄낄대며 웃었고 제리는 여전히 똑같은 자리를 두 번 이상 맞출 수가 없었다.

누군가가 문을 두드렸고, 아빠가 들어왔다.

아무도 아무 말도 하지 않았다. 우리는 보고만 있었다.

그때 제리가 내 무릎에서 내려와 아빠에게 갔다.

"아빠."

제리가 말했다. 아빠는 손을 뻗어 제리를 안아 올렸다.

"큰형아가 아빠가 올 거라고 했어."

...
*남아메리카 원산인 분꽃과의 덩굴성 관목.

제리는 조용히 말하더니 아빠 어깨에 얼굴을 묻었다.
"내 아들들. 내 아들들."
아빠는 이렇게 말하고 제리를 안아 흔들며 울었다.
그때 딜런의 수액주사에서 신호음이 울렸다. 나는 손을 뻗어 간호사를 부르는 단추를 눌렀다. 바로 들어오는 걸로 보아 문 앞에 있었던 모양이었다. 간호사가 수액 주머니를 교환했다. 밝은 목소리로 뭐라고 말을 했다. 아빠는 웃음을 지어 보이며 눈물을 닦았다. 간호사가 나갔다.
"돌아가신 줄 알았어요."
내가 말했다.
"나도 너희가……."
아빠는 말을 하다 말고 얼굴을 일그러뜨리고 말을 멈췄다.
"아빠가 EPIRB 갖고 계셨죠."
딜런이 말했다.
"그게 날 살렸다."
아빠가 말했다.
"우리 대신에요."
내가 말했다.
한동안 아무도 말이 없었다.
"어떻게 된 건지 이야기해 주마."
드디어 아빠가 입을 열었다.
"마음의 준비가 되면, 너희도 이야기해 주렴."
아빠 이야기는 별로 길지 않았다. 사고였다고 했다. 그날 밤은 바다가 고요했다. 너무 많은 생각이 몰려들었다. 커피 때문에 신경이 곤두섰다. 생각을 멈출 수가 없었다.

"실은, 엄마 생각을 하고 있었다."

아빠가 고개를 저었다.

"안전 점검을 하려던 참이었지. 다리도 펼 겸 배 안을 돌아보기로 했어."

그래서 구명조끼에서 안전장구를 떼어 내고 뱃머리로 갔다. 닻을 살펴보고 고물 쪽으로 이동했다.

당연히 아무 문제도 없었다. 모든 게 완벽했다. 우린 늘 그렇게 했다. 한밤중에 점검을 한다는 게 우스운 일이었다.

"달빛이 눈부셨다."

아빠가 말했다.

"구급장비도 확인해 봐야겠다는 생각이 들었지. 시간도 많고 간단히 할 수 있는 일이니까."

아빠는 딩기를 풀고 살짝 들어올렸다. 구급장비를 잡아당겼는데 딩기 의자에 걸렸다. 세게 잡아당겼다. 그러다 손에서 놓쳤다. 아빠는 엉덩방아를 찧었다. 넘어지면서 구명밧줄을 잡았다. 구급장비가 미끄러져 나와 배 가장자리로 튕겨가더니 밖으로 떨어졌다. 아빠는 왼손으로 구급장비를 잡고 오른손, 다친 손으로 구명밧줄을 잡았다.

소리를 질렀다고 한다. 바로 딜런 옆에, 유리섬유 벽 하나가 사이에 있었다.

"하지만 딜런은 한 번 잠이 들면 누가 업어 가도 모르니까."

다시 소리를 질렀지만 손에서 자꾸 힘이 빠졌다. 그때 파도가 덮쳤고 아빠는 배에서 떨어졌다. 배가 바람을 타고 멀리 나아가는 것을 보았다. 5노트, 안정된 바람, 완벽한 방위로. 배가 시야에서 사라지고 난 뒤에야 구명조끼를 입고 있어 천만다행이라는 생각이 들었다.

아빠는 자기 손을 내려다보았다.

"그럴 듯한 얘기네요."

내가 말했다.

아빠는 나를 흘긋 보더니 이야기를 계속했다. 한참 떠내려가다가 EPIRB가 있다는 사실이 떠오르더란다. 아빠는 EPIRB를 잡고 물 위에 떠서 구름을 보았다. 우리가 잠에서 깨어났을 때는 이미 아빠에게서 한참 멀어진 때였고 폭풍이 밀려오고 있었다.

아빠 입으로 그 이야기를 들으니 욕지기가 치밀어 올랐다.

구조선이 아빠를 찾아냈을 때는 이미 바람이 거세어졌을 때였다. 아빠는 우리를 찾으러 가야 한다고 말했지만 구조원들은 그럴 수 없다고 했다. 이 배로는 12미터짜리 파도 속으로 들어갈 수 없다고 했다.

선원이 말했다.

"미안합니다. 무선 연락을 해 보겠습니다. 우리가 할 수 있는 건 그뿐입니다."

아빠는 한기를 느꼈고 커피를 마셨다고 했다. 50노트의 바람, 12미터의 파도에 대해 말했다. 옆으로 날리는 빗줄기 때문에 밖이 보이지 않는 창밖을 내다보았다느니 어쩌니 하는 말도 했다.

내 귀에 들리는 것은 밧줄 사이에서 울부짖는 바람 소리와 우리가 파도를 넘어설 때 주돛이 터지는 소리뿐이었다. 내가 볼 수 있는 것은 우리 뒤에서 마스트 높이만큼 높고 폭풍 속의 구름처럼 시커먼 파도가 부서지는 모습뿐이었다. 그리고 노란 애벌레처럼 보이는 딜런이 키를 잡는 모습, 제리가 빨간 구명조끼를 입고 담요를 꼭 쥐고 홀로 선실에 있는 모습이 보였다.

아빠는 마이애미에서 방을 빌렸다. 방송도 나가고 수색비행기도 떴다. 신문기사와 목격담도 있었다. 그러나 아무도 우리를 찾을 수가 없었다. 폭풍 속에서 우리가 그렇게 멀리 갔을 거라고 생각한 사람은 아무도 없었다. 수색대도 우리가 있던 섬 근처까지는 가지도 않았다. 한 달 뒤 공식적으로 수색이 종료되었지만 아빠는 포기하지 않았다. 바하마로 돌아가 배를 타고 섬을 돌아다녔다. 만나는 사람마다 물었지만 하나같이 같은 소리였다. 그런 폭풍이 덮쳤으니 우리가 있을 가능성이 가장 높은 곳은 바다 밑바닥이라고 했다.

아빠는 그렇게 한 달을 더 찾다가 집으로 돌아갔다. 아파트를 세냈다. 일을 다시 시작했다. "내 삶은 끝나기 전에 두 번 끝났다."* 아빠가 시를 낭독했지만 학생들은 이해하지 못했다. 아빠는 책장을 넘기고 이렇게 울부짖었다. "순순히 편안한 밤으로 들지 말라. 저물어 가는 빛에 맞서 분노, 또 분노하라." 그러면 수업이 끝났다. 학생들은 하품을 하고 기지개를 켰다. 책을 덮었다. 나갔다.

밤이면 텔레비전을 멍하니 보거나 잠을 자려고 애쓸 때는 천장을 쳐다보았다. 바로 어제…… 전화를 받기 전까지는.

...
＊에밀리 엘리자베스 디킨슨(Emily Elizabeth Dickinson, 1830~1886 ; 미국의 여류 시인)의 시.

"그래서 왔다. 너희를 집으로 데려가려고."

아빠가 말했다.

내가 웃었다.

"집이요? 집이 어디 있는데요?"

모두 나를 쳐다보았다. 나는 몸을 비틀어 창밖을 내다보았다. 타는 듯한 해가 있었다. 부겐빌레아가 있었다. 차양에 매달려 뜨겁고 축축한 공기를 맛보는 도마뱀이 있었다. 나는 손가락으로 도마뱀을 쳐서 수풀로 떨어뜨렸다. 방을 가로질러 아빠 앞에 가서 섰다. 아빠와 눈높이가 같았고 우리 둘 다 그 사실에 놀랐다.

"키가 컸구나."

아빠가 말했다.

"네. 아빠 없는 사이에 가슴에 털도 났어요."

제리가 손을 뻗어 내 웃옷을 들추려고 했다.

"정말이야? 보여 줘."

나는 몸을 돌렸다.

"그냥 하는 얘기야, 제리."

"이제 슬슬 차를 살 때가 되었구나."

아빠가 말하고는 웃었다.

"차 필요 없어요."

"앤드루한테 전화했다. 네가 돌아오기를······."

아빠가 말했다.

나는 제리의 눈가에서 머리카락을 쓸며 말했다.

"여기 너무 덥다. 산책 좀 하고 올게."

"벤……."

나는 아빠 옆을 지나 문밖으로 나갔다.

작은 방과 좁은 복도를 뒤로하고 문을 밀고 밖으로 나왔다. 나는 콘크리트 블록 벽에 기대어 내 심장이 두근거리는 소리를 들었다. 아빠가 나를 찾으러 올 것 같았다. 아빠와 이야기를 할 수가 없었다. 아빠 목소리를 도저히 들을 수가 없었다. 눈으로 아빠 얼굴이나 손이나 신발을 볼 수도 없었다.

산책하고 온다고 말했으니 걷기 시작했다. 갑자기 섬이 너무 작게 느껴졌다. 병원, 집, 부두가 모여 있는 바닷가 조그만 읍내와 읍내에서 2킬로미터쯤 떨어진 곳에 있는, 산호 조각을 깐 활주로로 이어지는 흰 도로 말고는 아무것도 없었다. 식료품점 앞에 택시가 한 대 서 있었다. 운전사는 문을 열고 앉아 발을 길 위에 올려놓았다. 음료수를 마시며 벤치에 앉은 남자와 잡담을 했다. 어떤 집 앞에서는 여자가 어린아이 머리를 땋았고 기저귀를 찬 아기가 흙 위에 있는 도토리를 짓밟았다.

나는 키 큰 카수아리나 그늘에 걸음을 멈추었다. 발끝으로 도토리를 모아 쌓으며 닭들이 구구거리며 지나가는 걸 보았다. 계속 걸으려고 몸을 돌리는데 아빠가 왔다. 아빠는 몇 걸음 떨어진 곳에 있는 빈 기름통에 앉았다. 나는 도토리를 한 줌 집었고 하나를 더러운 바다 속으로 휙 던져 넣었다.

"들어가자."

아빠가 말했다.

"병원에서 저녁에 특별한 걸 해 준단다."

"배 안 고파요."

"딜런이랑 제리가 기다린다. 들어가자."

"배 안 고프다고 했잖아요."

아빠는 잠시 말이 없더니 말했다.

"나한테 화가 났구나, 그렇지?"

아빠는 기름통의 녹슨 가장자리를 손으로 쓸더니 손끝에 묻은 주황색 얼룩을 들여다보았다.

"아뇨. 화난 거 이상이에요."

나는 등을 돌리고 손에 있는 도토리를 꽉 쥐었다.

"증오해요."

나는 도토리를 모두 바다로 던졌다. 폭탄이 쏟아지듯 바다 위에 떨어졌다.

"증오한다고요."

나는 다시 말하고 돌아서 걷기 시작했다.

"벤!"

아빠가 바로 내 뒤에 따라오는 소리를 들었다. 아빠 손이 내 팔을 잡았다.

"나 좀 봐라!"

아빠는 내 몸을 돌려 자기를 마주 보게 하더니 다른 팔도 잡았다.

"봐요."

내가 말했다.

"안 돼. 뭐가 문제인지 이야기해다오."

"뭐가 문제인지 알고 싶다고요? 좋아요. 말할게요. 아빠는 자살하려고 했어요. 대체 왜 그런 거예요?"

아빠는 내 손을 놓고 한 발 뒤로 물러섰다.

"아빠 때문에 제리는 물에 빠져 죽을 뻔했고 딜런도 거의 죽을 뻔했어요. 엄마도 마찬가지예요. 아빠가 엄마를······."

"그랬구나."

아빠가 말했다. 아빠는 몸을 떨었다.

"그랬어."

아빠는 침을 힘겹게 삼켰다.

"알겠다."

아빠는 더러운 바다를 흘깃 보더니 다시 나를 마주 보았다.

"아까 나가 버려서 말을 다 못했다. 내일 특별기가 들어온다. 딜런의 침상을 그대로 비행기에 넣을 거야. 수액이니 견인장치니 전부. 마이애미에 있는 병원으로 갈 거다. 며칠만 있으면 모두 집으로 갈 수 있어."

"집이요."

나는 신랄하게 말을 내뱉었다.

"이제는 집에 가고 싶은 생각이 드시나 보네요."

나는 바다를 내다보다가, 다시 아빠를 돌아보았다. 나는 고개를 저었다.

"난 안 가요. 아빠하고 같이는 안 가요."

그러고는 그 자리를 떴다.

아빠의 진심

 아빠에게서 몸을 돌리고 나는 부두로 가 잔교 끝에 앉았다. 바다와 어둑해지는 하늘 말고는 아무것도 눈에 들어오지 않았다. 바람이 불어 목 언저리에서 머리카락을 흩날렸다. 남쪽으로 역풍 범주를 하기에 완벽한 바람이다. 내 뒤쪽에서는 세 남자가 유람선에 짐을 실었다. 이 사람들은 내일 이 배를 타고 출항해 파나마 운하를 통과해 하와이로 가 새 선주에게 배를 전달할 예정이다. 그런데 선원이 모자라 걱정했다.
 우리가 같이 가면 어떨까? 나는 생각했다. 딜런, 제리와 나. 섬들을 지나 운하로. 딜런은 별자리 이야기를 해 줄 거고 제리는 조타실에서 놀고. 나는 키를 쥐고 돛을 살피고. 고래도 볼 거다. 우린 할 수 있다. 아니면 작은 집에서 동생들을 돌볼 수도 있었다. 그런데 아빠가 돌아왔다. 그냥 느닷없이 나타나서 말했다.
 "가자."

전과 마찬가지로 우리에게 이래라 저래라 명령을 했다.

나는 아빠와 같이 가지 않겠다고 말했다. 진심이다.

나는 선창을 가로질러 남자들이 있는 곳으로 갔다.

"제가 갈게요."

내가 말했다. 나이는 속였지만, 항해 경력은 사실이었다. 남자들이 나를 반겼다. 내일 아침 7시 반에 나오라고 했다. 짐은 많이 가져 오지 말라고 했다.

나는 새 동료들과 악수를 했다. 간단하군. 나는 생각했다. 이제 일자리가 있고 내 몸은 내가 건사할 수 있다. 아빠는 필요 없다. 나는 식료품점 옆 벤치에 앉아 이를 악물고 내일을 기다렸다. 이제 내가 해야 할 일은 딜런과 제리에게 작별을 고하는 것뿐이다.

밤이 되자, 나는 병원으로 돌아갔다. 아빠가 제리를 안고 막 병원을 나서는 참이었다. 제리는 아빠 어깨에 머리를 기대었고 아빠는 제리의 머리를 쓰다듬었다. 그때 제리를 안았을 때 팔에 느껴지는 제리 엉치뼈의 뾰족한 느낌과 가슴팍에 닿은 뺨의 부드러운 감촉이 떠올랐다. 제리의 눈물이 웃옷에 남긴 약간 축축한 자리를 느꼈다. 그 기나긴 밤이 다시 내 앞에 펼쳐지는 느낌이 들었고 다시 겁에 질렸다. 겁이 나고 무력하면서 어깨가 무거운 느낌.

아빠와 제리가 가고 난 뒤, 나는 몰래 딜런의 방으로 들어갔다. 방에 불이 꺼져 있었지만, 열린 문으로 들어온 복도 불빛에 딜런이 눈을 뜬 게 보였다. 나는 문을 닫았고 방 안은 다시 어두워졌다. 창문을 통해 들어오는 불빛밖에는 없었다. 딜런이 손을 뻗었다. 나는 손을 잡았다. 내 손보다 훨씬 작은 손이었지만 손을 맞잡으니 힘이 났다.

"저녁때 왜 안 왔어."

딜런이 말했다.

"배가 안 고파서."

"아빠가 내일 특별기를 불렀대. 다 같이 집에 간대."

딜런이 말했다.

나는 고개를 끄덕였다.

"딜런."

나는 딜런의 손을 놓고 손바닥을 이마에 갖다 댔다.

"할 말이 있어서 왔어. 난 안 가. 아빠하고 같이 안 갈 거야."

베개가 부스럭거리는 소리가 나고 딜런이 고개를 돌려 나를 보았다.

"하지만 사고였대. 내 말이 맞았어."

"그것 때문만이 아니야. 모든 게…… 배를 탄 거나, 바하마, 버뮤다까지."

나는 숨을 깊이 들이마셨다.

"널 좀 봐, 딜런. 네 다리. 넌 거의……."

나는 말을 멈추었다.

"제리도. 악몽에 시달려. 아빠가 널 다치게 했어. 제리도 다치게 했고."

나는 침대 난간을 흔들었고 딜런이 얼굴을 찡그렸다. 나는 난간을 놓고 문으로 걸어갔다.

"가지 마."

딜런이 말했다.

나는 문을 열고 딜런을 돌아보았다. 복도에서 들어오는 빛이 방 안에 긴 직사각형을 그렸다. 새 옷이 가득 든 더플백 하나가 바닥에 놓인 게 보였다.

"하와이로 유람선 전달하는 팀에 지원했어."

내가 말했다.

"아침에 떠나. 하와이로 갈 거야. 타히티로 갈지도 모르지. 누가 알아? 신날 거야. 어딜 가든 연락할게. 늘 내가 어디 있는지 알릴게."

"정말 가는 거야?"

딜런이 팔꿈치를 짚고 몸을 일으켰다.

"가지 마."

나는 밖으로 나갔고 갑자기 뒤에서 문이 탕 닫혔.

나는 어두운 길을 걸어 아빠가 묵는 모텔을 찾았다. 야트막하고 어둡고 문이 모두 안뜰을 향해 열리는 모텔이었다. 열린 커튼을 통해 제리가 더블베드 한쪽에서 혼자 자는 모습이 보였다. 아빠는 없었다. 문을 밀어 보니 열려 있었다. 나는 안으로 들어갔다.

제리는 새근새근 숨을 쉬었다. 몸을 숙이자 갓 씻었는지 비누 냄새가 났다. 뺨을 만져 보았는데 땀으로 젖어 있었다. 나는 조심스레 담요를 목에서 걷어 손 위에 올려놓았다. 잠결에 제리는 약간 뒤척이다 낡은 흰 천을 손으로 꼭 쥐고 얼굴에 갖다 댔다.

바닥은 엉망진창이었다. 열린 더플백 몇 개가 대나무자리 위에 널려 있었다. 뜯지 않은 배트맨 팬티 세트가 가방 옆에 있었다. 어린이 책 한 무더기가 테이블 아래에 흩어져 있었다. 사인펜세트와 종이묶음이 제리 머리 옆 테이블 위에 있었다. 나는 종이묶음과 사인펜을 집어 편지를 남기려 했지만 뭐라고 써야 할지 몰랐다. 결국 이렇게만 썼다.

"잘 있어, 우리 누기."

그러고 이렇게 서명했다.

"사랑하는 벤 형이."

몸을 돌려 나가려는데 문이 열렸고 아빠가 어둠 속에 서 있었다.

"기다리고 있었다. 저 침대 써라. 네 물건은 저 가방에 있다."

아빠는 방 건너편에 있는 커다란 더플백을 가리켰다.

나는 거기로 가서 가방을 열었다. 맨 위에는 자동차 잡지 최근호 다섯 권이 있었다. 안쪽을 더듬어 보았다. 모자 두 개, 옷가지, 맨 아래에는 컴퓨터게임 CD가 있었다. 만져 보기만 해서는 뭐가 있는지 알 수 없지만 새 삶을 시작하기에 필요한 것은 아빠가 모두 갖다 주었음을 알 수 있었다. 나는 가방을 어깨에 메고 아빠를 지나쳐 바깥으로 나갔다.

"잠깐만. 이야기 좀 하자."

아빠가 나를 따라 나와 조용히 문을 닫으며 말했다. 아빠는 안뜰에 있는 의자에 앉더니 나더러 다른 의자에 앉으라고 손짓을 했다.

나는 테이블에 가방을 올려놓고 어둠 속에 서 있었다.

"딜런이 간호사 통해 병원에서 전화를 했다."

아빠가 말했다.

"이러면 안 된다. 이렇게 가 버리면……."

"아빠 뜻대로 하실 순 없어요."

내가 말허리를 잘랐다.

아빠는 눈을 감더니 손끝으로 이마를 세게 문질렀다.

"벤."

아빠가 말했다.

"자살하려고 한 게 아니다. 내가 왜 그런 짓을 하겠니?"

"그럼 한밤중에 대체 왜 안전 점검을 해요?"

"어리석었지."

나는 어깨를 으쓱했다.

아빠는 천천히 숨을 들이마시고 고개를 돌렸다.

"그래. 그 생각을 하지 않은 건 아니다. 자살 말이다. 네 엄마가 사고를 당한 직후에는, 많이 생각했다."

아빠는 눈을 감았다.

"내가 배에서 떨어졌을 때, 죽고 싶으면 EPIRB만 놓으면 되었지. 아주 쉬운 일이었을 거다."

아빠는 고개를 들어 나를 보았고 목소리에 힘이 들어갔다.

"하지만 놓지 않았다. 놓고 싶지 않았어."

나는 어둠 속에서 자세를 바꾸었다. 딜런이 누워 있던 암붕에 핏자국이 있었던가 하는 생각을 했다. 아빠가 바다에 떨어졌을 때 입었던 구명조끼는 지금 어디에 있을까 하는 생각을 했다. 요새 엄마 자전거는 누가 타고 다닐까 하는 생각을 했다.

"네 엄마한테 일어난 일이 내 잘못이라고 생각하지."

아빠가 말했다.

"무슨 뜻인지는 알지만, 그건 부당한 생각이야."

아빠는 손가락을 벌려 의자 팔걸이를 잡았다.

"나 스스로도 내 탓이 아니라고 생각하게 되기까지 오랜 시간이 걸렸다. 하지만 결국 아니라는 걸 알게 되었고, 내 탓이라는 생각이 부당하다고 말할 수 있다."

아빠는 나를 다시 돌아보았다.

"네 엄마를 사랑했다. 지금도 사랑한다. 얼굴. 목소리. 나를 보고 웃는 모습."

아빠는 안뜰 가장자리 수풀로 눈길을 돌렸다.

"나를 찾던 것. 가끔은 그냥 안아주기를 바라던 것."

아빠는 의자 팔걸이를 꽉 쥐었다.

"가끔 벽에 기댈 때처럼 말이야."

아빠가 말했다.

"잠시 중심을 잡으려고, 발을 찧거나 해서 잠시 아찔할 때 벽을 찾듯이."

아빠는 팔걸이를 놓고 숨을 깊이 들이마셨다.

"나도 엄마한테 기댔고. 엄마가 죽고 나자, 나를 지탱해 줄 것이 아무것도 없었다. 그래서 쓰러졌어."

아빠는 말을 멈추고 나를 올려다보았다.

"넌 정말 용감했다. 네가 동생들을 구했어."

"서로 구한 거예요."

내가 말했다.

"딜런한테 모두 들었다. 제리는 내내 너만 찾더라."

나는 가방으로 손을 뻗었다.

"딜런한테 편지 보낼 거예요."

내가 말했다.

"동생들을 두고 갈 순 없다. 널 얼마나 찾겠니."

"강한 애들이에요. 괜찮을 거예요."

"너도 동생들이……."

내가 얼른 말했다.

"아뇨. 그렇지 않을 거예요."

아빠는 꿈쩍도 하지 않았다. 나는 어깨 위에 얹힌 가방끈을 잡았다. 잠이 든 마을의 소리가 우리를 둘러쌌다. 길 위에서 자동차 타이어가 끼익거리는 소리가 났다. 호텔 어딘가에서 문이 닫혔다. 바람이 건물 옆에 선 늙은 야자나무 잎을 갈겼다. 낡은 갈색 잎이 힘없이 콘크리트 벽을 찰싹 쳤다.

아빠가 일어섰다.

"한 가지 더 있다."

아빠가 말했다. 아빠는 주머니에 손을 넣더니 무언가를 나에게 내밀었다.

나는 가방을 내려놓고 그걸 받았다. 부드러운 실크 감촉의 네모난 물건이었다. 조그만 베개 모양이었다. 뒤집어 보았다. 희미한 냄새가 났다. 엄마. 엄마의 향낭이었다.

"어디에서 났어요?"

내 목소리는 날카로웠다.

"상자 안에."

"상자가 어디에 있어요?"

"내가 사는 집에."

나는 희미해져 가는 냄새를 들이마셨다. 침을 삼켰다.

"엄마 물건 버리지 않았어요?"

"당연히 안 버렸지. 왜 버리겠니?"

"난……."

냄새 때문에 머리가 아찔했다.

"왜 이걸 나한테 가져왔어요?"

"너희들한테 엄마 물건을 하나씩 가져왔다."

"왜요?"

"엄마를 데려올 수가 없으니까."

나는 몸을 돌리고 걸어갔다.

걸어가는데 보도가 발아래에서 출렁거렸다. 손에서는 실크 덩어리의 감촉이 뱃속에서는 울렁거림이 느껴졌다. 다시 바다 옆으로 갔다. 나는 조그만 모래밭에 누웠고 떨림이 가라앉았다. 나는 향낭을 뺨에 갖다 댔다.

하늘에서 별들이 춤을 추었다. 눈을 깜박이고 또 깜박이자 그제야 별들이 뚜렷하게 보였다. 별들을 기억했다. 크리설리스의 뱃머리에서도, 우리가 살던 섬의 바닷가에서도, 딩기에 누워서도 볼 수 있었다. 깨진 유리조각처럼 빛나는 조그마한 빛들. 밤하늘에 신비한 형태로 늘어선 빛들.

마침내 별들은 변하지 않는다는 딜런의 말이 이해가 갔다. 별이 아니라 사람이 바뀐다. 우리는 기울어져서 빙빙 돌며 해 주위를 도는 지구에서 별을 보는 것이다. 해를 등졌을 때에만 별을 볼 수 있다.

그것도 광대한 우주에서 어느 순간 우리가 바라볼 수 있는 아주 작은 일부분만 볼 수 있는 것이다.

지구가 움직였고 오리온과 빛나는 허리띠를 볼 수 있었다. 은가루 조각처럼 한데 모여 빛나는 플레이아데스 성단도 있었다.

플레이아데스는 '자매들'이라는 뜻이라고 한다.

우리한테는 여자형제가 없었다. 엄마는 우리더러 자기한테 딸을 만들어 줘야 한다고 말했다. 엄마는 아내를 맞으면 사랑해야 한다고 했다. 사랑이 없으면 사람은 그냥 사람일 뿐이라고 했다. 사랑이 있으면, 힘 있는 사람이 된다고 했다. 엄마가 한 손으로는 내 손을 잡고 다른 손으로는 딜런 손을 잡고 제리는 무릎에 앉혔을 때가 떠오른다. 엄마는 죽은 아기에 대해 우리에게 이야기하려고 했다. 제리 뒤에 태어난 남동생. 그러고는 우리와 아빠를 얼마나 사랑하는지 이야기했다. 그러고는 우리 손을 잡은 채로 조금 울었고, 우리는 엄마를 보고 있었다.

엄마가 이 일을 알았다면? 나는 생각했다. 엄마는 뭐라고 할까? 사람들은 뭐라고 할까? 끔찍한 일이었지만, 이제 끝이 났다. 우리는 살아남았다. 내일 아빠와 딜런과 제리는 비행기를 타고 떠나고, 나는 배를 타고 떠날 것이다. 마침내 나는 자유로워진다. 홀로, 텅 비고 자유로워질 것이다.

마지막 선택

깨어 보니 이슬이 내려 옷이 축축하고 온몸에 모래가 달라붙어 있었다. 새벽 동살에 일어나 앉았다. 손에는 향낭이 있었다. 그런데 모텔 안뜰 테이블 위에 더플백을 두고 왔다는 것을 깨달았다. 멋진 퇴장을 망치고 말았다. 빈손으로 가야 할 형편이었다. 부두로 걸어가는데, 택시 운전사가 택시 옆에 서서 하얀 머그로 커피를 마시는 모습이 보였다. 그때 제리의 금발머리를 택시 뒷자리에서 알아보았고 아빠가 부두 사무실에서 나오는 걸 봤다.

"여기 있었구나!"

아빠가 나를 보고 말했다. 얼굴에 긴장감이 역력했다. 밤새 한잠도 못 잔 것 같았다.

제리는 몸을 돌려 열린 창문으로 나를 보았다.

"안녕, 형아!"

제리가 불렀다. 얼굴에는 행복하고 어린애 같은 웃음이 가득했다.

나도 웃어 보였다.
"오늘 집에 가."
제리가 말했다.
나는 살짝 고개를 끄덕였다. 택시 운전사는 자기 자리로 들어가 문을 닫았다.
"앰뷸런스는 벌써 비행기 쪽으로 가는 길이다."
아빠가 말했다.
"딜런이 병원에서 나왔으니 최대한 빨리 마이애미로 가야 한다. 기다릴 수가 없어. 서둘러야 한다."
아빠는 고개를 저었다. 그러고는 나를 돌아보았다.
"제발, 벤."
아빠가 말했다.
나는 고개를 돌렸다.
"실수였다. 그러지 말았어야……."
아빠가 말했다.
햇살이 뜨거워졌다. 침묵이 팽팽하게 이어졌다.
결국 아빠는 제리 옆자리에 있던 더플백을 꺼내 나에게 건넸다. 제리가 아빠가 하는 행동을 보고 있었다. 제리 얼굴에서 웃음기가 사라졌다.
아빠는 지갑을 꺼냈다. 백 달러 지폐 네 장을 주었다.
"비행기 표 값으로 충분할 거다. 부족하면 부쳐 주마. 전화만 해라. 나는……."
아빠가 말했다.

돛줄이 종소리처럼 울리고 부두 노동자들이 서로를 외쳐 불렀다. 나는 돈을 웃옷 주머니에 넣었다.

"제발."

아빠가 다시 말했다.

나는 내가 가야 할 길을 돌아보았다.

"악수할까?"

마침내 아빠가 입을 열며 손을 내밀었다.

나는 아빠 손을 잡았다. 아빠는 내 손을 한참 잡고 있었다.

"잘 지내라."

아빠가 웅얼거렸다. 그러더니 얼른 택시에 올라타 제리 옆에 앉았다. 운전사에게 뭐라고 말했다. 차가 출발했다. 제리는 몸을 돌려 달려가는 택시 뒷창문으로 나를 보았다.

"형아는?"

제리의 입모양이 네모 모양으로 변했다.

"형아는?"

제리는 창문 안쪽 유리에 손을 갖다 댔다. 손바닥이 하얗게 변했다.

"형아는?"

제리가 울부짖었고 택시는 끽 소리를 내며 천천히 모퉁이를 돌았다.

나는 부두에 가방을 메고 혼자 서 있었다. 셔츠 주머니를 만져 보았다. 빳빳했다. 돈이었다. 엄마 사진하고. 엄마는 처음 디젤엔진 책에 끼워 넣었을 때처럼 좋아 보이지는 않았지만 그래도 여전히 거기 있었다. 나는 엄마 사진을 꺼내 엄마를 보면서 향낭을 뺨에 갖다 댔다. 엄마 눈은 제리를 닮았고 입은 딜런을 닮았다는 걸 알아차렸다.

아빠를 닮은 건 나였다.
　나는 눈부신 햇살 속에 눈을 찡그렸고 가슴속에서 엄마에 대한 그리움이 솟아나는 걸 느꼈다. 엄마한테 인사도 할 수 없었다. 얼마나 사랑하는지도 말할 수 없었다. 지금 생각나는 건 엄마를 잃어서 얼마나 아픈가 하는 것뿐이었다. 나는 눈을 감고 입을 다물고 엄마를 주머니에 다시 집어넣었다.
　그때, 흰 종이만 가득한 책을 넘기다가 갑자기 그림을 볼 때처럼, 최고의 날이 다시 떠올랐다. 서늘한 바람을 느꼈고 부드러운 파도와 동생들의 조그맣고 하얀 엉덩이가 물속으로 뛰어들던 모습. 그 자리에 앉아 동생들을 보며 무언가를 떠올리려고 애썼던 때. 내 머리는 시동이 걸리려다 말고 걸리려다 마는 엔진 같았다. 툴툴거리다 멈추고. 툴툴거리다 멈추고.
　따가운 햇살 아래 서서 내가 탈 배가 항구에 있고 엄마 사진을 빳빳한 지폐 아래에 밀어 넣으니, 엔진에 발동이 걸리는 게 느껴졌다. 그때 들은 소리는 아빠 목소리였다. 아기가 죽은 날 밤 아빠의 목소리.
　뭘 마시러 내려갔다가 어두운 부엌에서 엄마가 울고 아빠가 웅얼거리는 소리를 듣고 그냥 올라갔었다. 엄마가 천천히 이층으로 올라와 잠자리에 든 뒤에, 나는 자는 척하고 가만히 누워 있었다. 나중에 아빠가 아래층 문이 잠겼는지 확인하고 이층으로 올라오는 소리도 들었다. 아빠가 제리를 둘러보고 우리 방으로 왔다. 딜런의 이불을 덮어 주고 잠시 딜런 옆에 조용히 서 있었다. 그러고는 나에게 왔다. 내 머리카락을 건드렸다. 나는 몸을 돌려 흐린 불빛 속에 아빠가 서 있는 걸 보았다.

아빠는 내 침대에 걸터앉아 불이 켜진 복도를 내다보았다.

"벤, 나는 아이를 원하지 않았단다."

아빠는 몸을 돌려 나를 내려다보았다.

"자유를 원했지. 적어도 그렇게 말하고 다녔었어."

아빠는 내 팔을 건드렸다.

"하지만 사실은 두려웠던 거야."

아빠가 내 손을 잡았다.

"어떻게 아빠가 될 수가 있지? 대체 어떻게 평생 언제나 아빠로서 해야 할 일을 하고 살 수가 있지?"

아빠는 내 손을 내려놓고 쓰다듬었다.

"그리고 또, 알았었지."

아빠가 조용히 말했다.

"오늘 같은 날이 오리라는 걸 알았다. 처음 너를 안은 날부터 죽, 오늘 같은 날이 올까 두려워했다."

아빠는 침대 머리판에 기대어 눈을 감았다.

"계단으로 내려오는 소리 들었다."

아빠가 말했다.

"부엌에 우리 있는 거 봤지?"

나는 누운 채로 고개를 끄덕였다.

"우리 우는 걸 봤지. 우리가 슬퍼하는 걸 알겠구나."

아빠가 말을 멈추었다.

"이야기 하나 해 줄게."

아빠는 무릎 위에 손을 올려놓았고 나는 눈을 감았다.

"옛날 옛날에, 두려움이 많던 남자가 있었다. 서재 안에 있으면 안전했지만, 외로웠지. 가까이 있는 섬에 아름다운 여인이 살았어. 상어 떼가 밤낮없이 섬 주위를 맴돌았지. 남자는 선택할 수가 있었다. 문을 닫고, 여인을 생각하지 않으려고 하면서, 외롭게 사는 거야. 아니면 밖으로 나와 물로 뛰어들거나. 남자는 뛰어들었다."

아빠는 말을 멈추었다. 나는 눈을 뜨고 그다음 말을 기다렸다.

아빠가 말을 이었다.

"너희들을 낳을 때마다 늘 그랬어. 상어가 있다는 걸 알면서 뛰어내린 거지. 오늘 밤도 그렇고 앞으로도 오랜 세월 동안, 엄마와 나는 아파할 거다. 그렇지만 뛰어내렸다는 사실을 후회하지 않을 거야."

나는 몸을 살짝 돌려 아빠를 쳐다보았다. 복도에서 들어오는 불빛에 아빠의 옆모습이 뚜렷하고 강인하게 보였다. 아빠가 나를 돌아보았다. 다시 내 손을 잡았다.

"네가 어른이 되면······."

아빠는 말을 시작하다가 멈추었다.

"되면요? 뛰어내릴 거냐고요?"

내가 물었다.

아빠는 손을 내려놓고 일어섰다.

"그건 나도 모르겠다, 벤."

아빠는 몸을 숙여 이마에 살짝 입을 맞췄다.

"그건 네가 만들 이야기니까."

아빠는 걸어 나갔고, 나는 침대에 누워 딜런의 숨소리를 듣다가 결국 잠이 들었다.

지금, 햇살 아래 서서, 아빠 목소리를 다시 들었다. 우리 아빠. 나의 하나뿐인 아빠.

가방을 시멘트 부두 위에 떨어뜨릴 때 CD가 부서졌다.

나는 달렸다.

※

이게, 이야기 끝이라고 나는 제리에게 말한다. 우리는 집에 갔다. 새 집을 구했다. 상자를 풀었다.

다시 4월이 돌아왔을 때, 우리는 새 배를 샀다. 호수에 배를 매었고, 틈이 날 때마다 항해를 했다.

우리끼리만…… 호수 위를 스치며, 바람을 타고.

배. 아빠. 세 형제가.

● 배의 구조

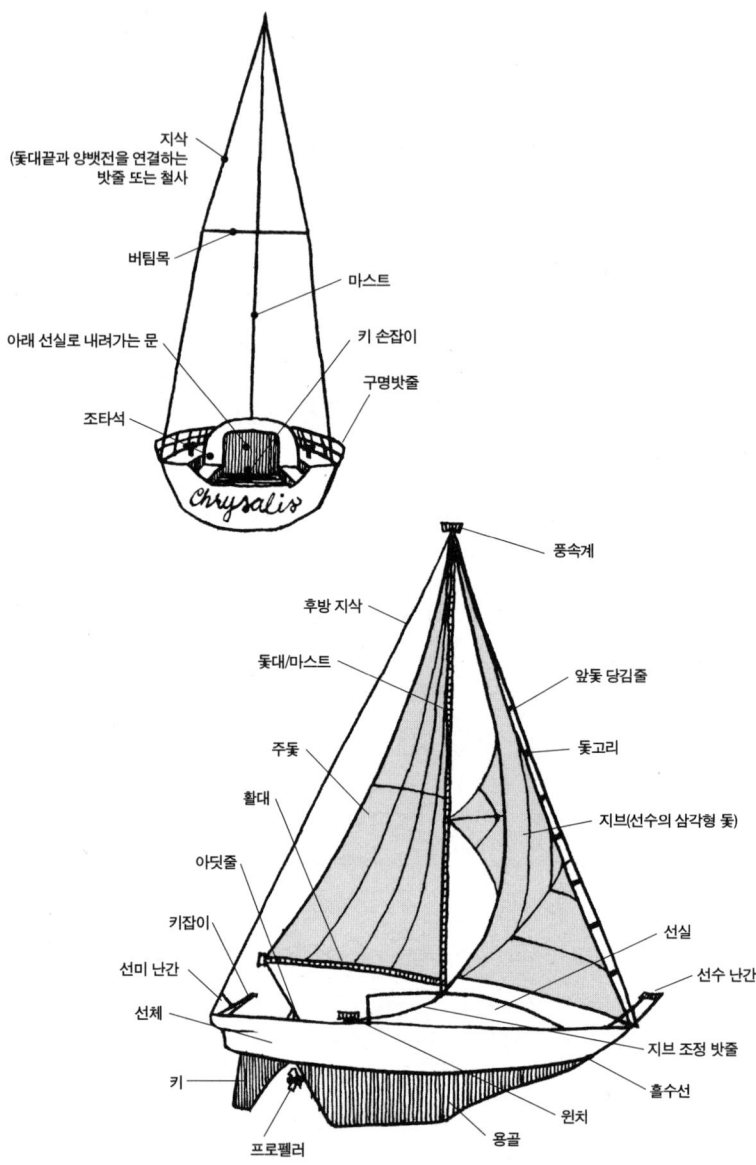

고물/선미　　　　　　　　　　뱃머리/이물/선수

● 배의 내부 구조

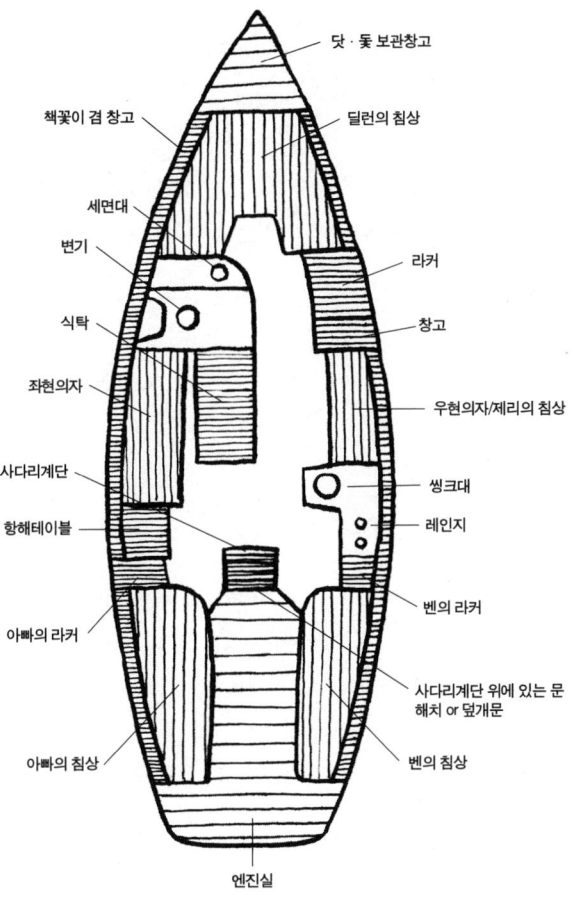

● 항해 경로

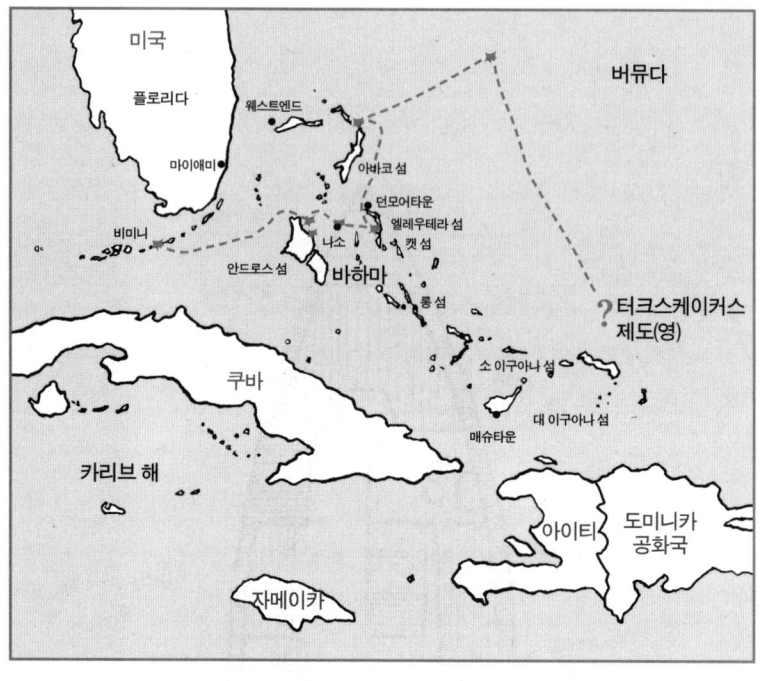